普通高等院校“十四五”计算机类专业系列教材

并行计算与程序设计

（第二版）

刘其成◎主　编
刘　霄◎副主编

中国铁道出版社有限公司
CHINA RAILWAY PUBLISHING HOUSE CO., LTD.

内 容 简 介

本书是“普通高等院校‘十四五’计算类专业系列教材”之一，对并行计算的理论知识和并行程序设计方法进行了系统的论述，包括并行计算基本概念、并行计算机基础、并行计算模型、并行算法设计基础、并行计算性能评测、OpenMP 多线程并行程序设计、MPI 消息传递并行程序设计、Java 多线程并行程序设计、Python 并行程序设计、大数据分布式计算等内容。

本书集作者多年的教学经验编写而成，在论述并行计算理论知识的基础上，特别注重并行程序设计的实践方法及实用性。书中含有大量精心设计并调试通过的程序实例，以方便读者参考。

本书适合作为普通高等院校计算机科学与技术专业、软件工程专业以及计算机类相关专业本科生和研究生的教材，也可作为社会培训教材或软件开发人员的参考书。

图书在版编目（CIP）数据

并行计算与程序设计/刘其成主编.—2 版.—北京:中国铁道出版社有限公司，2024.1

普通高等院校“十四五”计算机类专业系列教材

ISBN 978-7-113-30708-0

Ⅰ.①并… Ⅱ.①刘… Ⅲ.①并行算法-高等学校-教材②并行程序-程序设计-高等学校-教材 Ⅳ.①TP301.6②TP311.11

中国国家版本馆 CIP 数据核字(2023)第 222102 号

书　　名：并行计算与程序设计
作　　者：刘其成

策　　划：贾　星　　　　**编辑部电话：**（010）63549501
责任编辑：贾　星　彭立辉
封面设计：尚明龙
责任校对：安海燕
责任印制：樊启鹏

出版发行：中国铁道出版社有限公司（100054，北京市西城区右安门西街 8 号）
网　　址：http:// www.tdpress.com/51eds.com
印　　刷：三河市宏盛印务有限公司
版　　次：2014 年 6 月第 1 版　2024 年 1 月第 2 版　2024 年 1 月第 1 次印刷
开　　本：787 mm×1 092 mm　1/16　**印张：**13　**字数：**337 千
书　　号：ISBN 978-7-113-30708-0
定　　价：36.00 元

前 言

中国共产党第二十次全国代表大会提出："实施科教兴国战略，强化现代化建设人才支撑。""教育、科技、人才是全面建设社会主义现代化国家的基础性、战略性支撑。""我们要坚持教育优先发展、科技自立自强、人才引领驱动，加快建设教育强国、科技强国、人才强国，坚持为党育人、为国育才，全面提高人才自主培养质量，着力造就拔尖创新人才，聚天下英才而用之。"如何研发自己的超级计算机，如何做到用国产软件替代国外软件，是我国科技领域的当务之急。

本书紧密结合普通高等院校并行计算课程的教学要求，面向高等院校计算机科学与技术、软件工程等专业学生和从事软件开发以及相关领域的工程技术人员，在充分考虑普通高等院校学生实际情况的基础上，覆盖并行计算课程要求的知识单元和知识点。

本书遵循由浅入深、循序渐进的原则，特别考虑了普通高等院校本科学生的实际理解和接受能力。与以往许多相关教材以理论为主不同，本书突出实用性，将复杂的理论融于具体的实例和程序中。书中的实例经过精心设计挑选，程序代码已认真调试，可以直接运行，为读者理解和使用提供了方便。同时，本书注重培养学生的自学能力和获取知识的能力。在编写过程中，力图在内容编排、叙述方法上为教师留有发挥空间的同时，也为学生留下自学空间。

本书在第一版基础上，主要做了如下修订工作：将第一版的第 8 章删除，将第一版的第 9 章改为第 8 章；新增加了第 9 章和第 10 章；对其他章节进行了补充和修订。全书共分 10 章：第 1 章论述并行计算和并行程序设计的基础知识；第 2 章论述并行计算机的体系结构、并行计算机的分类，以及多核技术和 GPU 技术；第 3 章论述并行计算模型的概念，以及 PRAM、LogP 和 BSP 模型；第 4 章论述并行算法的设计方法、过程和技术；第 5 章论述并行系统的性能分析方法、并行系统可扩展性度量指标；第 6 章论述 OpenMP 主要编译指导语句、OpenMP 主要运行时库函数、OpenMP 主要环境变量、OpenMP 多线程程序性能分析；第 7 章论述 MPI 消息传递接口及 MPICH 实现、MPI 编程基础、MPI 通信；第 8 章论述 Java 线程的相关知识、Java Runnable 接口与 Thread 类实现多线程的方法，以及 Java 解决线程同步与死锁的方法；第 9 章论述 Python 多进程并行程序设计、Python GPU 并行程序设计及其应用；第 10 章阐释了 Hadoop 分布式计算平台、MapReduce 分布式并行编程模型、Spark 分布式计算框架。

本书由刘其成任主编，刘霄任副主编，具体编写分工如下：刘霄编写第 2 章，刘其成编写其余章节，并负责设计全书结构及统稿工作。

在本书的编写过程中，参阅了大量书籍和其他相关资料，在此向这些资料的作者表示衷心感谢。

尽管书稿几经修改，但由于编者学识有限，书中难免存在疏漏与不当之处，恳请各位同仁、读者不吝赐教。

编 者

2023 年 7 月

目录

第 1 章　概述

学习目标

- 了解各种并行计算;
- 掌握并行计算定义等基础知识;
- 了解并行程序设计基础知识;
- 掌握并行计算相关概念。

本章首先从各个角度给出了并行计算的多个实例，通过实例讲述了并行计算的基础知识和相关概念。并行计算的基础知识包括并行计算的重要性、定义、应用分类、研究内容，以及并行设计的方法、应用系统的并行性。并行程序设计基础知识包括并行程序设计的思想、方法、并行编程环境和并行程序设计语言。并行计算包括顺序、并发和并行、进程和线程，以及并行算法等一些基本概念。

1.1　实　　例

并行计算在许多计算机应用领域都产生了巨大的影响，使原来无法解决的应用问题成为可能解决的问题。例如，卫星数据处理、石油数据处理（连续优化问题）、调度问题、平面性问题及 VLSI 设计（离散优化问题）。现实生活中并行解决问题的方式有很多，例如手脚并用、边听边写等。

1.1.1　求和

下面给出几行求和代码：

```
int a[1000];
for(int sum=0, int i=0; i<1000; i++)
   sum=sum+a[i];
```

这段程序等价于：

```
int a[1000];                  // (1)
for(int sum1=0, int i=0; i<1000; i=i+2)
   sum1=sum1+a[i];            // (2)
for(int sum2=0, int i=1; i<1000; i=i+2)
   sum2=sum2+a[i];            // (3)
int sum=sum1+sum2;            // (4)
```

显然，上述代码 4 条指令中的（2）和（3）没有相关性，可以独立执行，它们是算法开销的绝对主体。如果分别在两个处理器上并行工作，不考虑数据传输、同步等开销，理论上可使算法的时间复杂度降低约一半。

1.1.2 泡茶问题

想泡壶茶喝，茶叶有了，但是没有开水；同时水壶需要洗，茶壶茶杯也需要洗。生上火以后，需要做四项工作：洗好水壶、洗好茶壶茶杯、准备茶叶、冲开水泡茶。要完成这几项工作，下面三个人用了三种不同的方法：

甲：洗好水壶，灌上凉水，放在火上；在等待水开的时间里，洗茶壶、洗茶杯、拿茶叶；等水开了，泡茶喝。

乙：做好一些准备工作，洗水壶，洗茶壶、茶杯，拿茶叶；一切就绪，灌水烧水；坐待水开了泡茶喝。

丙：洗净水壶，灌上凉水，放在火上，坐待水开；水开了之后，急急忙忙找茶叶、洗茶壶茶杯，泡茶喝。

哪个人的做法节省时间？显然是甲，因为另外两个人的做法都“窝工”了。

假设洗水壶需要 1 min，把水烧开需要 10 min，洗茶壶、茶杯需要 2 min，拿茶叶需要 1 min，而泡茶需要 1 min。甲总共要 12 min（而乙、丙需要 15 min）。如果要缩短工时，提高效率，主要是烧开水这一环节，而不是拿茶叶这一环节；同时，洗茶壶和茶杯、拿茶叶总共需要 3 min，完全可以利用“等水开”的时间来做。

同时，如果有两个机器人，让它们泡茶，最好的方法显然是按照“甲”的做法分工：机器人 A 去烧水，机器人 B 洗茶具；等水开了，泡茶喝。这里应用了分块的思维——把不相关的事务分开给不同的处理器执行。

图 1-1 中，如果由甲一人来完成这个泡茶过程，图中 A 框部分可以并行。如果由 2 个机器人来完成，而且有不少于 2 个水龙头供机器人使用，那 B 框的部分也可以并行而且能取得更高的效率。可见能够合理利用的资源越多，并行的加速比率就越高。

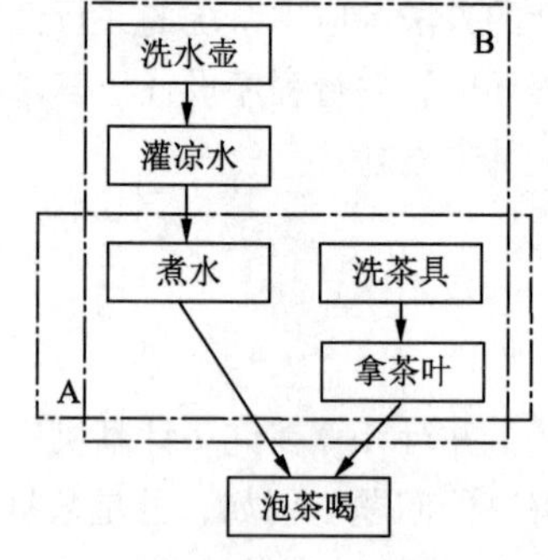

图 1-1 泡茶问题

1.1.3 图书馆新书上架

图书馆新书上架时，书按类上架，书架依据在书库中的位置分成一些组。在书非常多的情况下，如果一个人单独完成，不能按要求的时间完成任务。这时，考虑多个人来完成。如果每次一个人只往书架上放一本书，可以考虑下面两种方法：

（1）所有的书籍平均分配给每个人去完成，每个人将书上架必须走遍所有的书架，这种划分方法不是太有效。

（2）将所有书架分组，且平均分配给各个人负责，同时将所有图书平均分配给每个人去上架。如果某人发现书属于自己所负责的书架，则将其放入书架。否则，将这本书传给它所在书架对应的人。这种分法对应的效率比较高。

上述例子说明，将一个任务划分成一些子任务，并分配给多个人去完成，多个人之间相互合作并在需要时相互传递图书，这种和谐协调的工作方式可较快地完成任务。

上面的图书馆新书上架的例子涉及并行计算相关的两个概念：（1）任务划分，将图书平均分配给所有人。（2）通信，多个人之间传递图书就是子任务通信。并行计算就是严格按照上述原理来完成的。

1.1.4 天气预报

考虑 3 000 km×3 000 km 的范围，垂直方向的考虑高度为 11 km。将 3 000 km×3 000 km×11 km 的区域分成若干 0.1 km×0.1 km×0.1 km 的小区域，则将近有 10^{11} 个不同的小区域。另外，还需要考虑时间因素，将时间参数量化。假定考虑 48 h 天气预报。

每一小区域的计算包括参数的初始化及与其他区域的数据交换。若每一小区域计算的操作指令为 100 条，则整个范围一次计算的指令为 $10^{11}×100=10^{13}$，两天的计算次数将近 100 次，因此，指令总数为 10^{15} 条。用一台 10 亿次/s 的计算机进行计算，大约需要 280 h。如果使用 100 个 10 亿次/s 的处理器构成一台并行计算机，每个处理器计算的区域为 10^{8} 个，不同的处理器通过通信来传输参数，若每个处理器的计算能力得到充分利用，则整个问题的计算时间不超过 3 h。

这个例子说明两个问题：①并行计算可以解决原先不能解决的问题。②并行计算可进行更准确的天气预报。

1.1.5 HPCC 计划

HPCC（high performance computing and communication）计划提出了重大挑战性问题，以及对科学与工程具有重大的经济与科学意义的一些基础课题，它们的解可通过高性能并行计算技术得到。

HPCC 计划公布的重大挑战性应用包括：①磁记录技术：研究静磁和交互感应以降低高密度磁盘的噪声。②新药设计：通过抑制人的免疫故障病毒蛋白酶的作用研制治疗癌症与艾滋病药物。③高速民航：用计算流体动力学来研制超音速喷气发动机。④催化作用：仿生催化剂计算机建模，分析合成过程中的酶作用。⑤燃料燃烧：通过化学动力学计算，揭示流体力学的作用，设计新型发动机。⑥海洋建模：对海洋活动与大气流的热交换进行整体海洋模拟。⑦臭氧耗损：研究控制臭氧损耗过程中的化学与动力学机制。⑧数字解析：用计算机研究适时临床成像、计算层析术、磁共振成像。⑨大气污染：对大气质量模型进行模拟研究，控制污染传播，揭示其物理/化学机理。⑩蛋白质结构设计：对蛋白质组成的三维结构进行计算机模拟研究。⑪图像理解：实时绘制图像或动态。⑫密码破译：破译由长位数组成的密码，寻找该数的两个乘积因子。

1.1.6 教务管理系统

很多情况下开发环境和运行环境已经解决了系统的并行问题，下面的教务管理系统是一个典型的例子。但是，需要注意的是，许多系统的并行问题需要在软件的设计和实现中采取一定的措施。

（1）用 C 语言编写一个 Windows 程序，供教务员登记、查阅和统计学生考试成绩，所有课程的成绩表保存在一个文件中。程序是一个顺序程序，每执行一次程序就显示一个对话窗口，教务员可通过多次启动该程序而在多个窗口中进行不同的操作。

程序启动一次，就在 Windows 操作系统的支持下创建一个进程。多次启动就创建多个进程，这个程序以及它使用的文件构成了一个并行的应用系统。因为有特定运行环境的支持，程序员没有解决与进程的并行执行有关的任何问题，Windows 操作系统解决了进程的创建、撤销、调度、资源分配等问题。

（2）用 C 语言编写两个 Windows 程序，一个程序供教务员登记成绩表，另一个程序供本单位的任何教师或学生查阅成绩，两个程序共享同一个保存成绩表的文件。

两个顺序程序连同它们所使用的文件共同构成了一个并行系统。每个程序定义一类进程，每一次启动就创建一个相应的进程。教务员可以在一台终端上把负责登记成绩表的程序启动两次，在两个窗口中分别登记不同课程的成绩表。与此同时，可能有三个学生各在一台终端上启动另一个程序来查阅成绩。此时，系统中同时有五个进程在并行运行。进程之间所有的并行处理问题都由 Windows 操作系统解决了，不需要程序员为此做更多工作。

（3）在上例的基础上，采用 C/S 体系结构，允许教务员或者任何一位任课教师通过网络在不同的计算机上登记成绩表，也允许学生在网络的任何结点上查阅成绩。设计方案：成绩表存放在服务器端，由一个数据服务器提供数据查询、数据更新等基本服务；安装在每台客户机上的程序与上例一样，也是一个负责成绩登记的程序和一个负责成绩查询的程序，但它们不是访问本机的文件，而是访问远程的数据库。

服务器上提供的服务以及每台客户机上运行的程序是相互并行的，每一台计算机上的不同进程也是相互并行的。多个客户端的进程并行地访问同一个数据库时，数据库管理系统解决共享、互斥、数据完整性等问题；每台客户机上多个进程之间的并行处理由 Windows 操作系统解决。

（4）在上例的基础上，采用 B/S 体系结构。设计方案：负责成绩登记和成绩查看等功能的所有程序都在服务器上运行，客户机上只剩下一个产生浏览界面的程序。服务器上完成各项功能的进程是并行执行的；一台客户机上也可以开出多个浏览界面，多个进程并行执行。并行处理由数据库管理系统和 Windows 操作系统解决。

1.1.7 地球物理石油勘探数据处理系统

从分配处理器资源角度看，无论一个进程还是一个线程都是一个独立的处理器分配单位，都是一个控制流。在设计开始时，问题的关键在于从逻辑上理清这些控制流。此时，可以暂时忽略进程和线程之间的区别，只强调它们都是控制流。在深入考虑实现细节时，再根据操作系统、编程语言等条件决定把它们设计成进程还是线程。

下面的地球物理石油勘探数据处理系统中，把通过数据采集设备获取的数据输入系统，经过数据处理，将地质信息显示在屏幕上。

（1）3 个进程分别负责数据的输入、数据处理和显示。编写三个 C 程序，分别用于输入进程、数据处理进程和显示进程的创建，三个进程并行执行完成系统功能，如图 1-2 所示。

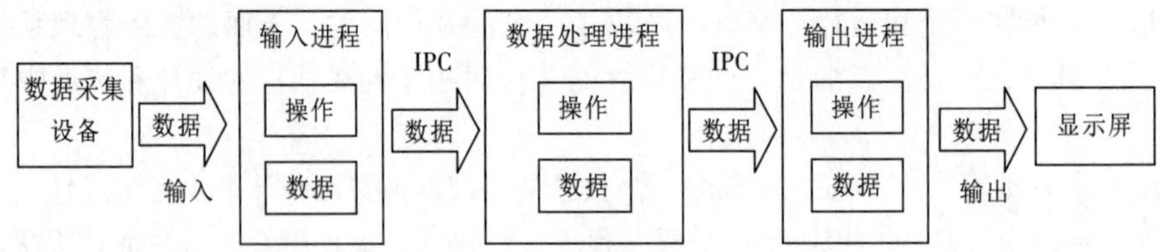

图 1-2　用多进程实现数据的输入、处理和显示

这种设计方案的问题是用每个 C 程序所创建的进程不能共享同一片内存空间中的数据，每个进程能够操作的数据只能是在它分配的数据空间中的私有数据。于是图 1-2 中三个进程间只能通过使用进程间的通信（IPC）传送数据信息。由于数据量很大，将使系统性能受到严重影响，成为实时要求较高的系统运行时的瓶颈。

（2）设计方案利用线程实现三个控制流。只设计一个进程，用一个 C 程序来实现。在这个程序中定义了三个线程，分别负责输入、数据处理和显示，通过线程与线程之间的并行体现系统的并行性，如图 1-3 所示。

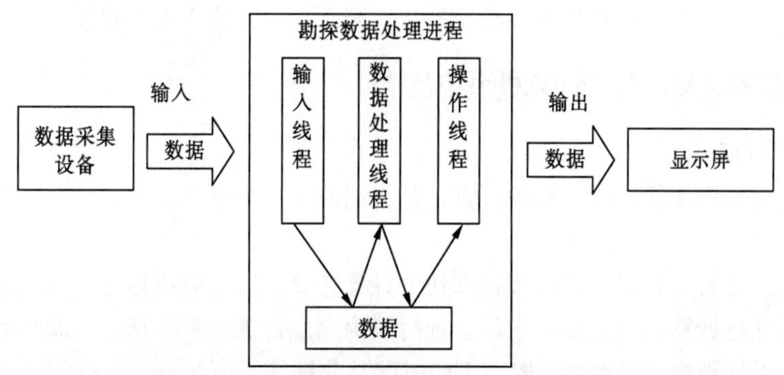

图 1-3 用多线程实现数据的输入、处理和显示

这个方案在一个进程内部这三个线程都共享该进程所定义的数据，不需要在不同控制流间传送数据。但是，要考虑多个线程之间数据互访问的实现，处理之前和处理之后的数据要分别用两个数据结构来描述。

（3）石油勘探数据处理系统不仅需要将勘探数据实时地显示出来，而且需要进行更多的处理。可以设计若干进行各种专业化处理的进程，进程内部含有多个线程。各个进程之间的数据交换不太频繁，可以通过文件系统或者数据库管理系统来实现数据共享，也可以在进程之间通过 IPC 或 RPC 传送数据。进程内部各个线程仍然共享进程私有数据空间的数据。系统中既有进程与进程之间的并行，又有线程与线程之间的并行。

1.2 并行计算基础知识

1.2.1 并行计算的重要性

随着科学技术的发展，计算技术取得了前所未有的进展，为各个学科的研究定量化与精确化描述创造了有利条件，并逐渐形成了一门计算性的学科分支——计算科学与工程，如计算物理、计算化学、计算生物学、计算地质学、计算气象学、计算材料科学等。

计算科学与工程、理论科学、实验科学一起成为当今的三门重要科学。这三门科学彼此相辅相成，推动科学发展与社会进步，而并行计算又是计算科学与工程的核心。

并行计算不仅和国家的科技和经济发展密切相关，而且直接影响到国防能力和国家安全，如核爆炸模拟、复杂系统精确计算、基因研究和国家机要通信的加密与解密等。并行计算能力是衡量国家实力的重要标志。

并行计算技术的发展规划一直是世界上许多国家的一种“国家行为”。科学家曾列出 21 世纪影响人类社会的一些关键性科学问题，称之为人类面临的“巨大挑战”，这些问题必须依靠高性能计算机平台，采用大规模科学与工程计算来解决，如分子动力学、遗传基因、海洋循环、飞行物设计等。

当前，并行计算系统已经从传统的基础科学研究、国防等高端应用层面拓展开来，正逐渐走入大中型企事业单位甚至个人的视野。并行技术向 IT 低端的发展动力十足，商品化的芯片、标准网络再次把成本降低，直到现在多核技术已经普及到 PC 的层面。几十年以来，一直在 IT 领域处于绝对主流地位的基于串行的软件开发体系，正面临颠覆性的挑战。很多国家已经开始进行并行计算技术的普及工作，并行计算技术逐渐开始从“阳春白雪”成为大众化技术。

1.2.2 并行计算的定义、并行计算机系统及软件

1. 并行计算的定义

并行计算，又称高性能计算、超级计算，是指同时对多个任务、多条指令，或对多个数据项进行处理。

并行计算的主要目的是提供比传统计算快的计算速度，以及解决传统计算无法解决的问题。也就是说，通过并行计算，可以在要求的合理时限内完成计算任务。例如，制造业一般要求的时限是秒级，短时天气预报（当天）一般要求的时限是分钟级，中期天气预报（3~10 日）一般要求的时限是小时级，长期天气预报（气候）一般要求的时限是尽可能快，而对于湍流模拟可通过并行计算来完成。

2. 并行计算机系统

完成并行计算的计算机系统称为并行计算机系统，它是将多个处理器（可以几个、几十个、几千个、几万个等）通过网络连接以一定的方式有序地组织起来。一定的连接方式涉及网络的互联拓扑、通信协议等，而有序的组织则涉及操作系统、中间件软件等。

并行计算机是由一组处理单元组成的，这组处理单元通过相互之间的通信与协作，以更快的速度共同完成一项大规模的计算任务。因此，并行计算机的两个最主要的组成部分是计算结点和结点间的通信与协作机制。并行计算机体系结构的发展主要体现在计算结点性能的提高以及结点间通信技术的改进两方面。

3. 并行软件

并行软件的一般开发过程是给定并行算法，采用并行程序设计平台，通过并行实现获得实际可运行的并行程序。在并行计算机上运行该程序，评价该程序的实际性能，揭示性能瓶颈，指导程序的性能优化。

1.2.3 并行计算的应用分类

科学与工程计算对并行计算的需求是十分广泛的，但所有的应用可概括为三方面：

（1）计算密集型：这一类型的应用问题主要集中在大型科学工程计算与数值模拟（气象预报、地球物理勘探等）方面。

（2）数据密集型：Internet 的发展，提供了海量的数据资源，甚至于大数据。但有效地利用这些资源，需要进行并行处理，对计算机的要求也相当高。这些应用包括数字图书馆、数据仓库、数据挖掘、计算可视化等。

（3）网络密集型：通过网络进行远距离信息交互，来解决用传统方法很难解决的一些应用问题，如协同工作、遥控与远程医疗诊断等。

另外，也有的应用属于上面三种类型的混合类型。

1.2.4　并行设计的方法

简单的问题可以采用分块的思维，如果是复杂的任务，就不可能容易地找出分块的方案，所以需要并行设计的方法来指导我们。

可以并行解决的问题具有以下特征：①具有内在并行性；②任务或数据可以分割。

并行性的含义包括：①同时性，两个或两个以上事件在同一时刻发生；②并发性，两个或两个以上事件在同一时间间隔发生；③流水线，两个或两个以上事件在可能重叠的时间段内。

并行程序必须以某种形式给出任务的并行性，它们可以下面的方式给出：

1．数据并行

考虑下面的矩阵加法：$\boldsymbol{A}$、$\boldsymbol{B}$、$\boldsymbol{C}$ 都是 $n \times n$ 的矩阵，计算 $\boldsymbol{C}=\boldsymbol{A}+\boldsymbol{B}$。

为了计算 $\boldsymbol{C}$ 的每个元素，需要进行如下计算：$C_{ij}=A_{ij}+B_{ij}$。

注意：计算 $\boldsymbol{C}$ 的每个元素的操作都是一次加法，只是操作数不同而已，而且，每个元素的计算都是独立的，它们可以并行执行。

这种类型的并行性表现为：在不同的数据上进行相同的操作，称为数据并行性。表现出这种并行性的问题通常称为数据并行问题。数据并行问题的一个突出特点是，对大多数的这类问题，数据并行性的程度（可以并行进行数据并行的操作数目）随着问题规模的增加而增大。这意味着对于这类问题，可以用较多的处理器来有效地处理更大规模的问题。这是一种比较简单的并行方式，在实际应用中，有很多问题都是数据并行的。

例如，园艺工作，工人在一大块草坪上工作，可以把草坪分成两半，一个人负责一半。每个人在自己负责的草坪上，既翻地又除草。

又如，课代表收作业，有数学、语文、英语三门课，分别有三个课代表。但是，三个课代表一起收数学、语文和英语作业，各自负责 1/3 的工作。

2．任务并行

将系统按照功能进行分解，称为任务分解。例如，可以设计多个线程分别完成输入、图形化界面、计算、输出等功能。任务分解较简单，因为功能重叠的机会较少。通常来说，很多子任务都可以并行执行。这种并行性表现为子任务的并行执行，因此被称为任务并行性。

例如，园艺工作，可以分解为翻地和除草两个任务，两个人可以按照任务分配工作，一个人翻地，一个人除草。

又如，课代表收作业，有数学、语文、英语三门课，有三名课代表。数学课代表收数学作业、语文课代表收语文作业、英语课代表收英语作业。

再如，Word 等文字处理软件，用户输入文字的同时，文档分页在后台发生。

3．流水并行

流水并行性是指在同一个数据流上同时执行多个程序，后续的程序处理的是前面程序处理过的数据流。流水并行性通常也称为流水线。在流水线上，计算的并行性表现为：每个处理器上运行一个不同的程序，它们构成一个完整的处理流程，每个处理器把自己处理完的数据马上传递给逻辑上的下一个处理器。这样，实际上形成了处理器间的一个流水线，因此称为流水并行性。

汽车制造流程包括冲压汽车外形、焊接、涂装喷漆、安装外观和内置物品、装发动机、调试等环节，不能颠倒顺序。但制造多辆汽车时，很多环节可以并行。例如，在冲压第三辆车的外形的同时，可以焊接第二辆车，同时给第一辆车喷漆。

4．混合并行

很多问题中的并行性表现为数据并行性、任务并行性和流水并行性的混合。某个问题表现出的流水并行性的数量，通常独立于问题的规模；而任务和数据并行性则相反，它们通常会随问题规模的增长而增长。通常情况下，任务并行性可以用来开发粗粒度的并行性，而数据并行性用来开发细粒度的并行性。因此，任务并行性和数据并行性的组合，可以有效地用于开发大量处理器上的并行算法。

1.2.5 应用系统的并行性

随着计算机网络、多处理机系统、分布式处理、并行计算等计算机软硬件技术的发展以及计算机应用领域的扩大，大量的应用系统都需要被设计成并行系统。

从网络、硬件平台的角度看，应用系统的并行性主要有以下几种情况：①分布在通过网络相连的不同计算机上的进程之间的并行；②在多个 CPU 的计算机上运行的多个进程或线程之间的并行；③在多核 CPU 的计算机上运行的多个进程或线程之间的并行。

从应用系统的需求看，在以下几种情况下系统是并行的：①用户需要跨地域进行业务处理的系统；②同时使用多台计算机或者一台计算机的多个 CPU 或多核 CPU 进行处理的系统；③同时供多个用户或者一个用户的多个操作者使用的系统；④在同一时间提供多项功能，或者说对多项功能的处理发生在同一时间的系统；⑤通过多个对外接口与系统外部的多个人员、设备或其他系统同时进行交互的系统。

1.2.6 并行计算的研究内容

并行计算的研究内容广泛，包括并行计算机系统结构、并行算法设计、并行编程环境等，主要表现在以下几方面：

（1）并行计算机的设计：包括并行计算机的结构设计、互联拓扑、网络通信等。设计并行计算机重要的一点是要考虑处理器数目的按比例增长（即可扩展性），以及支持快速通信及处理器间的数据共享等。

（2）有效算法的设计：如果没有有效的并行算法，并行计算机就无法使用。而并行算法的设计完全不同于串行算法的设计；不同的并行计算机的算法设计不同，只有将不同的并行计算机与不同的实际问题相结合，才能设计出有效的并行算法。这方面的主要研究内容包括并行计算模型、并行算法的一般设计方法、基本设计技术和一般设计过程，以及常用数值并行算法与非数值并行算法的设计。

（3）评价并行算法的方法：对于给定的并行计算机及运行在上面的并行算法，需要评价运行性能。性能分析需解决的问题是，如何利用基于并行计算机及其相适应的并行算法去快速地解决问题，以及如何有效地利用各个处理器。这方面的主要研究内容包括结合计算机与算法，提出相应的性能评测指标，为设计高效的并行算法提供依据。

（4）并行计算机语言：与传统的计算机语言不同，并行语言依赖于并行计算机。并行计算机语言必须简洁，编程容易，可以有效地实现。目前，相关的技术有 MPI、OpenMP 等，而新的技术正在不断出现。

（5）并行程序的可移植性：可移植性是指在一台并行计算机上开发的程序，不加修改或进行少量修改，即可在另一台计算机上运行。可移植性是并行程序设计的主要问题之一。

（6）并行计算机的自动编程：通过并行化编译器编译，用户的串行程序可以直接在并行计算机上并行执行。目前这种编译器还不存在，而仅有一些半自动并行化编译器，需要进一步进行并行化编译器设计方面的研究。

（7）并行编程环境与工具：一个综合的编程环境与工具可以使编程容易；同时，编程环境与工具可以使并行计算机的底层机构对用户透明，也可以为用户提供设计与开发程序所需要的调试器与模拟器等工具。

1.3 并行程序设计策略和模型

1.3.1 并行程序设计策略

目前，比较流行的并行程序设计策略有扩展编译器、扩展串行编程语言和创造一个并行语言 3 种。

（1）扩展编译器是开发并行化编译器，使其能够发现和表达现有串行语言程序中的并行性，例如，Intel C++ Compiler 就有自动并行循环和向量化数据操作的功能。这种把并行化的工作留给编译器的方法虽然降低了编写并行程序的成本，但因为循环和分支等控制语句的复杂组合，编译器不能识别相当多的可并行代码，而错误地编译成了串行版本。

（2）扩展串行编程语言是当前最为流行的方式，通过增加函数调用或者编译指令来表示低层语言以获取并行程序。用户能够创建和结束并行进程或线程，并提供同步与通信的功能函数等。这方面较好的库有 MPI 和 OpenMP 等；解释型脚本 Parallel Python 也有许多人在使用。

（3）创造一个并行语言，如 HPF（High Performance Fortran）是 Fortran 90 的扩展，用多种方式支持数据并行程序。

基于上述策略，并行程序设计方法主要有显式线程、利用编译器指导、利用并行应用库、并行程序语言和消息传递等方法。显式线程方法包括微软 Windows 线程 API、Pthreads、Java 线程类等；利用编译器指导的方法包括自动并行、OpenMP、Intel Threading Building Blocks 等；利用并行应用库方法包括 Intel IPP/MKL、ScaLAPACK、PARDISO、PLAPACK 等；并行程序语言有很多种，如 Chapel、Fortress 等；消息传递的方法包括 MPI、PVM 等。

在 Intel 提供的各种工具的支持下，并行程序设计流程如下：运用 VTune Performance Analyzer 进行分析，运用 Intel Performance libraries（IPP，MKL）、OpenMP（Intel Compiler）、Explicit threading（Win32，Pthreads）进行设计，运用 Intel Thread Checker、Intel Debugger 调试错误，运用 Intel Thread Profiler、VTune Performance Analyzer 进行性能分析和调整。

1.3.2 并行程序设计模型

并行程序设计模型是一种程序抽象的集合，程序员利用这些模型就可以为多处理机、多计算机和集群设计并行程序。并行程序设计模型逐渐形成消息传递、共享存储和数据并行三种标准模型，它们的特征见表 1-1。

表 1-1　并行程序设计模型

特　征	消 息 传 递	共 享 存 储	数 据 并 行
典型代表	MPI、PVM	OpenMP	HPF
可移植性	所有主流并行计算机	SMP、DSM	SMP、DSM、MPP
并行粒度	进程级大粒度	线程级细粒度	进程级细粒度
并行操作方式	异步	异步	松散同步
数据存储模式	分布式存储	共享存储	共享存储
数据分配方式	显式	隐式	半隐式
学习入门难度	较难	容易	偏易
可扩展性	好	较差	一般

1.4　相关概念

1.4.1　顺序、并发与并行

顺序程序中只有一件事在进行处理，即使程序中包括多项工作，也不会在一个时间段同时做两项或者更多工作。程序中可以有分支、循环、子程序调用等各种复杂情况，但是一切都按确定的逻辑进行。给程序相同的输入，无论把这个程序执行多少次，其控制线路和执行结果都是相同的。顺序程序对应的系统就是顺序系统。

并发指宏观（从应用程序开发者层次上看的，时间尺度较大）上，计算机可以同时执行多个不相关的工作任务（是并行的）；但在微观（从操作系统的线程管理角度和计算机硬件工程师层次，时间尺度很小）上看，这些工作任务并不是始终都在运行，每个工作任务都呈现出走走停停这种相互交替的状态。三个任务在单处理器上交替执行的情形如图 1-4 所示。

从图 1-4 中可以看到，并发通过轮流使用单个处理器，尽管在任何时刻都只有一个工作任务在运行，但在一个比较长的时间间隔内，所有的工作任务都在并行运行中。由此可见，并发的好处之一就是使有限的处理器资源可以并行运行超过处理器个数的多个工作任务。所以，在操作系统级别，不管计算机本身是单核系统还是多核系统，都是采用微观上的并发来实现宏观上的并行，绝不允许一个工作任务长时间地独占某个处理器直到其运行结束。

并行是指多个工作任务在拥有多核 CPU，或多个单核 CPU 的多处理器计算机，或多台计算机上同时执行。在这些工作任务运行的过程中，除非有任务提前结束或者延迟启动，否则，在任一时间点总有两个以上的工作任务同时运行。只要是同时运行的，就可以称之为是并行的。并行执行的三个工作任务在三个处理器上同时运行的情形如图 1-5 所示。并行计算的目标是，把一个本来可以顺序执行的任务，分解成多个可并行处理的子任务，把它分布到多个处理器上同时进行计算，以加快提高计算速度。一个任务能否被分解以及如何分解，是并行计算理论所研究的问题。

图 1-4　三个任务在单处理器上交替执行

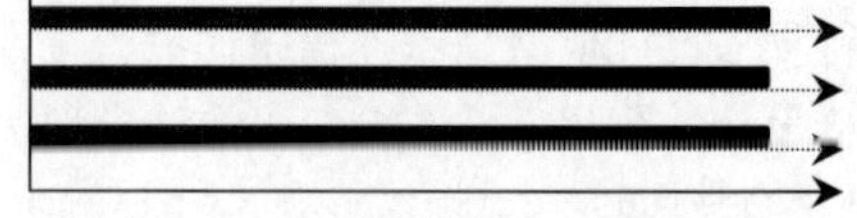
图 1-5　三个任务在三个处理器上同时运行

1.4.2　进程和线程

1. 进程

把一个并行程序分解成若干能够顺序执行的程序单位，每个这样的程序单位的一次执行就称为一个顺序进程。动态地看，一个并行程序的运行实际上是有若干顺序进程在相互并行地执行。从程序的静态描述来看，并行程序的描述被分解为对若干顺序进程的描述。重点解决的问题是多个进程在执行中的资源共享、通信、同步与互斥、创建、撤销、挂起、唤醒、切换等。

进程既是处理器资源的分配单位，同时又是其他计算机资源的分配单位。一个进程被激活执行，除了必须获得处理器之外，还需要其他资源：内存空间、外围设备（简称外设）等硬件的、物理的资源；文件、数据、模块、显示窗口等软件的、逻辑的资源。有的分配给一个进程作为其私有资源——进程的生命期内被独占，有的被多个进程共享，这些进程可在某种策略的控制下无冲突地访问共享资源。

在编程中，Pascal、Modula 2、Ada 等并行程序设计语言可以在一个程序中定义多个进程，并解决进程之间的同步、互斥、资源共享等问题。使用这种语言实现一个并行系统可以只编写一个程序。C、Pascal、Fortran 等编程语言可以编写多个顺序程序创建多个进程，或者多次启动一个程序而创建多个进程，在操作系统的支持下实现这些进程之间的并行。也可以通过 MPI 等技术实现多台计算机间进程的并行。

2. 线程

线程的概念出现于进程之后。进程既是处理器资源的分配单位，也是其他资源的分配单位；而线程仅仅是处理器资源的分配单位。一个进程可以包含一个或者多个线程。

从应用的角度看，进程的概念适合于解决系统固有的并行性问题。如果一个系统中的若干任务在本质上或者逻辑上是需要并行执行的，就把每个这样的任务定义成一个顺序进程。由多个顺序进程构成一个并行系统，实现固有的并行。进程也可以解决系统非固有的并行性问题。从需求和逻辑上看并不要求并行处理，但是为了提高运算效率或者为了便于实现等目的而人为增加系统的并行度，设计更多的进程进行处理。

而解决一个并行计算问题时，通过在进程内部产生多个线程可能比定义更多的进程更为合理。并行计算问题只需要利用多个 CPU 来提高计算速度，而对其他资源的需求则是共同的一组。把整个问题的求解作为一个进程，进程中包含多个实现并行计算的线程。

并行程序设计语言能定义被多个进程共享的数据，例如在并行 Pascal 中可以用管程描述被多个进程共享的资源，并实现进程对共享资源的排斥访问。而 C++、Java 等目前流行的编程语言中，定义被多个进程共享的数据是很困难的。但它们引入了线程概念，扩充了对线程的支持，包括对线程的描述、创建和运行的支持，从而也能够描述并行系统。用一个进程内部的多个线程实现并行，可以很方便地把进程的私有数据作为被它的各个线程共享的数据，从而使这些线程可以通过其共享数据很方便地交换信息。

3. 进程或线程同步互斥的控制方法

进程或线程同步互斥的控制方法主要有临界区、互斥量、信号量和事件 4 种方法。临界区通过对多线程的串行化来访问公共资源或一段代码，速度快，适合控制数据访问。互斥量是为协调共同对一个共享资源的单独访问而设计的。信号量是为控制一个具有有限数量用户资源而设计的。事件用来通知线程有一些事件已发生，从而启动后继任务的开始。

（1）临界区是在同一个进程内，实现互斥。它是保证在某一时刻只有一个线程能访问数据的办法，在任意时刻只允许一个线程对共享资源进行访问。如果有多个线程试图同时访问临界区，那么在有一个线程进入后其他所有试图访问此临界区的线程将被挂起，并一直持续到进入临界区的线程离开。临界区在被释放后，其他线程可以继续抢占，并以此达到用原子方式操作共享资源的目的。

（2）互斥量可以跨进程，实现互斥。互斥量跟临界区很相似，只有拥有互斥对象的线程才具有访问资源的权限。由于互斥对象只有一个，因此就决定了任何情况下此共享资源都不会同时被多个线程所访问。当前占据资源的线程在任务处理完后应将拥有的互斥对象交出，以便其他线程在获得后得以访问资源。

互斥量与临界区的作用非常相似，但互斥量是可以命名的，也就是说它可以跨越进程使用，所以创建互斥量需要的资源更多。因此，如果只为了在进程内部使用，使用临界区会带来速度上的优势，并能够减少资源占用量。因为互斥量是跨进程的，互斥量一旦被创建，就可以通过名字打开它。

互斥量比临界区复杂。因为使用互斥量不仅能够在同一应用程序不同线程中实现资源的安全共享，而且可以在不同应用程序（不同进程）内的线程之间实现对资源的安全共享。

（3）信号量主要是实现同步，可以跨进程。信号量对象对线程的控制方式与前面几种方法不同，信号量允许多个线程同时使用共享资源，这与操作系统中的 PV 操作相同。它指出了同时访问共享资源的线程最大数目。它允许多个线程在同一时刻访问同一资源，但是需要限制在同一时刻访问此资源的最大线程数目。一般是将当前可用资源计数设置为最大资源计数，每增加一个线程对共享资源的访问，当前可用资源计数就会减 1，只要当前可用资源计数是大于 0 的，就可以发出信号量信号。但是，当前可用计数减小到 0 时则说明当前占用资源的线程数已经达到了所允许的最大数目，不能再允许其他线程进入，此时的信号量信号将无法发出。

（4）事件实现同步，可以跨进程。事件对象也可以通过通知操作的方式来保持线程的同步，并且可以实现不同进程中的线程同步操作。

1.4.3 一些基本概念

算法是解题方法的精确描述，是一组有穷的规则，它们规定了解决某一特定问题的一系列运算。并行算法是并行计算时一些可同时执行的多个进程或线程的集合，这些进程或线程相互作用和协调工作，从而达到对给定问题的求解。并行算法就是对并行计算过程的精确描述。从不同的角度，并行算法可以分为不同的类别：数值并行算法和非数值并行算法；同步的、异步的和分布式的并行算法；共享存储的和分布存储的并行算法；确定的和随机的并行算法等。

数值计算是指基于代数关系运算的一类诸如矩阵计算、多项式求值、求解线性方程组等数字计算问题。求解数值计算问题的算法称为数值算法。科学与工程中的计算问题如计算力学、计算物理、计算化学等一般是数值计算问题。

非数值计算是指基于比较关系运算的一类计算问题，如排序、选择、搜索和匹配等符号处理问题。求解非数值计算问题的算法称为非数值算法。非数值计算在符号类信息处理中获得广泛应用，如数据库领域的计算问题、海量数据挖掘等。近年来，广泛关注的生物信息学主要也是非数值计算。

同步是在时间上强制使一组执行中的进程或线程在某一点相互等待，确保各处理器的正确工作顺序。程序员需要在算法中恰当的位置设置同步点。同步可以用软件、硬件或固件的方法来实现。互斥是在并行算法的各进程或线程异步执行过程中，对共享资源的正确访问——资源的互斥访问。

通信是多个并行执行的任务在空间上进行数据交换。

同步算法是指算法的各个进程或线程的执行必须相互等待的一类算法。

异步算法是指算法的各个进程或线程的执行不必相互等待的一类算法。

分布算法是指由通信链路连接的多个结点协同完成问题求解的一类算法。

确定性算法是指算法的每一步都能明确地指明下一步动作的一类算法。

随机算法是指算法的每一步都随机地从指定范围内选取若干参数，由此确定算法的下一动作的一类算法。

处理机一般包括中央处理器（CPU）、主存储器、输入/输出接口（I/O），处理机加上外围设备就构成完整的计算机系统。

多处理机系统一般是指集成多个处理器的计算机系统，一般是共享存储计算机系统。多计算机系统一般是指将多个计算机联合起来处理问题的计算机系统，一般是分布存储计算机系统。

习　　题

1. 举例说明任务并行、数据并行、流水线并行。
2. 简述并行计算的研究内容。

第2章 并行计算机基础

学习目标

- 掌握并行计算机体系结构;
- 掌握并行计算机的分类;
- 了解多核技术和GPU技术。

本章首先讲述并行计算机的体系结构，包括结点、互联网络和访存模型。然后讲述并行计算机的分类，分别从控制结构、地址空间和系统结构模型进行讲述。最后简单介绍多核技术和GPU技术。

2.1 并行计算机体系结构

现代计算机发展历程可以分为串行计算时代、并行计算时代两个明显的发展时代，了解并行计算机体系结构是开展并行计算研究的基础。为了设计一个高效率的并行算法，实现一个高效率的并行程序，也需要对并行计算机体系结构有一定的了解。

组成并行计算机的三个要素为：（1）结点，每个结点由多个处理器构成，可以直接输入/输出（I/O）；（2）互联网络，所有结点通过互联网络相互连接相互通信；（3）内存，由多个存储模块组成；这些模块可以与结点对称地分布在互联网络的两侧（见图2-1），也可以位于各个结点的内部（见图2-2）。

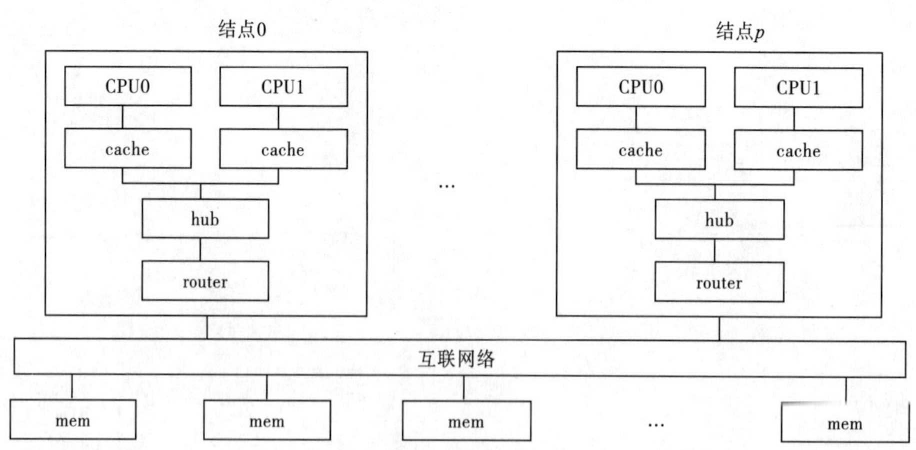

图2-1 内存模块与结点分离

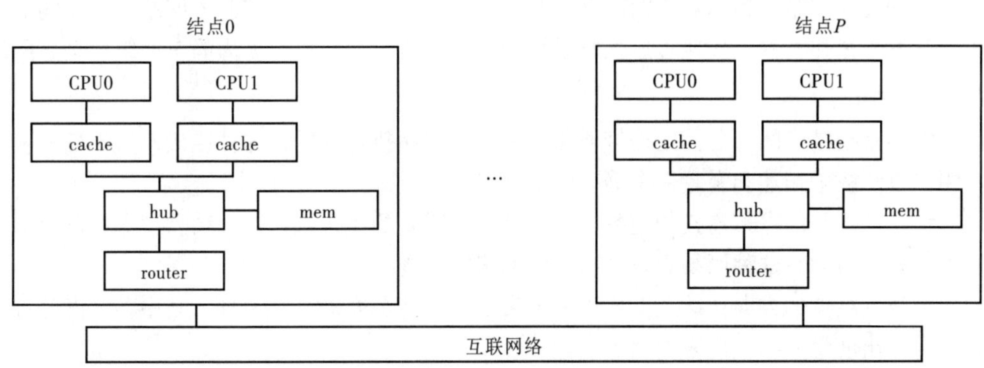

图 2-2　内存模块位于结点内部

下面分别从结点、互联网络和内存三方面简要讨论并行计算机的体系结构。

2.1.1　结点

结点是构成并行计算机的最基本单位。一个结点可以包含两个或两个以上处理器，并行程序执行时，程序分派的各个进程将并行地运行在结点的各个处理器上。每个处理器拥有局部的二级高速缓存（L2 cache）。L2 cache 是现代高性能处理器用于弥补日益增长的 CPU 执行速度和内存访问速度差距（访存墙）而采取的关键部件。它按 cache 映射策略缓存内存访问的数据，同时为 CPU 内部的一级 cache 提供计算数据。CPU 内部的一级 cache 为寄存器提供数据，寄存器为逻辑运算部件提供数据。

在结点内部，多个微处理器可以通过集线器相互连接，并共享连接在集线器上的内存模块、I/O 模块及路由器。当处理器个数较少时，集线器一般采用高速全交互交叉开关，或者高带宽总线完成；如果处理器个数较多，则集线器就等同于并行机的互联网络。

随着处理器速度的日益增长，结点内配置的内存容量也在增长。传统地，一个单位的浮点运算速度配一个字节的内存单元，是比较合理的。但是，考虑到日益增长的内存墙的影响，这个比例可以适当缩小。例如，一个单位的浮点运算速度配 0.4 B 的内存单元。如果以单个微处理器速度为 60 亿次/s 计算，包含 4 个处理器的单结点的峰值运算速度可达 240 亿次/s，内存空间需要 8 GB 以上。于是，在当前并行计算机的结点内，一般需要采用 64 位的处理器才能操作如此大的内存空间。

2.1.2　互联网络

在并行计算的过程中，处理器要与局部存储器、共享存储器及其他处理器通信。因此，互联网络在并行计算机中担当着十分重要的角色。可以用图来表示网络：结点表示网络中的各种部件，边表示链路。

并行计算机中的互联网络有结点内的和结点间的两个层次。互联网络的操作方式可分为同步通信和异步通信，控制策略可分为集中控制和分布控制。互联网络的交换方式有存储转发和切通寻径。

结点内的互联网络指 CPU、局部内存、本地磁盘和结点内的其他设备之间的互联网络，例如，处理器总线、存储总线。

结点间的互联网络指各结点之间的互联网络，例如以太网和各种定制的网络。结点间的互联网络可以有各种拓扑结构，按照程序执行过程中链路是否可变，可以分为静态网络和动态网络。

1. 静态网络

静态网络是指结点间有着固定连接通路，并且在程序执行期间，这种连接保持不变的网络。通常，用以下参数来描述和衡量一个静态网络。

（1）结点度：与结点相连接的边数，表示结点所需要的 I/O 端口数。结点度保持恒定的网络可扩展性更好，因为在这种网络中每个结点的网络接口规格统一。

根据通道到结点的方向，结点度可进一步表示为：结点度=入度+出度。其中，入度是进入结点的通道数，出度是从结点出来的通道数。

（2）链路的长度：链路中包含的边数。

（3）网络规模：网络中的结点数，表示该网络所能连接部件的多少。

（4）距离：两个结点之间最短的链路的长度。

（5）网络直径：网络中任意两个结点之间的最长距离。它表征了信息在网络中传输时可能经过的链路长度的最大值，因此它是说明网络通信性能的一个指标。从通信的观点来看，网络直径应当尽可能得小。

（6）等分宽度：网络被切成相等的两半时，沿切口的最小边数。

（7）对称性：若从任何结点看，网络的拓扑结构都一样，则该网络称为对称的。对称的网络实现和编程都比较容易。

下面以线性阵列和环为例介绍一下静态网络的参数。

（1）线性阵列：在线性阵列中，N 个结点用 $N-1$ 条链路连接起来，如图 2-3 所示。内部结点度为 2，端结点度为 1。直径为 $N-1$，等分宽度为 1，不对称。当 N 很大时，通信效率很低，而且可靠性不高。一旦某条链路失效，则系统就不能工作。

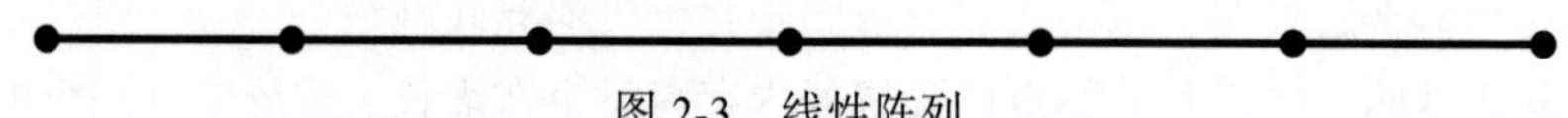

图 2-3　线性阵列

（2）环：将一个线性阵列的两端相连就构成一个环。环可以是单向工作的，也可以是双向工作的。双向环因为有两条通路，所以可靠性比单向环更高。环是对称的，结点度为常数 2。单向环直径为 $N-1$，双向环直径为 $\lfloor N/2 \rfloor$，如图 2-4 所示。

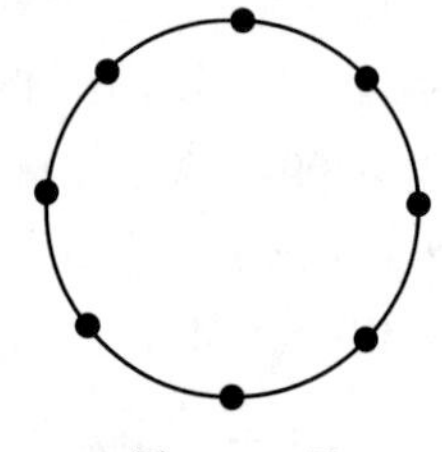

图 2-4　环

评价一个静态网络的基本准则：固定并行计算机包含的结点个数，等分宽度越大，网络直径越小，则互联网络质量越高。

【例 2-1】 8 结点的线性阵列静态网络参数。

如图 2-5 所示，8 结点的线性阵列的网络规模为 8；内部结点度为 2，端结点度为 1；链路的长度为 7；距离参见表 2-1；根据表 2-1，网络直径为 7；等分宽度为 1；不对称。

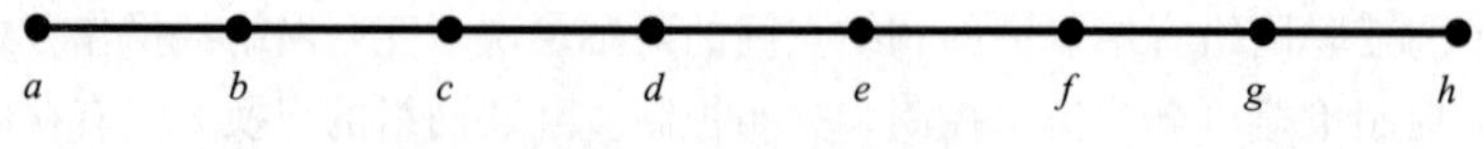

图 2-5　8 结点的线性阵列

表 2-1　8 结点的线性阵列的距离

头＼尾	a	b	c	d	e	f	g	h
a		1	2	3	4	5	6	7
b	1		1	2	3	4	5	6
c	2	1		1	2	3	4	5
d	3	2	1		1	2	3	4
e	4	3	2	1		1	2	3
f	5	4	3	2	1		1	2
g	6	5	4	3	2	1		1
h	7	6	5	4	3	2	1	

【例 2-2】8 结点的单向环静态网络参数。

如图 2-6 所示，8 结点的单向环的网络规模为 8；结点度为 2；链路的长度为 8；距离参见表 2-2；根据表 2-2，网络直径为 7；等分宽度为 2；对称。

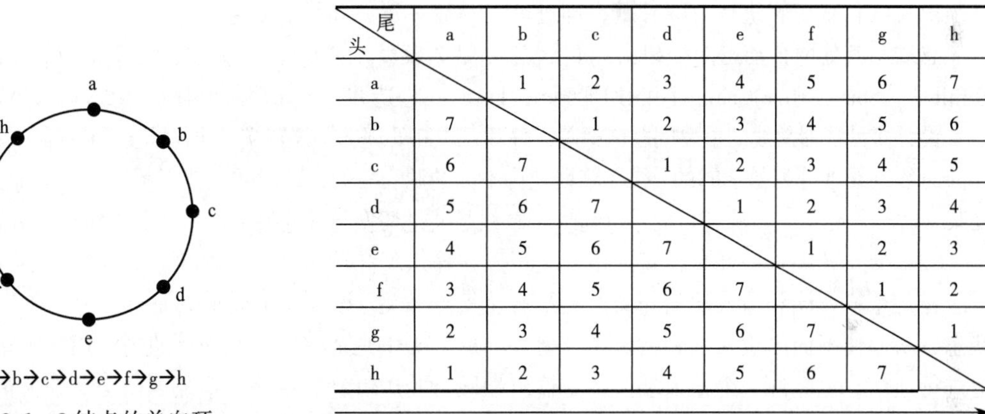

图 2-6　8 结点的单向环

表 2-2　8 结点的单向环的距离

头＼尾	a	b	c	d	e	f	g	h
a		1	2	3	4	5	6	7
b	7		1	2	3	4	5	6
c	6	7		1	2	3	4	5
d	5	6	7		1	2	3	4
e	4	5	6	7		1	2	3
f	3	4	5	6	7		1	2
g	2	3	4	5	6	7		1
h	1	2	3	4	5	6	7	

【例 2-3】8 结点的双向环静态网络参数。

如图 2-7 所示，8 结点的双向环的网络规模为 8；结点度为 2；链路的长度为 8；距离参见表 2-3；根据表 2-3，网络直径为 4；等分宽度为 2；对称。

【例 2-4】几个 8 结点静态网络质量比较。

对于 8 结点的双向环，等分宽度为 2，网络直径为 4；对于 8 结点的单向环，等分宽度为 2，网络直径为 7；对于 8 结点的线性阵列：等分宽度为 1，网络直径为 7。所以，8 结点的双向环互联网络质量相对较高，8 结点的线性阵列互联网络质量相对较低。

2．动态网络

动态网络是用开关单元构成的，可按应用程序的要求动态地改变连接状态的网络。

动态网络中的连接不固定，在程序执行过程中可以改变。动态网络中设置有电子开关、路由器、集中器、分配器、仲裁器等部件。可以向这些开关发送控制信号来设置这些设备的状态，从而改变网络的连接状态。动态网络主要有总线、交叉开关和多级互联网络。

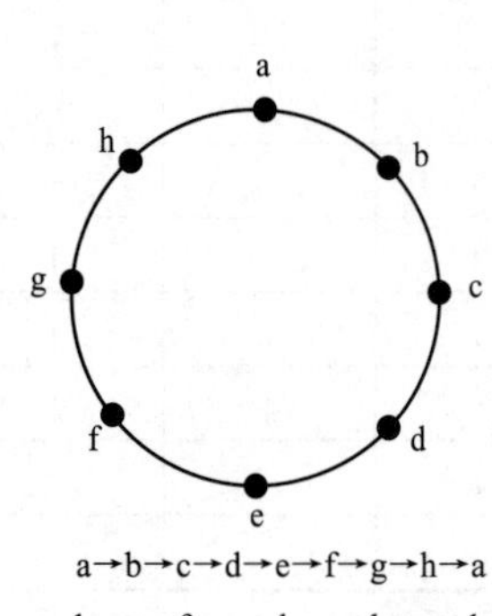

图 2-7　8 结点的双向环

表 2-3　8 结点的双向环的距离

头＼尾	a	b	c	d	e	f	g	h
a		1	2	3	4	3	2	1
b	1		1	2	3	4	3	2
c	2	1		1	2	3	4	3
d	3	2	1		1	2	3	4
e	4	3	2	1		1	2	3
f	3	4	3	2	1		1	2
g	2	3	4	3	2	1		1
h	1	2	3	4	3	2	1	

（1）总线：实际上是连接处理器、存储器和 I/O 等外围设备的一组导线和插座。总线的一个特点：它在某一时刻只能用于一对源和目的之间传输数据。当有多对源和目的请求使用总线时，必须由总线仲裁逻辑进行总线仲裁，即确定先为哪一对源和目的服务。

总线与其他两种动态网络相比，价格较低，带宽较窄。目前，已有很多总线标准，如 PCI、VME、Multibus、Sbus、MicroChannel 和 IEEE Futurebus。在构造并行系统时，常使用多处理器总线。

设计多处理器总线的重要问题包括总线仲裁、中断处理、协议转换、快速同步、Cache 一致性等。

总线与线性阵列是不同的。线性阵列允许不同的源和目的结点对并发使用系统的不同部分。总线在某一时刻只允许一对源和目的结点通信，总线是通过切换与其连接的许多结点来实现时分特性的。

（2）交叉开关：一种高带宽网络，它可以在输入端和输出端之间建立动态连接。

在每个输入端和输入端的交叉点上都有交叉点开关。该开关可以根据需要置为“开”或“关”状态，从而使不同的输入端和输出端导通。$n \times n$ 交叉开关允许 n 对源和目的同时用互不重叠的通道进行通信，也允许一个输入端向多个输出端同时发送信息。在并行系统中，交叉开关可以用来连接处理器和处理器，也可以用来连接处理器和存储器。

（3）多级互联网络：为了构造大型网络，可以把交叉开关级联起来，构成多级互联网络。各种多级互联网络的区别就在于所用的交叉开关、控制方式和级间连接模式不同。

3．高速互联网络

近年来，特别是随着集群系统的迅速发展，涌现出许多高速互联网络，例如 Myrinet、ATM、FDDI 等。它们有着传统以太网不可比拟的优良性能。同时，它们的出现为构造集群系统在通信方面奠定了基础。

Myrinet 是 Myricom 公司研制的一种高带宽低延迟的互联网络。由于它使用了多项大规模并行计算机（MPP）中的技术，使得它有很高的带宽。Myrinet 网络由一系列多端口交换开关组成，每个交换开关可与计算机或其他交换开关相连。Myrinet 可以构成任意拓扑结构的网络。

ATM（asynchronous transfer model，异步传输模式）是一种与介质无关的信息传输协议。它以信元为最基本的信息传输单位。数据的通路称为虚通道。在传递信元之前，要先建立虚通道。在 ATM 网络中包含交换机，交换机之间可以相互连接。使用 ATM 网的计算机通过 ATM 适配卡连接到交换机上。ATM 适配卡上的芯片负责将报文分解为信元、将信元组装成报文、缓冲信元和校验。ATM 尤其适用于视频、声音等多媒体数据的实时传输。

FDDI（fiber distributed data interface，光纤分布式数据接口）使用令牌环结构。为了增加可靠性，采用了双向环来提供冗余通路。FDDI 具有互联大量设备的能力。FDDI 通过隔离故障的方法使得网络非常可靠，这使得它可以用于需要频繁增加、移走设备的场合。FDDI 可以通过专用的路由器连向以太网集线器，由以太网集线器再连向桌面的微机。

HiPPI（high performance parallel interface，高性能并行接口）是美国 Los Alamos 国家实验室于 1987 年提出的一个标准，其目的是统一不同厂商的所有大型机和超级计算机的接口。

除了以上提到的各种高速网络技术，还有许多高速网络技术可以用来构造并行计算机，比如千兆位以太网、光纤通道技术等。在这些网络技术的支持下，普通的企业和单位都可以方便地构造出性能优良的并行计算机，比如集群系统。

2.1.3 并行计算机访存模型

并行计算机访存模型是从访问存储器的方式的角度来研究并行计算机，常用的并行计算机访存模型有 UMA、NUMA、DMA 等。在分布式的并行计算机中，通常包含多个结点，每个结点内都有处理器和存储器。本结点内的处理器和存储器通常称为本地的或局部的，而其他结点中的处理器和存储器常称为远程的。

UMA 是 uniform memory access（均匀存储访问）的缩写。在这种并行机中，所有的处理器均匀共享物理存储器，所有处理器访问任何存储字需要相同的时间。每台处理器可以有私有高速缓存。UMA 的结构如图 2-8 所示，其中 P 表示处理器，SM 表示共享存储器。

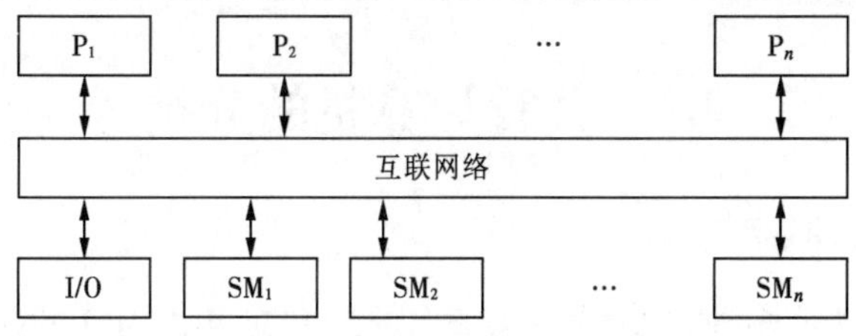

图 2-8　均匀存储访问结构

NUMA 是 non-uniform memory access（非均匀存储访问）的缩写。在 NUMA 中，共享存储器在物理上是分布的，所有的本地存储器构成了全局地址空间。NUMA 与 UMA 的区别在于处理器访问本地存储器和群内共享存储器比访问远程存储器或全局共享存储器快。图 2-9 中（a）表示共享本地存储器的 NUMA 结构，（b）为层次式集群 NUMA 结构。LM 表示本地存储器，GSM 表示全局共享存储器，P 表示处理器，CSM 表示群内共享存储器，CIN 表示集群互联网络。

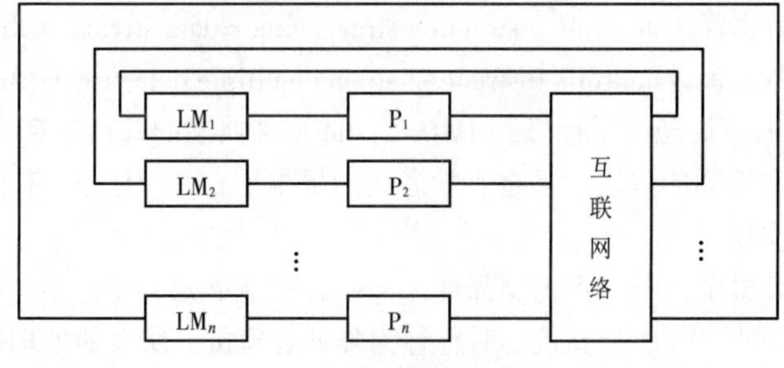

（a）共享本地存储器结构

图 2-9　非均匀存储访问结构

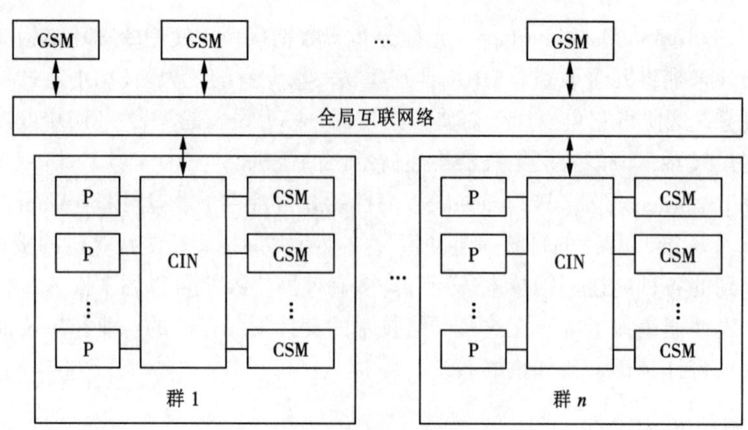

（b）层次式集群结构

图 2-9　非均匀存储访问结构（续）

DMA 是 distributed memory access（分布存储访问）的缩写。所有存储器都是私有的，只能被局部的 CPU 访问，对其他结点的内存访问只能通过消息传递程序设计来实现。一般来说，每个结点均是一台由处理器、存储器、I/O 设备组成的计算机。目前的 MPP 并行计算机各个结点之间，或者微机集群各个结点之间，均是这种访存模型。

混合访存模型是前三类访存模型的优化组合。典型的是星群系统中，每个结点内部都是均匀访存模型或非均匀访存模型，结点之间是分布访存模型。目前，MPP 系统中大多采用混合访存模型。

2.2　并行计算机的分类

2.2.1　并行计算机的控制结构

对并行计算机的分类有多种方法，其中最著名的是 1966 年由 M. J. Flynn 提出的分类法，称为 Flynn 分类法。Flynn 分类法是从计算机的运行机制进行分类的。

首先做如下定义：指令流（instruction stream）指机器执行的指令序列；数据流（data stream）指由指令流调用的数据序列，包括输入数据和中间结果。

Flynn 根据指令流和数据流的不同组织方式，把计算机系统的结构分为以下四类：

（1）单指令流单数据流（single instruction stream single data stream, SISD）。

（2）单指令流多数据流（single instruction stream multiple data stream, SIMD）。

（3）多指令流单数据流（multiple instruction stream single data stream, MISD）。

（4）多指令流多数据流（multiple instruction stream multiple data stream, MIMD）。

SISD 就是普通的顺序处理的串行机。SIMD 和 MIMD 是典型的并行计算机。MISD 在实际中代表何种计算机，也存在不同的看法，甚至有学者认为根本不存在 MISD。有的文献把流水线结构的计算机看成 MISD 结构。

在一台 SIMD 计算机中，有一个控制部件（又称为控制单元）和许多处理单元。大量的处理单元通常构成阵列，因此 SIMD 计算机有时也称为阵列处理机。所有的处理单元在控制部件的统一控制下工作。控制部件向所有的处理单元广播同一条指令，所有的处理单元同时执行这条指令，但是每个处理单元操作的数据不同。控制部件可以有选择地屏蔽掉一些处理单元，被屏蔽掉的处理单元不执行控制部件广播的指令。

SIMD 计算机同时用相同的指令，对不同的数据进行操作。例如，对于数组赋值运算：

$$A=A+1$$

在 SIMD 并行机上可以用加法指令同时对数组 A 的所有元素实现加 1。即数组（或向量）运算特别适合在 SIMD 并行机上执行，SIMD 并行机可以对这种运算形式进行直接的支持，高效地实现。

在 MIMD 计算机中没有统一的控制部件。在 MIMD 中，各处理器可以独立地执行不同的指令。在 MIMD 中，每个处理器都有控制部件，各处理器通过互联网络进行通信。

MIMD 计算机同时有多条指令对不同的数据进行操作，例如对于算术表达式

$$A=B+C+D-E+F*G$$

可以转换为

$$A=(B+C)+(D-E)+(F*G)$$

加法（B+C）、减法（D−E）、乘法（F*G）如果有相应的直接执行部件，则这三个不同的计算可以同时进行。

MIMD 结构比 SIMD 结构更加灵活。在 SIMD 机中，各处理单元执行的是同一个程序；而在 MIMD 机上，各处理器可以独立执行不同的程序。SIMD 计算机通常要求实际问题包含大量的对不同数据的相同运算（例如向量运算和矩阵运算）才能发挥其优势；而 MIMD 计算机则无此要求，它可以适应更多的并行算法，因此可以更加充分地挖掘实际问题的并行性。SIMD 所使用的 CPU 通常是专门设计的，而 MIMD 可以使用通用 CPU。

2.2.2 地址空间

从地址空间的角度，可以将并行计算机分为两类：消息传递体系结构和共享地址空间体系结构。

在消息传递结构的并行机中，通常每个处理器有自己的存储器。该存储器只能被该处理器访问而不能被其他处理器直接访问，因此这种存储器通常称为局部存储器或私有存储器。当处理器 n 需要向处理器 $n+1$ 传送数据时，处理器 n 把被传送的数据以消息的形式发送给处理器 $n+1$。

在共享地址空间体系结构的并行机中，系统中只有唯一的一个地址空间，所有的处理器共享该地址空间。共享地址空间并不意味着系统中必须存在一个在物理上共享的存储器。共享地址空间可以通过一个物理上共享的存储器来实现，也可以通过分布式存储器来实现。在某些并行系统中，存储器分布在各个不同的结点内，通过硬件和软件的方法维护一个单一的地址空间。当处理器要访问不在本结点内的内存时，由系统硬件和软件为它找到所需访问的内存。

2.2.3 并行计算机系统结构模型

从系统结构的角度，并行计算机一般可以分为六类：单指令流多数据流计算机（SIMD）、并行向量处理计算机（PVP）、对称多处理并行计算机（SMP）、大规模并行计算机（MPP）、分布式共享存储并行计算机（DSM）、集群。这六种计算机中，除了 SIMD 外，其余五种均属于 MIMD 计算机。

1. SIMD 计算机

SIMD 计算机结构如图 2-10 所示，其中 PE 表示处理单元，P 表示处理器，M 表示存储器。

SIMD 中通常包含大量处理单元 PE，而控制部件只有一个。控制部件广播一条指令，所有的

处理单元同时执行这条指令，但不同的处理单元操作的数据可能不同。

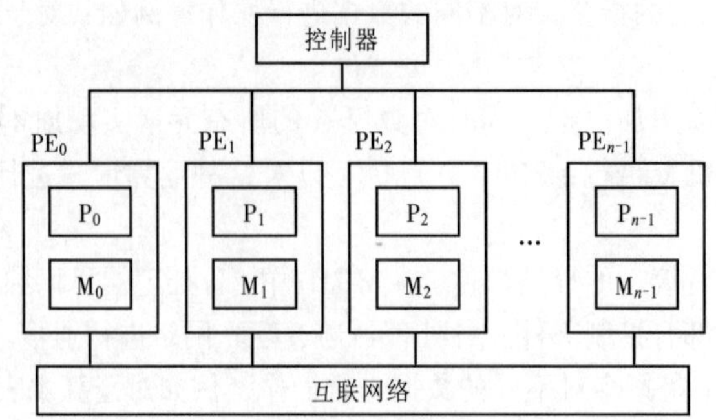

图 2-10　SIMD 计算机

2．并行向量处理计算机（parallel vector processor，PVP）

在 PVP 中有少量专门定制的向量处理器，每个向量处理器有很高的处理能力。PVP 通常使用定制的高带宽网络，将向量处理器连向共享存储器模块，存储器可以很高的速度向处理器提供数据。PVP 通过向量处理和多个向量处理器并行处理两条途径来提高处理能力。我国的银河一号和银河二号就是 PVP。

PVP 系统结构如图 2-11 所示。图中 VP 表示向量处理器，SM 表示共享存储器。

3．对称多处理并行计算机（symmetric multiprocessor，SMP）

SMP 的最大特点是其中的各处理器完全平等，无主从之分。所有的处理器都可以访问任何存储单元和 I/O 设备。存储器一般使用共享存储器，只有一个地址空间。SMP 的存储器系统结构属于 UMA 模型。因为使用共享存储器，通信可用共享变量（读/写同一内存单元）来实现，这使得编程很容易。SMP 广泛地用于服务器领域，我国的曙光一号就是对称多处理并行计算机。

SMP 的结构如图 2-12 所示。P/C 表示处理器和高速缓存，SM 表示共享存储器。

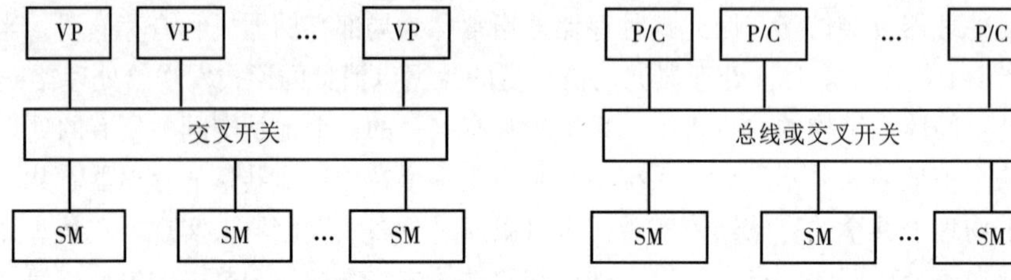

图 2-11　并行向量处理计算机　　　图 2-12　对称多处理并行计算机

SMP 系统每个处理器可以平等地访问内存及 I/O 的对称逻辑结构，及其对称的硬件结构，有利于开发较高的并行性。

对称性是 SMP 的优点，但它也给 SMP 带来了一些问题：所有的处理器都可以访问存储器和 I/O 设备，使得存储器和 I/O 的负载很大，容易成为系统的瓶颈。这限制了系统中处理器的数量。另一方面，所有处理器共用一个存储器和一个操作系统，所以总线、存储器、操作系统中有一个失效，就会导致整个系统崩溃，系统不够可靠和稳定。SMP 系统的互联网络使用总线或交叉开关，而总线和交叉开关一旦做成就难于扩展。

4．大规模并行计算机（massively parallel processor，MPP）

MPP 一般指规模非常大的并行计算机系统，含有成千上万个处理器。它一般采用分布的存储器（DMA），存储器一般为处理器私有，各处理器之间用消息传递的方式通信。大规模并行计算机的互联网络一般是专门设计定制的。我国的曙光 1000 就是大规模并行计算机。

MPP 的结构如图 2-13 所示。其中，MB 表示存储器总线，P/C 表示处理器和高速缓存，NIC（network interface circuitry）表示网络接口电路，LM 表示本地存储器。NIC 是用来将计算机与网络连接起来的接口电路；典型的 NIC 包括一个嵌入式的处理器，一些输入、输出缓冲器，以及一些控制存储器和控制逻辑；它的功能有：将消息格式化、路由选择、流和错误控制等。

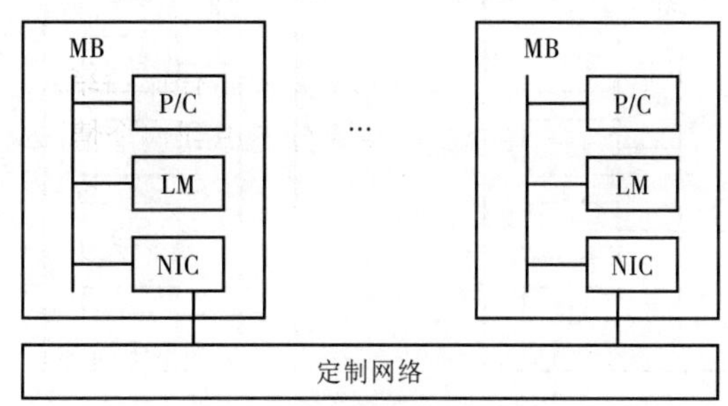

图 2-13　大规模并行计算机

MPP 系统中处理器数目巨大，整个系统规模庞大，许多硬件设备是专门设计制造的，开发起来比较困难，通常被视为国家综合实力的象征。同时，MPP 能够提供其他并行计算机不能达到的计算能力，达到 3T 性能目标[1 TFlops（每秒浮点运算次数）计算能力，1 TB 主存容量和 1 TB 的 I/O 带宽]和解决重大挑战性课题都寄希望于 MPP。但是，目前性能最好的 MPP 的水平，距离实际的需求还有不小的差距。

MPP 系统过去主要用于科学计算、工程模拟等以计算为主的场合，目前 MPP 也广泛应用于商业和网络应用中，例如数据仓库、决策支持系统和数字图书馆。目前的 MPP 都是通用的系统，能支持不同的应用、不同的算法，都支持异步 MIMD 模式，支持流行的标准编程模式（MPI 等）。

开发 MPP 的目的是通过大量的硬件得到高性能，所以 MPP 开发中的一个重要问题是：系统的性能是否随着处理器数量（近似）线性地增长。为了达到这一目标，MPP 采用了一系列技术。采用分布的存储器就是因为分布式的体系结构比集中式的能提供更高的带宽。在处理器数目很多的情况下，通信开销是影响系统加速比的重要因素。因此，MPP 使用专门设计的高带宽、低延迟互联网络。

MPP 包含有大量的处理器等硬件，这使得系统发生故障的概率大大提高。据报道，一台有 1 000 个处理器的 MPP，每天至少有一个处理器失效。因此，MPP 必须使用高可用性技术，使得失效的部件不致导致整个系统崩溃。同时，失效的处理器在失效前完成的任务能够得以保存以便其他结点能够继续进行处理。

MPP 系统需要考虑的另一个问题是系统的成本。因为 MPP 要使用大量的硬件，因此要尽量降低每一部件的成本。

总之，处理器数量大是 MPP 区别于其他系统的主要特点。MPP 巨大的计算能力来源于大量的处理器，它的许多问题和技术困难也与此有关，例如通信困难、成本高等。MPP 可达到很高的峰值速度，但由于通信、算法等原因，持续速度通常只有峰值速度的 3%～10%。MPP 是最有希望达到 3T 性能目标和解决重大挑战性问题的系统，但是如何能提高持续速度仍是一个问题。

5．分布式共享存储并行计算机（distributed shared memory，DSM）

DSM 的主要特点是它的存储器在物理上是分布在各个结点中的，但是通过硬件和软件为用户提供一个单一地址的编程空间，即形成一个虚拟的共享存储器。它通过高速缓存目录支持分布高速缓存的一致性。DSM 与 SMP 的区别在于各结点内有存储器，与 MPP 的区别在于存储器在逻辑上是共享的。我国的银河三号和神威一号就是分布式共享存储并行计算机。

DSM 的结构如图 2-14 所示，其中 DIR 表示高速缓存目录，其他符号同前。

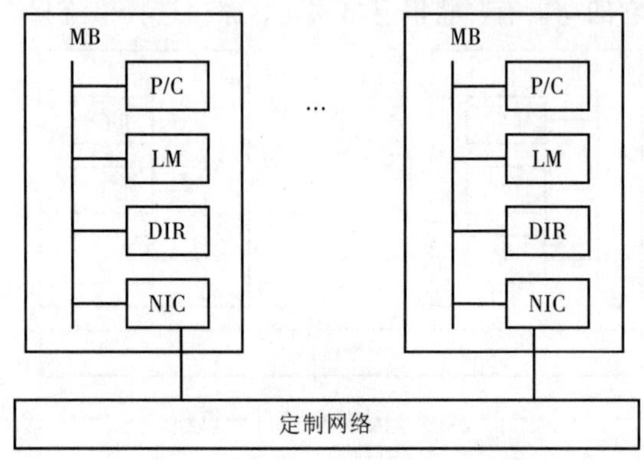

图 2-14　分布式共享存储并行计算机

6．集群（cluster）

集群是一种新兴的并行系统，由高档微机或工作站用高速互联网络（有的商用集群也使用定制的网络）连接而成。因此，集群的每个结点都是一台完整的计算机（可能没有鼠标、显示器等外设）。集群是一种分布存储的并行系统，属于 DMA，各结点通信主要使用消息传递方式。1997 年，战胜卡斯帕罗夫的“深蓝”，就是一个采用 30 个 RS/6000 工作站结点的 IBM SP2 集群。我国的深腾 1800/6800 和曙光 2000/3000 就是集群系统。

集群的结构如图 2-15 所示，其中 LD 表示本地磁盘，B 表示存储总线与 I/O 总线的接口，IOB 表示 I/O 总线。

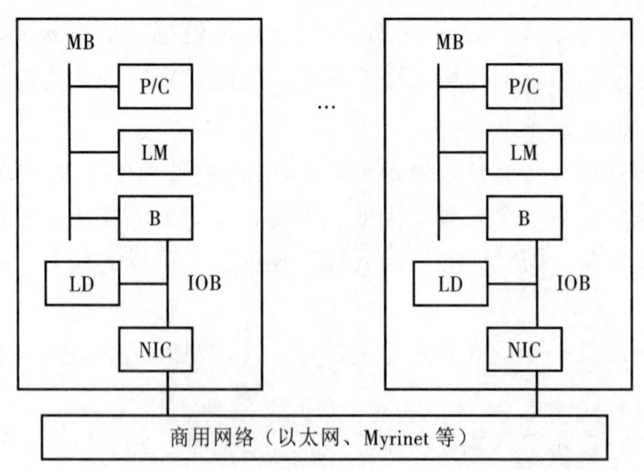

图 2-15　集群

（1）集群的组成：具体而言，集群系统主要由结点计算机、高速互联网络、操作系统、单一系统映像等中间件、并行编程环境和应用程序等部分组成。

- 结点计算机：集群结点可以灵活采用高性能的微型机、工作站或 SMP 并行机等，结点机处理器的处理性能是影响集群系统整体性能的一个最关键的因素。理论上结点机处理器的主频和浮点运算速度是决定集群计算速度的主要因素。

由于图形加速处理器（GPU）具有很强的浮点和向量（矩阵数组）计算能力，所以在集群中采用一定数量以 GPU 作为处理器的计算加速结点，将能提升集群的性能，例如我国的“天河一号”就采用 GPU 加速结点并提升了 GPU 的计算效率，实现了 CPU 与 GPU 融合的异构协同计算。

- 高速互联网络：集群系统一般可以采用高带宽的以太网、异步传输模式(ATM)、可扩展一致性接口(SCI)、QsNet、Myrinet 和 InfiniBand 等网络技术实现结点机的互联，其中千兆/万兆级以太网、Myrinet 和 InfiniBand 使用比较广泛，尤其是后者。

InfiniBand 互联技术也被称为“无限带宽”。InfiniBand 最初由 Mellanox 公司提出，是一种基于输入/输出总线的通用宽带互联技术，原本是为了解决因 PCI 等并行总线结构速度较慢而导致的服务器 CPU 输入/输出瓶颈问题，这种瓶颈制约了服务器与存储设备、网络结点、其他服务器之间的通信能力。但由于 InfiniBand 非常适合于高性能计算系统，所以后来便成为一种广泛应用于超级计算机系统的开放性高速互联网络技术标准。

InfiniBand 规范中定义了交换机、通道适配卡、线缆和子网管理器等标准设备，InfiniBand 交换机在各个结点、各种设备之间建立点对点的串行连接并进行流量控制，可有效避免数据流量的阻塞。基于交换方式的点对点的串行连接使 InfiniBand 网络具有极强的可扩展性，一个网络可由数千个子网（Subnet）组成，每个子网有一个子网管理器、可支持上万个结点，这种子网架构实现了更有效的分散管理。

InfiniBand 采用串行双向数据传输方式，利用多路复用信号传输技术可实现并发的多通道数据传送。单个 InfiniBand 连接通道的线缆由四根信号线组成，基本数据传输速率可达 2.5　Gbit/s，通过增加信号线数目并将多个通道组合成一个端口，就能使传输带宽成倍增加。最新的 4 倍数据率（QDR）InfiniBand 已达到 10 Gbit/s 的通道基本传输速率，在 1、4、12 倍通道连接模式可使传输速率分别达到 10 Gbit/s、40 Gbit/s、120 Gbit/s。

目前，InfiniBand 在超级计算机的应用日益广泛，例如近几年全球超级计算机排行榜 TOP 500 排名中采用 InfiniBand 互联技术的超级计算机的比例比较大。

- 操作系统：超级计算机除了具备非常强大的计算能力，对操作系统以及软件的要求也比较高。操作系统为集群提供支持环境，决定了结点机之间的交互方式，应具备较强的适应性和稳定性，集群采用的操作系统主要有 Linux、Sun Solaris UNIX 和 Windows NT 等。其中，Linux 具有支持多种硬件平台、对系统资源的低占用率、开放代码、高安全性、稳定性和可靠性等诸多优点，特别是 Linux 提供了大量结点并行计算系统所需的标准消息传递机制（如后面介绍的 MPI 等）和高性能网络支持，使其在越来越多的集群系统中被广泛采用。
- 单一系统映像中间件：集群系统是由大量结点计算机组成的并行处理系统，但从集群用户和程序员的角度而言，最好能使结构复杂的集群像一台计算机一样便于使用和管理，具有单机式的管理控制、单一的地址空间和单一的文件系统等特性，以有效降低用户操作和程序员编程的复杂度，即具有“单一系统映像（single system image，SSI）”特性。

SSI 由相应的集群中间件实现，所谓集群中间件（middleware）是指在上层连接各个结点机的操作系统，实现对集群系统资源和网络通信等进行有效控制和管理的软件系统或服务程序，并且能提供便于用户管理和配置系统的图形化操作界面的接口。除了 SSI 之外，集群一般还有高可用性（high availability，HA）管理等中间件，HA 用来快速检测和排除集群系统的故障点，以确保系统能可靠地连续运行。

- 并行编程环境：适用于集群、MPP 等分布式内存结构的并行编程环境，通常可由并行虚拟机（parallel virtual machine，PVM）或消息传递接口（message passing interface，MPI）等来实现。

利用 PVM 工具，可以把互联的各种计算机虚拟为一台并行机，从而为编程人员提供一个便于管理和使用的编程环境，而由 PVM 的编译库对程序进行转换，将程序的计算任务分解为若干子任务后合理分配到各个结点机进行并行处理。

MPI 是一种基于消息传递的并行计算规范，消息（message）一般包括数据、指令或其他各种控制信号等，MPI 提供了一套消息传递库，基于消息传递的并行编程实际上就是通过调用 MPI 的消息传递库函数实现结点机之间的数据交换，并提供并行处理任务之间的同步等。

目前，基于 PVM 和 MPI 并行编程环境，都可以支持 C、C++和 Fortran 等的并行编程。

- 并行应用程序：并行应用程序涉及的领域比较多，在科学计算、人工智能、大数据、图像处理等方面都有相应的软件。

科学计算领域，在天气预报、天文学研究、生物学模拟等方面有相应并行应用程序。人工智能领域，使用并行应用程序进行深度学习模型的运算和训练。大数据领域，使用并行应用程序进行海量数据的数据处理和数据分析。图像处理领域，使用并行应用程序进行图像特征提取、图像识别等工作。

（2）集群与 MPP 的主要区别：集群的每个结点都是一个完整的计算机系统，包括 CPU、内存、硬盘，但可能没有显示器、键盘、鼠标等外围设备，这样的结点称为“无头工作站”；MPP 的每个结点内不一定有硬盘。

集群的结点间通常使用低成本的商品化网络相连，如以太网、ATM、Myrinet 等，而 MPP 使用专门定制的网络，这个特征被认为是集群与 MPP 最主要的区别。

集群结点与系统级网络的网络接口是连接到结点内的 I/O 总线上的，属于松耦合；而 MPP 的网络接口是直接连到结点内的存储总线上的，属于紧耦合。

集群的每个结点上驻留有完整的操作系统；而 MPP 的结点内通常只有操作系统的微核。

（3）集群的特点：集群是处理器技术和网络技术不断提高的产物。商品处理器运算速度飞速提高而且越来越便宜，网络技术的进步使得商品网络的带宽已经很高。高速的网络硬件再加上特殊设计的网络协议，其传输速率已能达到甚至超过某些 MPP 专门定制的网络。这就为并行计算的通信提供了有力的保障。

集群系统提出之后发展十分迅猛，已成为目前研究的热点。集群受到广泛关注的原因是多方面的，其中之一就是它可以用处理器和网络方便地构造。

另外，它还有许多过去的并行系统不可比拟的优势：

- 投资风险小：传统的大规模并行计算机比较昂贵，如果性能不好就等于浪费了大量资金。而集群即使作为并行系统效果不好，但它的每个结点仍可以作为高性能微机使用，不会浪费资金。

- 性能价格比高：传统的并行机由于生产批量小往往价格昂贵。而集群基本上使用市售的商品化部件，价格较低。集群整体的性能已经接近一些 MPP 的水平。
- 系统的开发周期短：集群的硬件都是商用的，开发的重点在通信机制和并行编程环境上。
- 编程方便，软件继承性好：在集群系统中用户无须学习新的并行程序设计语言。只需要在常规的 C、C++、Fortran 串行程序中插入少量通信原语，即可使其在集群上运行。
- 系统结构灵活：不同结构、不同性能、不同操作系统的工作站都可以连接起来构成集群系统。这样，用户可以充分利用现有设备以及闲散的计算机，用少量投资获得较大的计算能力。
- 通过把工作站或微机连接成集群，可在工作站或微机空闲时给其分配任务，当工作站或微机被使用时再回收任务和结果，可以充分利用分散的计算资源。
- 集群系统可扩展性好。

（4）集群系统中的关键技术：包括通信技术、并行程序设计环境、单一系统映像等。

随着商品处理器性能的不断提高，集群各结点的处理速度已相当高，制约集群性能的主要因素是结点间的通信速度。如果通信速度跟不上，各结点的处理能力就发挥不出来。提高通信速度目前从硬件、软件都采取了措施。硬件方面是尽量使用高速网络，如快速以太网、ATM、Myrinet 等。在软件方面，提高网络速度的主要措施是努力减小通信在软件方面的开销，包括精简通信协议、设计新的通信机制等。传统的 TCP/IP 是面向低速率、高差错和大数据包传输而设计的，其设计目标与集群系统的现实情况并不相符。TCP/IP 有很多层次，数据传输时需要反复复制，带来了很大的时延。另一方面，各层中有许多重复的操作。在集群环境中这些操作是不必要的，所以，通过修改、精简协议可以降低通信开销。

为了便于用户使用，集群系统必须给用户提供一个方便易用的并行程序设计环境。目前，集群系统上广泛使用的并行程序设计环境有 MPI、PVM 等。它们基本都是基于消息传递方式的，其中 MPI 应用得最多。

单一系统映像（SSI）的目的是将整个集群系统虚拟为一个统一的系统，使用户感觉不到各微机/工作站的存在，而好像就在使用一台普通的计算机。SSI 包括多方面的内容，例如单一入口点、单一文件层次结构、单一 I/O 空间、单一网络、单一作业管理系统、单一存储空间和单一进程空间等。单一入口点是使用户能像登录一台虚拟主机一样登录集群系统，系统透明地将用户分配到负载较轻的物理主机上。单一文件层次结构把集群中各结点中的文件系统透明地结合成为一个大的文件系统，使用户感觉不到这些文件是分散在许多结点上的；这在每个结点都有操作系统和文件系统的集群系统中比较重要。单一存储空间的含义是：把所有结点的存储器整合为一个大的虚拟存储器。总之，SSI 的作用是使分散的资源看起来像一个统一的更强大的资源。在集群系统中，SSI 可以用硬件实现，也可以用软件实现。用软件实现时，是通过中间件来实现的。中间件是介于操作系统和用户层之间的一层软件。中间件与操作系统联系在一起，支持 SSI、通信、并行度、负载平衡等，在所有的结点上提供对系统资源的统一访问。

集群系统中还有一些其他的重要技术：

例如，全局资源的利用。数据表明，由于网络速度的提高，结点访问其他结点的内存要比访问本地硬盘快。因此，有效地利用整个系统的内存减少使用磁盘可以提高计算速度。这就提出了一个如何有效地利用全局资源的问题。

又如，负载平衡问题，尤其在异构集群中，评价各结点的计算能力以及进程迁移都很困难。

2.3 多核技术

2.3.1 多核芯片

一直以来，处理器芯片厂商都通过不断提高主频来提高处理器的性能。但随着芯片制造工艺的不断进步，从体系结构来看，传统处理器体系结构技术面临瓶颈。晶体管的集成度已超过 1 亿个，很难单纯通过提高主频来提升性能，而且主频的提高同时带来功耗的提高，也是直接促使单核转向多核的深层次原因。从应用需求来看，日益复杂的多媒体、科学计算、虚拟化等多个应用领域都呼唤更为强大的计算能力。在这样的背景下，各主流处理器厂商将产品战略，从提高芯片的时钟频率，转向多线程、多内核。

单核处理器（见图 2-16）是通过提高主频来提升效率，随之提高的还有处理器的功耗和成本。多核处理器通过多核结构的并行计算提高效率，功耗小，但是单个任务的处理速度不会提升。

多核的优点如下：首先，由于是多个执行内核可以同时进行运算，因此可以显著提升计算能力；而每个内核的主频可以比以前低，因而总体功耗增加不太大。其次，与多 CPU 相比，多核处理器采用与单 CPU 相同的硬件机构，用户在提升计算能力的同时无须进行任何硬件上的改变，这对用户来说非常方便。正是由于多核的这些优点，所以，多核很快被用户接受，并得以普及。

多核与多处理器（多 CPU）的区别：多核是指一个处理器芯片有多个处理器核心，它们之间通过 CPU 内部总线进行通信；多处理器是指简单的多个处理器芯片工作在同一个系统上（见图 2-17），多个处理器之间的通信是通过主板上的总线进行的。

微机上使用的多核处理器都使用了片上多核处理器架构。

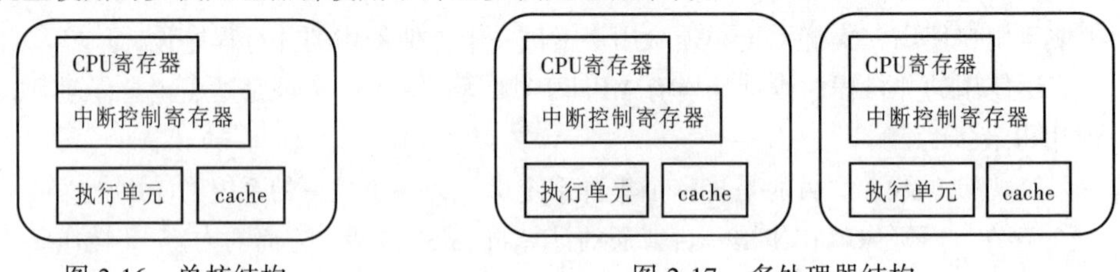

图 2-16 单核结构　　　图 2-17 多处理器结构

2.3.2 片上多核处理器体系结构

片上多核处理器（chip multi-processor，CMP）就是将多个计算内核集成在一个处理器芯片中，从而提高计算能力。

按计算内核的对等与否，CMP 可分为同构多核和异构多核。计算内核相同，地位对等的称为同构多核，现在 Intel 和 AMD 主推的双核处理器，就是同构的双核处理器。计算内核不同，地位不对等的称为异构多核，异构多核多采用“主处理核+协处理核”的设计，IBM、索尼和东芝等联手设计推出的 Cell 处理器正是这种异构架构的典范。

CMP 处理器的各 CPU 核心执行的程序之间有时需要进行数据共享与同步，因此其硬件结构必须支持核间通信。高效的通信机制是 CMP 处理器高性能的重要保障，目前比较主流的片上高效通信机制有两种：一种是基于总线共享的 cache 结构；另一种是基于片上的互联结构。

总线共享 cache 结构是指每个 CPU 内核拥有共享的二级或三级 cache，用于保存比较常用的数据，并通过连接核心的总线进行通信，如图 2-18 所示。这种系统的优点是结构简单，通信速度高，缺点是基于总线的结构可扩展性较差。

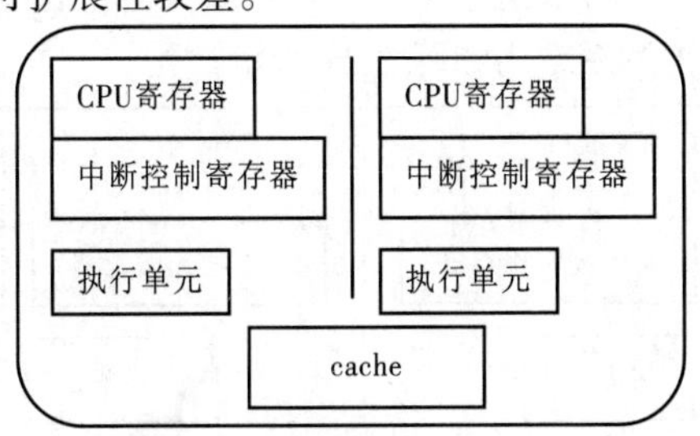

图 2-18　共享 cache 多核体系结构

基于片上互联的结构是指每个 CPU 核心具有独立的处理单元和 cache，各个 CPU 核心通过交叉开关或片上网络等方式连接在一起，如图 2-19 所示。各个 CPU 核心间通过消息通信。这种结构的优点是可扩展性好，数据带宽有保证；缺点是硬件结构复杂，软件改动较大。

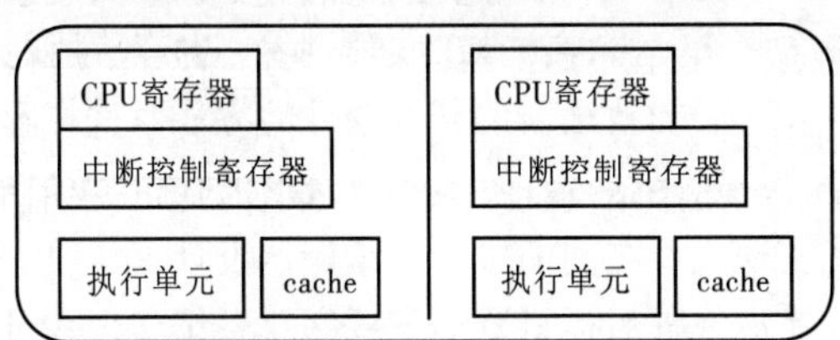

图 2-19　基于片上互联的结构

2.3.3 超线程技术

超线程技术把多线程处理器内部的两个逻辑内核模拟成两个物理芯片，让单个处理器就能使用线程级的并行计算，进而兼容多线程操作系统和软件。超线程技术充分利用空闲 CPU 资源，在相同时间内完成更多工作。超线程技术结构如图 2-20 所示。

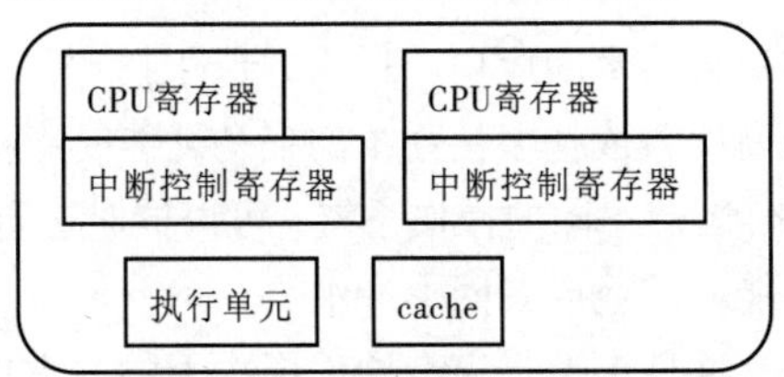

图 2-20　超线程技术结构

虽然采用超线程技术能够同时执行两个线程，当两个线程同时需要某个资源时，其中一个线程必须让出资源暂时挂起，直到这些资源空闲以后才能继续。因此，超线程的性能并不等于两个 CPU 的性能。而且，超线程技术的 CPU 需要芯片组、操作系统和应用软件的支持，才能比较理想地发挥该项技术的优势。

超线程技术与多核体系结构的区别如下：①超线程技术是通过延迟隐藏的方法，提高了处理器的性能。本质上，就是多个线程共享一个处理单元。因此，采用超线程技术所获得的性能并不是真正意义上的并行。从而采用超线程技术获得的性能提升，将会随着应用程序以及硬件平台的不同而参差不齐。②多核处理器是将两个甚至更多的独立执行单元，嵌入到一个处理器内部。每个指令序列（线程），都具有一个完整的硬件执行环境，所以各线程之间就实现了真正意义上的并行。

超线程技术与多核技术相结合可以给应用程序带来更大的优化空间，进而极大地提高系统的吞吐率。采用超线程技术的多核体系结构如图 2-21 所示。

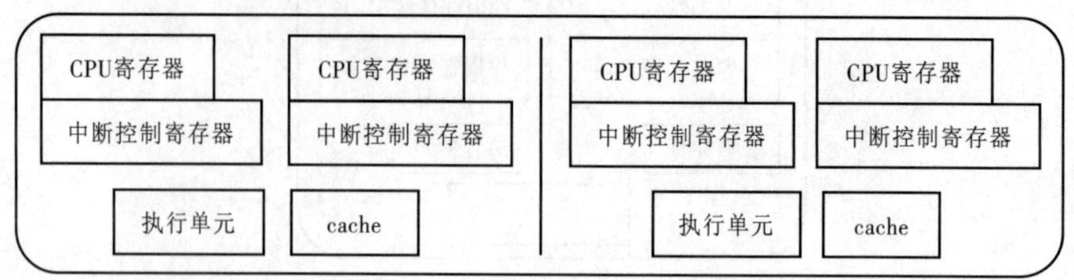

图 2-21　采用超线程技术的多核体系结构

2.3.4　基于多核的软件开发

如何有效地利用多核技术，对于多核平台上的应用程序员来说是个首要问题。

客户端应用程序开发者多年来一直停留在单线程世界，生产所谓的“顺序软件”。但是，多核时代到来的结果是，软件开发者必须找出新的开发软件的方法，选择程序执行模型。

程序执行模型的适用性，决定多核处理器能否以最低的代价，提供最高的性能。程序执行模型是编译器设计人员与系统实现人员之间的接口。编译器设计人员决定如何将一种高级语言程序按一种程序执行模型转换，换成一种目标机器语言程序；系统实现人员则决定该程序执行模型，在具体目标机器上有效实现。

当目标机器是多核体系结构时，产生的问题是：多核体系结构如何支持重要的程序执行模型？是否有其他的程序执行模型更适于多核的体系结构？这些程序执行模型能在多大程度上满足应用的需要并为用户所接受？

2.3.5　虚拟化技术

新一代处理器将更强调虚拟化技术的应用。运用虚拟化技术，一台机器、十个操作系统不再是空谈。多任务处理达到新的高度，依托多核系统的强劲性能，虚拟化技术可以让一台计算机当作几台虚拟的计算机来用，同时运行不同的操作系统，可以同时运行 FTP 服务和 Web 服务，可以打开一个数据库，与此同时还能玩游戏或者网上冲浪。

与现有虚拟软件不同的是，这种虚拟是完全硬件层次上的。虚拟化技术可能对于普通家用的意义还不是很大；但对于许多企业来讲，将节省大笔开支。

2.4　GPU 技 术

2.4.1　简介

NVIDIA（英伟达）公司在 1999 年发布 GeForce 256 图形处理芯片时，首先提出 GPU（graphic processing unit，图形处理器）的概念。GPU 是相对于 CPU 的一个概念，它是显卡的“心脏”或者“大脑”，相当于 CPU 在计算机中的作用。

GPU 决定了该显卡的档次和大部分性能，同时也是区别 2D 显卡和 3D 显卡的依据。显示芯片通常是显卡上最大的芯片（也是引脚最多的），现在市场上的显卡大多采用 NVIDIA 和 AMD 两家公司的图形处理芯片。2D 显示芯片在处理 3D 图像和特效时主要依赖 CPU 的处理能力，称为“软加速”。3D 显示芯片将三维图像和特效处理功能集中在显示芯片内，即具有所谓的“硬件加速”功能。

GPU 使显卡减少了对 CPU 的依赖，并且可以进行一部分原来 CPU 所做的工作，尤其是进行 3D 图形处理的时候。GPU 所采用的核心技术有硬体 T&L（transform and lighting，多边形转换与光源处理）、立方环境材质贴图和顶点混合、纹理压缩和凹凸映射贴图、双重纹理四像素 256 位渲染引擎等，而硬体 T&L 技术可以说是 GPU 的标志。

T&L 是 3D 渲染中的一个重要部分，其作用是计算多边形的 3D 位置和处理动态光线效果，也可以称为“几何处理”。一个好的 T&L 单元，可以提供细致的 3D 物体和高级的光线特效，只不过大多数 PC 中，T&L 的大部分运算是交由 CPU 处理的（这也就是所谓的软件 T&L）。由于 CPU 的任务繁多，除了 T&L 之外，还要做内存管理、输入响应等非 3D 图形处理工作，因此在实际运算时性能会大打折扣，常常出现显卡等待 CPU 数据的情况，其运算速度远跟不上目前复杂三维游戏的要求。即使 CPU 的工作频率较高，对它的帮助也不大，这是 PC 本身设计造成的问题，与 CPU 的速度无太大关系。GPU 能够从硬件上支持 T&L 的显示芯片。

2.4.2 GPU 与并行计算

目前，GPU 已经不再局限于 3D 图形处理，GPU 通用计算技术发展已经引起业界不少关注。事实也证明，在浮点运算、并行计算等部分计算方面，GPU 可以提供数十倍乃至于上百倍于 CPU 的性能。如此强悍的“新星”难免会让 CPU 厂商为未来而紧张。

GPU 通用计算方面的标准目前有 OpenCL、CUDA、ATI Stream。

OpenCL（open computing language，开放运算语言）是第一个面向异构系统通用目的并行编程的开放式、免费标准，也是一个统一的编程环境，便于软件开发人员为高性能计算服务器、桌面计算系统、手持设备编写高效轻便的代码，而且广泛适用于多核心处理器（CPU）、图形处理器（GPU）、Cell 类型架构以及数字信号处理器（DSP）等其他并行处理器。OpenCL 在游戏、娱乐、科研、医疗等各种领域都有广阔的发展前景；AMD-ATI、NVIDIA 现在的产品都支持 OpenCL。

计算正在从 CPU 向 CPU 与 GPU 协同处理的方向发展。为了实现这一新型计算模式，显卡厂商 NVIDIA 推出了 CUDA（compute unified device architecture）并行计算架构。该架构使 GPU 能够解决复杂的计算问题。该架构通过利用 GPU 的处理能力，可大幅提升计算性能。它包含了 CUDA 指令集架构（ISA）以及 GPU 内部的并行计算引擎。开发人员现在使用 C 语言等计算机语言为 CUDA 架构编写程序，所编写出的程序可以在支持 CUDA 的处理器上以超高性能运行。该架构现在正运用于 Tesla、Quadro 以及 GeForce GPU 上。对应用程序开发商来说，CUDA 架构拥有庞大的用户群。在科学研究领域，CUDA 受到狂热追捧，例如 CUDA 能够加快 AMBER 这款分子动力学模拟程序的速度。在金融市场，Numerix 公司（国际顶尖金融公司）等已宣布在一款对手风险应用程序中支持 CUDA，而且因此实现了 18 倍速度提升。在 GPU 计算领域中，Tesla GPU 的大幅增长说明了 CUDA 正被人们广泛采用。从能源领域中的斯伦贝谢公司（Schlumberger，全球最大的油田技术服务公司之一）和雪佛龙（Chevron，世界最大的全球能源公司之一），到银行业中的法国巴黎银行，其应用范围十分广泛。

ATI 流处理技术（ATI stream technology）是 AMD 针对旗下 GPU 所推出的通用并行计算技术。利用这种技术可以充分发挥 AMD GPU 的并行运算能力，用于对软件进行加速或进行大型的科学运算，同时用以对抗竞争对手的 NVIDIA CUDA 技术。随着 AMD Radeon HD6800 系列显卡发布，ATI

品牌正式被 AMD 品牌取代。相应的，ATI 流处理技术也升级更名为 AMD APP（AMD accelerated parallel processing）技术。

由于 GPU 具有很强的浮点和向量(矩阵数组)计算能力，所以在集群中采用一定数量以 GPU 作为处理器的计算加速结点，将能提升集群的性能，例如我国的“天河一号”就采用 GPU 加速结点并提升了 GPU 的计算效率，实现了 CPU 与 GPU 融合的异构协同计算。

习　题

1. 名词解释

UMA、NUMA、DMA、SIMD、MIMD、PVP、SMP、MPP、DAM、集群、SSI、超线程、GPU

2. 简述我国并行计算机（超级计算机）的发展历程。

第 3 章　并行计算模型

学习目标

- 掌握并行计算模型的概念;
- 掌握 PRAM 模型、BSP 模型和 LogP 模型的原理和实例;
- 了解其他模型以及各模型的比较。

本章首先讲述并行计算模型的概念等基础知识，然后重点讲述 PRAM 模型、BSP 模型和 LogP 模型的原理和实例，最后介绍各模型的比较。

3.1　并行计算模型概述

并行计算模型通常指从并行算法的设计和分析出发，将各种并行计算机（至少某一类并行计算机）的基本特征抽象出来，形成一个抽象的计算模型。

目前，并行计算机没有一个统一的计算模型。不过，人们已经提出了几种有价值的参考模型：PRAM 模型、BSP 模型、LogP 模型、C^3模型、BDM 模型等。这里主要讲述前三种模型。

3.1.1　串行计算模型与并行计算模型

计算模型是计算机硬件和计算机软件之间的桥梁,使用计算模型能够方便地设计和分析算法。建立计算模型应遵循的准则是对用户简单好用，能正确反映体系结构特征。

串行计算中，冯·诺依曼模型就是一个串行计算模型，它将硬件设计师和软件工程师的工作有效分离。硬件设计师可以设计多种的冯·诺依曼计算机，而不用考虑被执行的软件；软件工程师能够设计各种可以在冯·诺依曼模型上有效执行的软件，而无须考虑所使用的硬件。

并行计算模型为并行计算提供了硬件和软件界面，它将并行计算系统硬件设计师和并行软件工程师的工作有效分离。但对并行计算系统来说，目前还不存在像冯·诺依曼这样被广泛接受和使用的计算模型。现在流行的并行计算模型要么过于简单抽象，要么过于专用，需要进一步进行研究。

3.1.2　并行计算模型与并行算法

并行计算模型是并行算法的设计基础。通常算法设计者针对同一问题可设计出多种不同算法，以适应在不同模型上对该问题的求解，并分析和评价算法的优劣。针对并行计算而言，并行算法的设计与分析依赖于并行计算模型。

并行计算模型给并行算法的设计与分析提供了一个简单、方便的框架。并行计算模型抽象了一类并行计算机的基本特征，避开了硬件结构过多的烦琐细节限制，保证了它在相当范围内的通用性，同时又能反映出不同算法的主要特征。并行算法设计者依据并行计算模型来设计算法，可以避开多种多样的具体的并行计算机结构。这样，一方面并行算法设计者可以集中精力开发应用问题本身固有的并行性，分析算法性能；另一方面并行算法设计者设计出的并行算法具有通用性，从而使并行算法的研究成为一项相对独立的活动。

3.1.3 并行计算模型与并行系统中其他模型的关系

并行系统中主要的模型有并行计算机模型（机器模型）、并行体系结构模型、并行计算模型和并行程序模型（编程模型），如图 3-1 所示。

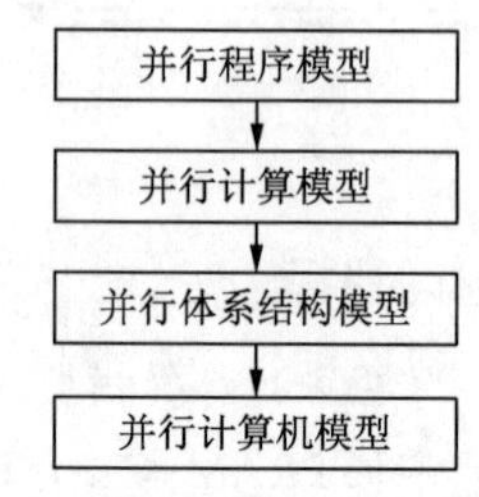

图 3-1 并行系统中的主要模型

并行计算机模型（机器模型）是最低层次模型，包括对硬件与操作系统的描述。

并行体系结构模型描述互联网络及其作用以及通信的完成形式（非实现细节），同时定义计算机是同步还是异步、是 SIMD 结构还是 MIMD 结构或其他体系结构特征。它是比机器模型高一层的抽象。

并行计算模型用于设计和分析算法，并预测算法性能，是更高层次的抽象。它从并行计算机中抽取若干个能反映计算特性的可计算或可测量的参数，并按照模型所定义的计算行为构造成本函数，以此进行算法的复杂度分析。

并行程序模型（编程模型）是最高层次的抽象，它用某种并行编程语言的语义来描述并行计算。

3.2 PRAM 模型

3.2.1 基本 PRAM 模型

1. PRAM 模型的定义

PRAM（parallel random access machine，随机存取并行机器）模型，也称为共享存储的 SIMD 模型，是一种抽象的并行计算模型，它是从串行的 RAM 模型直接发展起来的。

在这种模型中，假定：①存在一个容量无限大的共享存储器；②有有限个或无限个功能相同的处理器，且它们都具有简单的算术运算和逻辑判断功能；③在任何时刻，每个处理器都可以通过共享存储单元相互交互数据。

根据处理器对共享存储单元同时读、同时写的限制，PRAM 模型可分为以下几种：

（1）PRAM-EREW 模型：不允许同时读和同时写（exclusive-read and exclusive-write）。

（2）PRAM-CREW 模型：允许同时读但不允许同时写（concurrent-read and exclusive-write）。

（3）PRAM-CRCW 模型：允许同时读和同时写（concurrent-read and concurrent-write）。

显然允许同时写是不现实的，于是 PRAM-CRCW 模型又分为以下几种模型：

（1）CPRAM-CRCW 模型：只允许所有的处理器同时写相同的数——公共（common）模型。

（2）PPRAM-CRCW 模型：只允许最优先的处理器先写——优先（priority）模型。

（3）APRAM-CRCW 模型：允许任意处理器自由写——任意（arbitrary）模型。

（4）SPRAM-CRCW 模型：往存储器中写的是所有处理器处理的数的和——求和（Sum）模型。

2. PRAM 模型的优点

PRAM 模型特别适合于并行算法的表达、分析和比较，使用简单；很多关于并行计算机的底层细节，如处理器间通信、存储系统管理和进程同步都被隐含在模型中；易于设计算法，且稍加修改便可运行在不同的并行计算机系统上；根据需要，可以在 PRAM 模型中加入一些诸如同步和通信等需要考虑的内容。

3．PRAM 模型的缺点

（1）模型中使用了一个全局共享存储器，且局存容量较小，不足以描述分布主存多处理机的性能瓶颈，而且共享单一存储器的假定，显然不适合于分布存储结构的 MIMD 机器。

（2）PRAM 模型是同步的，所有的指令都按照锁步的方式操作。用户虽然感觉不到同步的存在，但同步的存在的确很耗费时间，而且不能反映现实中很多系统的异步性。

（3）PRAM 模型假设了每个处理器可在单位时间访问共享存储器的任一单元，因此要求处理器间通信无延迟、无限带宽和无开销，假定每个处理器均可在单位时间内访问任何存储单元而略去了实际存在的、合理的细节，比如资源竞争和有限带宽，这是不现实的。

（4）PRAM 模型假设处理器有限或无限，对并行任务的增大无开销。

（5）未能描述多线程技术和流水线预取技术，而这两种技术又是并行体系结构用得比较普遍的技术。

4．PRAM 模型的推广

尽管 PRAM 是一个很不实际的并行计算模型，但在算法分析中，它已经被广泛接受和使用。随着人们对 PRAM 模型理解的深入，在使用它的过程中对它做了一些推广，以使它能更靠近实际的并行计算机。主要的推广模型有以下几种：

（1）存储竞争模型：把存储器分成一些模块，每个模块一次均可以处理一个访问，从而可在存储模块级处理存储器的竞争。

（2）延迟模型：考虑了信息的产生和可以提供的时刻之间的通信延迟。

（3）局部 PRAM 模型：考虑了通信带宽，它假定每个处理器均具有无限的局部存储器，但相对而言，访问全局存储器是比较昂贵的。

（4）分层存储模型 H-PRAM：把存储器看作分层的存储模块，每个模块用大小和传输时间来表征，多处理器被组织成一个模块树，单个处理器为树的叶子结点。

（5）异步 PRAM 模型 APRAM：各处理器之间没有统一的全局时钟。

3.2.2 实例

【例 3-1】分析求两个 N 维向量 $\boldsymbol{a}$、$\boldsymbol{b}$ 内积 c 的并行算法的时间复杂度。

设 $\boldsymbol{a}=(a_1, a_2,\cdots,a_n)$和 $\boldsymbol{b}=(b_1, b_2,\cdots, b_n)$是两个向量，那么这两个向量的内积为 $\boldsymbol{a}\cdot\boldsymbol{b}=a_1b_1+a_2b_2+\cdots+a_nb_n$，设计能求出两个向量的内积 $c\left(c=\sum_{i=1}^{n}a_ib_i\right)$的并行算法。

1．在 8 个处理器上求两个 N 维向量 $\boldsymbol{a}$、$\boldsymbol{b}$ 的内积 $c\left(c=\sum_{i=1}^{n}a_ib_i\right)$的并行算法

计算：每个处理器在 $w = 2N/8$ 周期内计算局部和。

通信：处理器 0、2、4、6 将局部和送给 1、3、5、7（不计通信时间）。

计算：处理器 1、3、5、7 各自完成一次加法。

通信：1、5 将中间结果送给 3、7（不计通信时间）。

计算：处理器 3、7 各自完成一次加法。

通信：3 将中间结果送给 7（不计通信时间）。

计算：处理器 7 完成一次加法，产生最后结果。

总执行时间：$2N/8+3$ 个周期。

2．在 n 个处理器上求两个 N 维向量 $\boldsymbol{a}$、$\boldsymbol{b}$ 内积的并行算法的加速比分析

两个 N 维向量 $\boldsymbol{a}$、$\boldsymbol{b}$ 内积的串行算法的时间复杂度分析：N 个乘法，$N-1$ 个加法；共需 $2N$ 个周期。

两个 N 维向量 $\boldsymbol{a}$、$\boldsymbol{b}$ 内积的并行算法的时间复杂度分析：n 个处理器，每个处理器完成 N/n 个乘法，$N/n-1$ 个加法，共 $2N/n$ 个周期；如果采用树规约方法将 n 个局部和相加，共需 $\log_2 n$ 个周期；并行算法共需 $2N/n + \log_2 n$ 个周期。

加速比：$2N/(2N/n+\log_2 n)\rightarrow n\ (N\gg n)$。

3.3 BSP 模 型

BSP（bulk synchronous parallel，块同步并行）模型从 PRAM 的基础上发展起来，其早期的版本称为 XPRAM。相比之下，APRAM 模型是一种“轻量级”同步模型，而 BSP 则是“大”同步模型。

3.3.1 BSP 模型原理

1．BSP 模型中的基本参数

BSP 模型以下述 3 个参数描述分布存储的多计算机模型：

（1）p 表示处理器/存储器模块数目。

（2）g 表示路由器（处理器/存储器模块之间点对点传递消息）的吞吐率（带宽因子）。

（3）L 表示全局同步之间的时间间隔，描述执行时间间隔 L 为周期的障碍同步的障碍同步器。

2．BSP 模型中的计算

BSP 模型可以用图 3-2 表示。在 BSP 模型中，计算由一系列用全局同步分开的周期为 L 的计算组成，这些计算称为超级步（super step）。在各超级步中，每个处理器 p 均执行局部计算，并通过路由器 g 接收和发送消息；然后进行全局检查，以确定该超级步是否已由所有的处理器完成；若是，则进行到下一超级步。

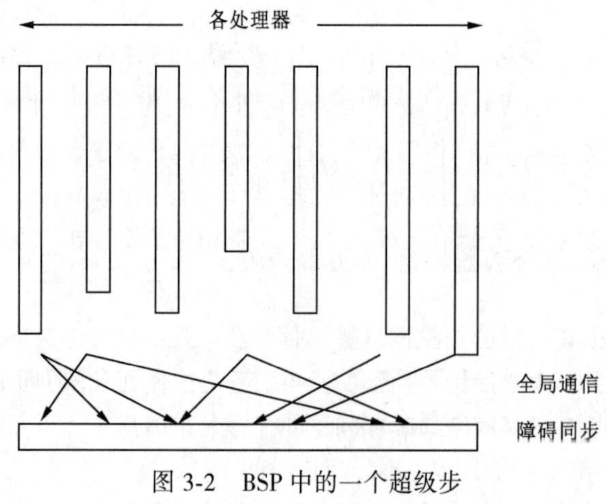

图 3-2 BSP 中的一个超级步

3. BSP 模型中的成本分析

在 BSP 的一个超级步中，可以抽象出 BSP 的成本模型如下：

$$一个超级步成本=\max_i\{w_i\}+\max_i\{h_i g\}+L$$

其中，w_i 是进程 i 的局部计算时间，h_i 是进程 i 发送或接收的最大通信包数，g 是带宽的倒数（时间步/通信包），L 是障碍同步时间。注意，在 BSP 成本模型中，并没有考虑到 I/O 的时间。

所以，在 BSP 计算中，如果用了 s 个超级步，则总的运行时间为：

$$T_{\mathrm{BSP}}=\sum_{i=0}^{s-1}w_i+g\sum_{i=0}^{s-1}h_i+sL$$

这个性能公式对算法和程序分析是很简单方便的。

4. BSP 模型的性质和特点

（1）克服了 PRAM 模型的缺点，但仍保留了其简单性。

（2）它将处理器 p 和路由器 g 分开，强调了计算任务和通信任务的分开，而路由器仅仅完成点到点的消息传递，不提供组合、复制和广播等功能，这样做既掩盖具体的互联网络拓扑，又简化了通信协议。

（3）采用障碍同步的方式，以硬件实现的全局同步是在可控的粗粒度级，从而提供了执行紧耦合同步式并行算法的有效方式，而程序员并无过分的负担。

（4）如果能够合适地平衡计算和通信，则 BSP 模型在可编程性方面具有主要的优点，而直接在 BSP 模型上执行算法。

（5）为 PRAM 模型所设计的算法，都可以采用在每个 BSP 处理器上模拟一些 PRAM 处理器的方法来实现。

3.3.2　实例

【例 3-2】在 8 个处理器上求两个 N 维向量 $\boldsymbol{a}$、$\boldsymbol{b}$ 的内积 c（$c=\sum_{i=1}^{n}a_i b_i$）。

超步 1

计算：每个处理器在 $w=2N/8$ 周期内计算局部和。

通信：处理器 0、2、4、6 将局部和送给 1、3、5、7。

路障同步

超步 2

计算：处理器 1、3、5、7 各自完成一次加法。

通信：1、5 将中间结果送给 3、7。

路障同步

超步 3

计算：处理器 3、7 各自完成一次加法。

通信：3 将中间结果送给 7。

路障同步

超步 4

计算：处理器 7 完成一次加法，产生最后结果。

总执行时间：$2N/8+3g+3l+3$ 个周期。

在 n 个处理器的 BSP 机上，需要 $2N/n+\log_2 n(g+l+1)$个周期，比 PRAM 多了$(g+l)\log_2 n$，它们分别对应于通信和同步的开销。

3.4 LogP 模 型

3.4.1 LogP 模型原理

根据技术发展的趋势，未来的并行计算机发展的主流之一是巨量并行机 MPC（massively parallel computers）。它由成千个功能强大的处理器/存储器结点，通过具有有限带宽的、相当大的延迟的互联网络构成，并行计算模型应该充分考虑到这个情况。1993 年，D.Culer 等在分析了分布式存储计算机特点的基础上，提出了点对点通信的多计算机模型。

1. LogP 模型中的基本参数

LogP 模型是一种分布存储的、点到点通信的并行计算模型。它充分说明了互联网络的性能特性，通信网络由一组参数来描述；但不涉及具体的网络结构，也不假定算法一定要用现实的消息传递操作进行描述。它由 4 个主要参数来描述：

（1）L（latency）：表示源消息从源到目的进行通信所需要的等待或延迟时间的上限，表示网络中消息的延迟。

（2）o（overhead）：表示处理器准备发送或接收每个消息的时间开销（包括操作系统核心开销和网络软件开销），在这段时间里处理器不能执行其他操作。

（3）g（gap）：表示一台处理器连续两次发送或接收消息时的最小时间间隔，其倒数即通信带宽。

（4）P（processor）：表示处理器/存储器模块个数。

L 和 g 反映了网络的容量。假定一个周期完成一次局部操作，并定义为一个时间单位，那么，L、o 和 g 都可以表示成处理器周期的整数倍。

2. LogP 模型的特点

（1）充分揭示了分布存储并行机性能的主要瓶颈。用 L、o 和 g 三个参数刻画了通信网络的特性。其中，g 反映了通信带宽，单位时间内最多有 L/g 个消息能进行传送。但隐藏了网络的拓扑结构、选路算法和通信协议等。

（2）无须说明编程风格或通信协议，可用于共享存储、消息传递和数据并行。

（3）异步工作，并通过消息传送来完成同步。

（4）可以预估算法的实际运行时间。

（5）如果 L=0、o=0、g=0，LogP 模型等同于 PRAM 模型。

（6）LogP 模型是对 BSP 模型的改进和细化。

3.4.2 实例

【例 3-3】LogP 模型下的最优广播算法。

假设 LogP 模型的参数如下：g=4, g>o, L+2o=10, P=8；根据这个模型设计一个算法，用最短的时间将存放在处理器 P_0 上的一个数据发送到其他所有的处理器上。

首先，处理器 P_0 向处理器 P_1 发送数据，经过 10 个单位时间数据到达处理器 P_1。但处理器 P_0 不必等到数据已到处理器 1，才向其他的处理器发送数据。因为 g=4，而且 g>o，4 个单位时间后，处理器 P_0 便可向其他处理器发送数据。同样，再经过 4 个单位时间，又可以发送数据。因此，为了减少时间，所有已经接收到数据的处理器，应尽快将数据发送给尚未接收到数据的处理器。最终，可以只用 24 个单位时间完成发送任务，如图 3-3 所示。

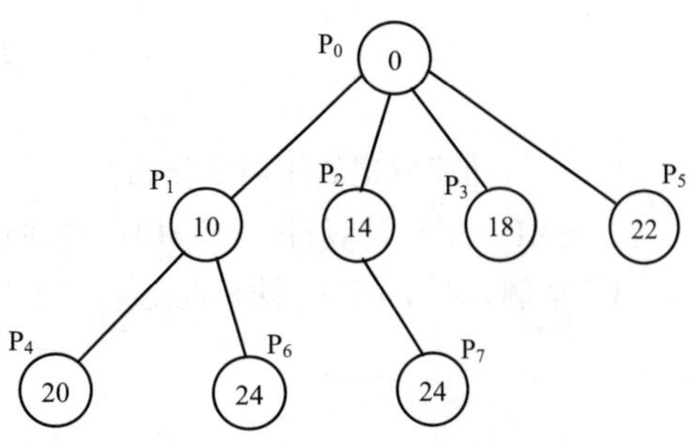

图 3-3 LogP 模型下的最优广播算法

3.5 并行计算模型比较

3.5.1 PRAM 模型和 LogP 模型的比较

如果 L=0、o=0、g=0，LogP 模型等同于 PRAM 模型。LogP 模型和 PRAM 模型的比较见表 3-1。

表 3-1 LogP 模型和 PRAM 模型的比较

比较项目		PRAM	LogP
参数		P	L、o、g、P
处理器	异步	N	Y
	信息交换模式	共享	消息传递
	准备通信开销	N	Y
网络	延迟	N	Y
	带宽	N	Y

3.5.2 BSP 模型和 LogP 模型的比较

LogP 模型是对 BSP 模型的改进和细化。

BSP 模型把所有的计算和通信视为一个整体行为而不是一个单独的进程和通信的个体行为，它采用各进程延迟通信的方法，将单独的消息组合成一个尽可能大的通信实体，然后进行路由和传输，这就是所谓的整体大同步。它简化了算法的设计和分析，但同时也牺牲了运行时间，因为延迟通信意味着所有的进程都必须等待着它们中最慢的进程。一种改进的方法是采用子集同步，即将所有的进程按快慢程度分成若干个子集，于是整体的大同步就演变成子集内的同步。如果子集小到每个集合只包含消息的发送/接收者，则它就变成了异步的个体同步，这也就是 LogP 模型所描述的情形。也就是说，如果 BSP 中考虑到个体通信所造成的开销（overhead）而去掉障碍（barrier）同步就变成了 LogP，这可以用下面的公式来说明：

$$\text{BSP+overhead-barrier=LogP}$$

BSP 模型和 LogP 模型在本质上是等效的，它们可以相互模拟。直观上讲，BSP 为算法设计和分析提供了很多方便，而 LogP 模型却提供了更强大的机器资源的控制能力。

习　题

1. 并行计算模型的作用是什么？
2. SMP、多核计算机一般采用哪种并行计算模型？
3. 举例说明 LogP 模型下的最优广播算法。

第 4 章　并行算法设计基础

学习目标

- 掌握并行算法的设计方法；
- 掌握并行算法的设计过程；
- 了解并行算法设计技术。

本章首先从串行算法直接并行化、根据问题固有属性设计全新并行算法和借用已有并行算法求解新问题三个方面讲述了并行算法的设计方法；然后从任务划分、通信分析、任务组合和处理器映射 4 个阶段讲述了并行算法的设计过程，即 PCAM 设计方法学；最后介绍了并行算法设计技术。

4.1　并行算法设计方法

4.1.1　基本方法

设计并行算法一般有串行算法的直接并行化、根据问题固有属性设计全新并行算法和借用已有的并行算法求解新问题 3 种方法。

需要注意的是，算法设计是很灵活而无定规可循的。以上方法只是为并行算法设计提供了三条可以尝试的思路，并不能涵盖全部。

1．串行算法的直接并行化

串行算法的直接并行化是检查和开拓现有串行算法中固有的并行性，直接将其并行化。并不是所有问题都可以使用该方法，但对很多应用问题是一种有效的方法。

通过长期的研究与摸索，人们已经设计和积累了大量的串行算法。这些串行算法在解决实际问题中是十分有效的。它们是人们智慧的结晶，是宝贵的财富。在设计并行算法时，要充分利用这些并行算法。

况且大量的串行算法已经有现成的程序，如果能将串行算法并行化，那么这些串行程序也有可能通过少量的修改而直接变成并行程序。许多并行编程语言都支持通过在原有的串行程序中加入并行原语（例如某些通信命令等）的方法将串行程序并行化。因此，在已有的串行算法的基础上，开发其并行性，直接将其并行化是并行程序设计中优先考虑的方法。

科学和工程中有大量数值计算问题。针对这些问题，人们已经设计出了许多串行数值计算方法。在设计这些问题的并行算法时，大多采用串行算法直接并行化的方法。这样做的一个显著优点是，算法的稳定性、收敛性等问题在串行算法中已有结论，不必再考虑。

直接并行化已有串行算法时要注意下面两个问题：

（1）并非所有的串行算法都可以并行化。某些串行算法有内在的串行性，比如在某些串行算法中，每一步都要用到上一步的结果。只有当上一步完全结束后，下一步才能开始。这样，各步之间就不能并行，只能考虑其他的并行化办法。例如，模拟退火算法，每个温度下迭代的出发点是上一个温度下迭代的结束点。这样就很难直接将各个温度的迭代并行起来。

（2）好的串行算法并行化后并不一定能得到优秀的并行算法；另一方面，不好的串行算法并行化后也可能是优秀的并行算法。例如，串行算法中是没有冗余计算的。但是在并行算法中，使用适当的冗余计算也可能使并行算法效率更高；加入冗余计算的并行算法就可能比直接由串行算法并行化得到的算法效率高。又如，枚举不是一种好的串行算法，但是将其直接并行化后可以得到比较好的并行算法。

直接并行化的关键在于分析和暴露原有串行算法中固有的并行性。直接并行化也不是机械的、完全直接的。有时为了暴露算法的并行性，要对串行算法进行一些适当的改动。总之，要在保证算法正确性的前提下，尽量提高算法的效率。

2. 根据问题固有属性设计全新并行算法

从问题本身的描述出发，根据问题的固有属性，从头设计一个全新的并行算法，这种方法有一定难度，但所设计的并行算法通常是高效的。

某些串行算法有内在的串行性，很难直接并行化。此时，只能从问题本身出发，直接设计并行算法。

研究与设计一个新的并行算法是一项具有挑战意义的创造性工作，往往比较困难。它要求算法设计者对问题本身有比较深刻的了解。但是，由于直接设计算法是直接从问题的特性出发，通常可以得到很好的并行算法。

3. 借用已有的并行算法求解新问题

“借用法”是指借用已知的某类问题的求解算法来求解另一类问题，而这两类问题表面上可能是完全不同的。因为这两类问题完全不同，所以初学者很难联想到被借用的方法。使用借用法需要很高的技巧，同时算法设计者要有敏锐的观察力并且在并行算法方面有丰富的经验。

使用借用法时，要注意观察问题的特征和算法的结构、形式，联想与本问题相似的已有算法。可以注意寻找要解决的问题与某些著名问题之间的相似性或本问题的算法与某些著名算法之间的相似性。同时，借来的方法使用起来效率要高。成功地“借用”不是件容易的事。

4.1.2 实例

【例 4-1】用求和的方法进行数值积分——直接并行化。

设被积函数为$f(x)$，积分区间为$[a,b]$。为了积分，将区间$[a,b]$均匀分成N个小区间，每个小区间长$(b-a)/N$，根据积分的定义

$$\int_a^b f(x)\mathrm{d}x \approx \sum_{i=0}^{N-1}\frac{(b-a)}{N}f\left(\frac{i(b-a)+0.5}{N}\right)$$

例如，当a=0、b=1、$f(x)=\dfrac{4}{1+x^2}$（数值积分图见图 4-1）时，矩形法则的数值积分方法估算π值的公式为

$$\pi=\int_0^1\frac{4}{1+x^2}\mathrm{d}x \approx \sum_{i=0}^{N-1}\left[\frac{1}{N}\times\frac{4}{1+\left(\dfrac{i+0.5}{N}\right)^2}\right]$$

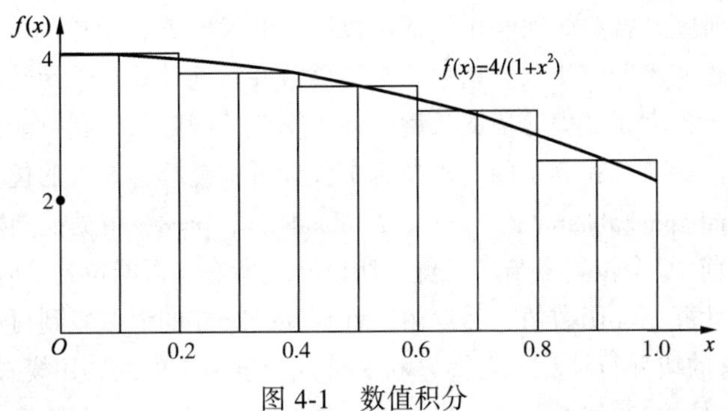

图 4-1 数值积分

$\dfrac{i(b-a)}{N}$是第 $i(i=0, 1, \cdots, N-1)$个小区间左端点的坐标，而$\dfrac{b-a}{N}f\left(\dfrac{i(b-a)+0.5}{N}\right)$是 $f(x)$在第 i $(i=0, 1,\cdots, N-1)$个小区间上积分的近似值。如果使用串行算法，可以用循环和叠加完成上述求和。

这个串行算法可以直接并行化。假设有 k 台处理器，可以把这 N 个小区间上的计算任务分到各处理器：0 号处理器负责第 $0, 1,\cdots, (N/k)-1$ 个小区间上的计算和累加，1 号处理器负责第 $N/k, (N/k)+1,\cdots, (2N/k)-1$ 个小区间上的计算和累加,…，$k-1$ 号处理器负责第$((k-1)N)/k,\cdots, N-1$ 个小区间上的计算和累加。k 个处理器并行地计算出部分和，然后再把结果加到一起，如图 4-2 所示。

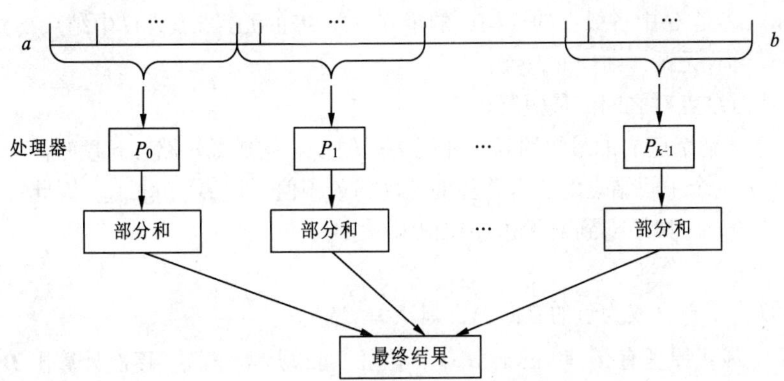

图 4-2 用求和的方法进行数值积分——直接并行化

【例 4-2】以串匹配算法为例，简要介绍直接设计并行算法的过程。

由某个字符集中的字符组成的有限序列称为串或字符串。串中包含的字符的个数称为串的长度。给定长度为 n 的正文串 T 和长度为 m 的模式串 P，找出 P 在 T 中所有出现的位置称为串匹配问题。

目前，已知的有效串匹配算法均不易直接并行化。但是，参照串行算法的实质，结合使用串的周期数学性质，可以开发出有效的并行算法。

第一个最优的并行串匹配算法是由 Galil 提出的。后来，Vishkin 改进了 Galil 的算法。Vishkin 算法十分复杂，下面只介绍其思路。

研究发现，两串能否匹配是与串本身的特性有关的。这种特性，就是串的周期性。串可以分为周期的和非周期的，可以引入见证函数来判断串的周期性。确定了串的周期性后就可以先研究非周期串的匹配，然后在此基础上再研究周期串的匹配。

对于非周期串的研究，就是如何利用见证函数快速地找出 P 在 T 中的位置。为此，引入竞争函数 duel(p,q)。先把正文串分成小段，借助于见证函数并行地计算竞争函数值，找出那些可能匹配的位置。然后，逐步扩大正文串分段的长度，并计算竞争函数值，在可能匹配的位置中排除那些不可能匹配的位置。最后，在剩下的可能位置中验证哪些是符合要求的位置。

假设 T=abaababaabaababaababa，n=23，P=abaababa，m=8。由见证函数可知，P 是非周期串。因为 P 只可能在前 16 个位置上与 T 匹配，所以在找所有“可能位置”时只考虑 T 的前 16 个字符。匹配时，先要计算见证函数值，然后由其计算 duel(p,q)的值，找到可能匹配的位置。计算 duel(p,q)时，可以所有的块并行计算。先将 P 和 T 分成长度为 2 的块，用模式块(ab)与正文块进行匹配可知模式块(ab)在位置 1、4、6、9、11、14、16（即 duel(p,q)的获胜者）出现匹配。再把 P 与 T 划分成长度为 4 的块，用模式块(abaa)与正文块进行匹配可知，在位置 1、6、11、16 出现匹配（位置 4、9、14 被淘汰）；最后用模式串(abaababa)在正文串的位置 1、6、11、16 进行检查，排除那些不匹配的位置。本例中这 4 个位置都匹配。

周期串的匹配较复杂，这里不再讨论。

【例 4-3】求解图中任意两结点间最短路的并行算法，通过借用矩阵乘法算法设计。

设在一有向图中，各弧都赋予了非负整数权。图中一条路径的长度定义为该路径上所有的弧的权的和。图中两结点之间的最短路径是指它们之间长度最短的路径。

设 G 为一个含有 n 个结点的有向图 $G(V, E)$。

矩阵 $\boldsymbol{W}=(w_{ij})_{n\times n}$ 是 G 中各弧上的权构成的矩阵，即 $\boldsymbol{W}$ 的元素 w_{ij} 是 G 中结点 v_i 到结点 v_j 的弧上的权（如果 v_i 到 v_j 无弧，则令 $w_{ij}=\infty$）。

计算 G 中所有结点对之间的最短路。

记 d_{ij} 为结点 v_i 到结点 v_j 的最短路长，并记 $\boldsymbol{D}=(d_{ij})_{n\times n}$，构成最短路径长度矩阵。用 d^k_{ij} 表示从 v_i 到 v_j 至多经过 k−1 个中间结点的所有路径的长度的最小值，记 $\boldsymbol{D}^k=(d^k_{ij})_{n\times n}$。因此：

（1）$d^1_{ij}=w_{ij}$（$i\neq j$）（如果 v_i 到 v_j 无边存在记为∞）；

$d^1_{ij}=0$（$i=j$）。

（2）如果 G 中不包含权为负的有向图，则 $d_{ij}=d_{ij}^{n-1}$。

（3）根据组合最优原理有 $d_{ij}^k=\min\limits_{0\leqslant l\leqslant n-1}\{d_{il}^{k/2}+d_{lj}^{k/2}\}$。可以从 $\boldsymbol{D}^1$ 开始，逐次计算出 $\boldsymbol{D}^2,\boldsymbol{D}^4,\boldsymbol{D}^8,\cdots,\boldsymbol{D}^{n-1}$。然后，取 $\boldsymbol{D}=\boldsymbol{D}^{n-1}$ 而求得。

（4）为了从 $\boldsymbol{D}^{k/2}$ 计算 $\boldsymbol{D}^k$，可以借用标准的矩阵乘法。矩阵乘法执行的计算是 $c_{ij}=\sum a_{ik}b_{kj}$。只需将矩阵乘法公式中的乘法操作换成加法操作，把矩阵乘法中的求和换“求最小值”操作即可。

或者说，在 $d_{ij}^k=\min\limits_{0\leqslant l\leqslant n-1}\{d_{il}^{k/2}+d_{lj}^{k/2}\}$ 中，把“+”看作“×”，把 min 看作$\sum$，则上式变为 $d_{ij}^k=\sum\limits_{l=0}^{n-1}\left\{d_{il}^{k/2}\times d_{lj}^{k/2}\right\}$。应用矩阵乘法公式，从 $\boldsymbol{D}^1$ 开始，逐次计算出 $\boldsymbol{D}^2$，$\boldsymbol{D}^4$，$\boldsymbol{D}^8$，…，$\boldsymbol{D}^{n-1}$。

4.2 并行算法设计过程

并行算法的设计过程，也称为并行算法的设计步骤。在并行算法设计过程的指导下，可以设计出一个具有并发性、可扩展性、局部性和模块性的并行算法。该过程分为四步：任务划分、通信分析、任务组合和处理器映射，简称 PCAM 设计过程。

4.2.1 PCAM 设计方法学

PCAM 是一种设计方法学，是实际设计并行算法的自然过程。PCAM 是 partitioning（划分）、communication（通信）、agglomeration（组合）和 mapping（映射）的缩写，它们表示了使用此法设计并行算法的四个阶段——任务划分、通信分析、任务组合和处理器映射，简称划分、通信、组合、映射。

PCAM 设计方法的思想：先尽量开拓算法的并发性和满足算法的可扩展性，然后着重优化算法的通信成本和全局执行时间。具体来说，在任务划分和通信分析阶段主要考虑算法的并发性和可扩展性等与机器无关的特性。在任务组合和处理器映射阶段主要考虑局部性和其他与性能有关的问题。

PCAM 设计方法各阶段的任务如下：

① 划分：将整个计算任务分解成一些小任务，其目的是尽量开拓并行执行的可能性。

② 通信：确定小任务执行中需要进行的通信，为组合做准备。

③ 组合：按性能要求和实现的代价来考察前两阶段的结果，适当地将一些小任务组合成更大的任务以提高性能、减少通信开销。

④ 映射：将组合后的任务分配到处理器上，其目标是使全局执行时间和通信开销尽量小，使处理器的利用率尽量高。

PCAM 设计过程如图 4-3 所示。PCAM 设计方法的 4 个阶段虽然是一步一步进行的，但实际上它们可以同时一并考虑，并且在设计过程中可能需要回溯反复，不断调整。

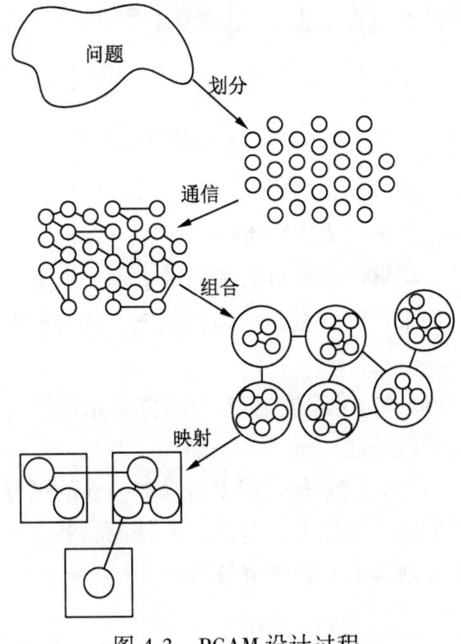

图 4-3 PCAM 设计过程

4.2.2 划分

划分是指用域分解（数据的分解）或功能分解（计算功能的分解）的办法将原计算问题分割成一些小的计算任务。划分的目的是充分展示并行执行的机会和开拓可扩展性，划分的要点是力图避免数据（计算）的重叠，应使数据集（计算集）互不相交。

1．域分解

域分解也称为数据划分，划分的对象是数据。这些数据可以是算法（或程序）的输入数据、计算的中间结果或计算的输出数据。

域分解的步骤：首先分解与问题相关的数据，如果可能，应使每份数据的数据量大体相等；然后再将每个计算关联到它所操作的数据上。由此就产生出一些任务，每个任务包括一些数据及其上的操作。当一个操作需要别的任务中的数据时，就会产生通信要求。

域分解优先集中在最大数据的划分和经常被访问的数据结构上。

在不同的阶段，可能要对不同的数据结构进行操作，或需要对同一数据结构进行不同的分解。在此情况下，要分别对待，然后再将各阶段设计的分解与算法装配到一起。

【例 4-4】图 4-4 所示为一个三维网格的域分解方法。各结点上的计算都是重复进行的。实际上，分解沿 X、Y、Z 维及它们的任意组合都可以进行。开始时，应进行三维划分，因为该方法能提供最大灵活性。图中的阴影部分表示一个任务。

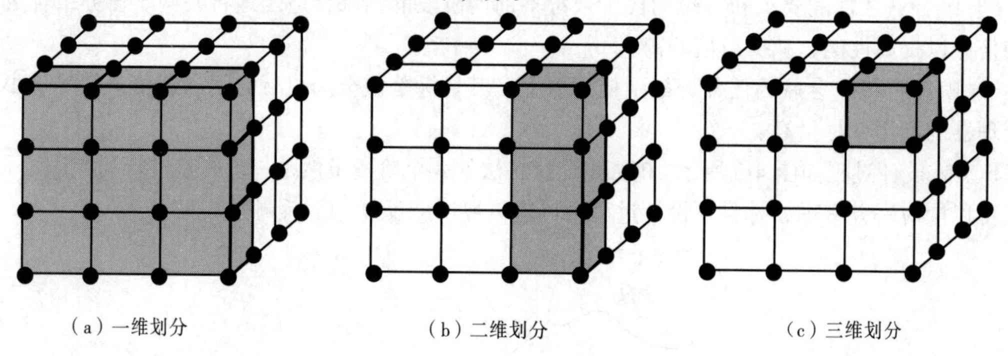

图 4-4　三维网格的域分解方法

2．功能分解

功能分解也称为计算划分，它首先关注被执行的计算的分解，而不是计算所需的数据。然后，如果所做的计算划分是成功的，再继续研究计算所需的数据。如果这些数据是不相交或相交很少的，就意味着划分是合理的；如果这些数据有相当的重叠，就会产生大量的通信，此时就需要考虑数据分解。

尽管大多数并行算法采用域分解，但功能分解有时能揭示问题的内在结构，展示出优化的机会，只对数据进行研究往往很难做到这一点。

【例 4-5】功能分解的一个例子是搜索树。搜索树没有明显的可分解的数据结构，但易于进行细粒度的功能分解：开始时根生成一个任务，对其评价后，如果它不是一个解，就生成若干叶结点，这些叶结点可以分到各个处理器上并行地继续搜索。

3．划分结果的评判依据

所划分的任务数应该高于目标机上处理器数目一个量级，否则在后面的设计步骤中将缺少灵活性。划分应该避免冗余的计算和存储要求，否则产生的算法对大型问题可能不是可扩展的。各任务的尺寸应该大致相当，否则分配处理器时很难做到负载平衡。划分的任务数应该与问题尺寸成比例：理想情况下，问题尺寸的增加应引起任务数的增加而不是任务尺寸的增加，否则算法可能不能求解更大的问题（尽管有更多的处理器）。应该采用几种不同的划分法：多考虑几种选择可以提高灵活性，既要考虑域分解又要考虑功能分解。

4.2.3 通信

由划分产生的各任务一般都不能完全独立地执行。各任务之间需要交换数据和信息，这就产生了通信的要求。通信就是为了进行并行计算，各个任务之间所需进行的数据传输。

在域分解中，通常难以确定通信要求；因为将数据划分成不相交的子集并未考虑在数据上执行的操作所需要的数据交换。在功能分解时，通常容易确定通信要求；因为并行算法中各个任务之间的数据流就相应于通信要求。

在讨论通信时，通常可将通信分为以下四种模式：

（1）局部/全局通信：局部通信中，每个任务只与少数几个近邻任务通信；全局通信中，每个任务要与很多别的任务通信。

（2）结构化/非结构化通信：结构化通信中，一个任务和其近邻形成规则的结构（如树、网格等）；非结构化通信中，通信网可能是任意图。

（3）静态/动态通信：静态通信中，通信伙伴不随时间变化；动态通信中，通信伙伴可能动态变化。

（4）同步/异步通信：同步通信中，接收方和发送方协同操作；异步通信中，接收方获取数据无须与发送方协同。

1．局部通信

当一个任务仅要求与邻近的其他任务通信时，就呈现局部通信模式。

【例 4-6】例如，在数值计算中的雅可比有限差分法。如果采用 5 点格式，迭代公式为

$$x_{x,j}(k)=\frac{4x_{i,j}(k-1)+x_{i-1,j}(k-1)+x_{i+1,j}(k-1)+x_{i,j-1}(k-1)+x_{i,j+1}(k-1)}{8}$$

假设在二维网格上计算，并且处于(i,j)位置上的处理器负责计算 x_{ij}。此时，计算每个 $x_{i,j}(k)$时，(i,j)位置上的处理器只需与其上、下、左、右的邻居处理器通信以获得 $x_{i-1,j}(k-1)$，$x_{i+1,j}(k-1)$，$x_{i,j-1}(k-1)$，$x_{i,j+1}(k-1)$，并把 $x_{i,j}(k-1)$发送给它们，如图 4-5 所示。

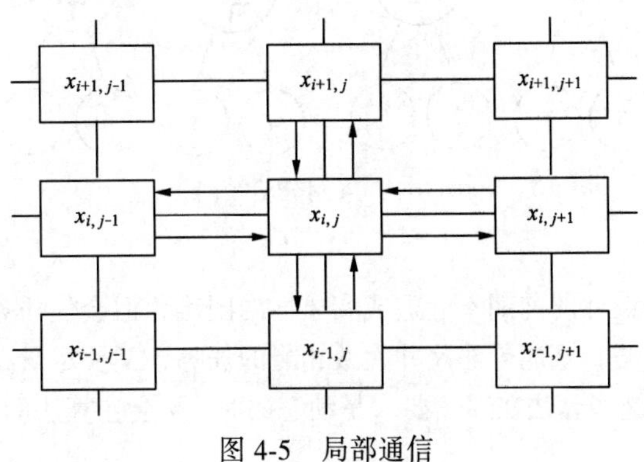

图 4-5　局部通信

2．全局通信

在全局通信中，有很多任务参与交换数据。这可能造成过多的通信，从而限制了并行执行的机会。

【例 4-7】计算 $S=\sum_{i=0}^{N-1}x_i$ ，使用一个根进程 S 负责从各进程一次接收一个值（x_i）并进行累加 $S_i=x_i+S_{i-1}$，这时，就会出现全局通信的局面，如图 4-6 所示。

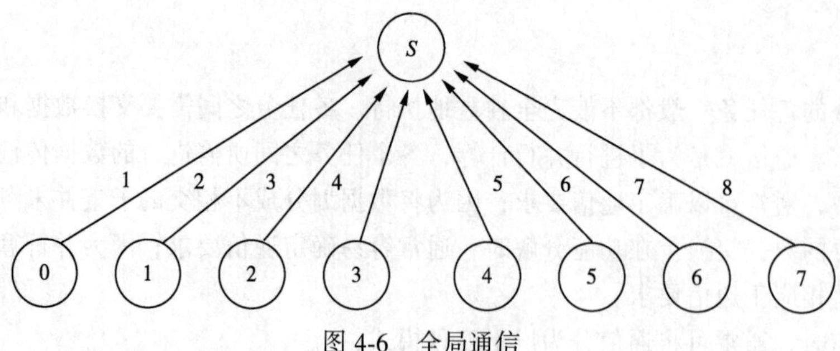

图 4-6　全局通信

这种集中控制式的一次求和方式，妨碍了有效并行执行。

采用分治策略可以开拓求和的并行性：

$$\sum_{i=0}^{2^n-1} x_i = \sum_{i=0}^{2^{n-1}-1} x_i + \sum_{i=2^{n-1}}^{2^n-1} x_i$$

上式右边的两个求和可以同时执行，并且每一个仍可按同样的方式进一步分解。求和的过程如图 4-7 所示，同一级上的求和可以并行执行。这样就可以避免全局通信，并提高算法的并行度。图中$\sum_{x}^{y}$表示处理器 x 至处理器 y 上所有数据的和。

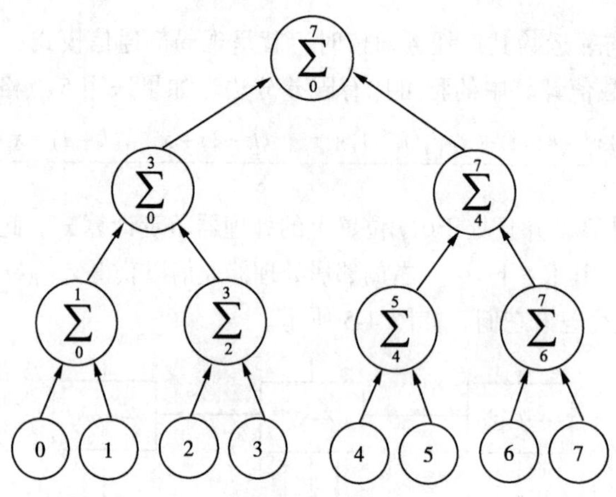

图 4-7　采用分治策略

3. 其他通信

非结构化通信对算法设计的前期不会造成实质性的困难，但会使任务组合和处理器映射更为复杂。特别是要求组合策略，既能创建尺寸大致相当的任务，又要尽量减小任务间的通信时，就需要非常复杂的算法。而这些算法在通信要求是动态的时，又会在算法的执行过程中频繁地使用，所以必须权衡利弊。

在同步通信中，通信的双方都知道何时要产生通信操作，所以发送者显式地发送数据给接收者；在异步通信中，发送者不能确定接收者何时需要数据，所以接收者需显式地向发送者请求数据。

4. 通信判据

所有任务应该执行大致同样多的通信，否则所设计算法的可扩展性可能会不好。每个任务应该只与少数的近邻通信，否则可能导致全局通信；解决方法是设法将全局通信换成局部通信。各个通信操作应该可以并行执行，否则所设计的算法可能是低效的和不具可扩展性的；解决方法是用分治策略来开发并行性。不同任务的计算应该可以并行执行，而不应该因为等待数据而降低并行度，否则所设计的算法可能是低效的和不具可扩展性的；解决方法是重新安排通信和计算的顺序改善这种情况。

4.2.4 组合

组合的目的是，通过合并小尺寸的任务，来减少任务数量和通信开销。

1. 增加粒度

在划分阶段，为了尽可能地开发问题的并行性，可能产生了大量的细粒度任务。但是，大量的任务可能会增加通信开销和任务创建开销。

先讨论一下表面-容积效应。通常，一个任务的通信需求正比于它所操作的数据域的表面积，而计算需求正比于它所操作的数据域的容积。因此，一个计算单元的通信与计算之比随任务尺寸的增加而减小。例如，在二维问题中，"表面积"即是数据域的周长，它正比于问题的尺寸，而"容积"指数据域的面积，它正比于问题尺寸的平方。

【例 4-8】以二维平面上的雅可比有限差分法五点格式为例。假设需要计算的数据是 4×4 矩阵。如果把计算每个元素算作一个任务，则有 16 个任务。每轮迭代中，每个任务都需要与其上下左右的任务通信，共需 48 次通信（当然这些通信中许多可以并行进行）。如图 4-8（a）所示，每个箭头表示一次通信。

如果将相邻的 4 个元素的计算作为一个任务则只需 8 次通信，如图 4-8（b）所示。虽然每次通信要传递两个数据，但是相对于图 4-8（a），通信的次数和通信量都大大减少了。可见，当小任务组合为大任务后，原来的某些数据传递被"包含"在大任务里面，它们不再表现为通信，实际计算时，这些数据交换可以通过直接读取内存完成。这正是增加粒度可以减少通信的原因。

例 4-8 中的通信是均匀的，且可以并行执行。实际上，实际问题的各小任务之间的通信很可能是不均匀的。比如，一个问题可以分为 A、B、C 三个任务，A 与 B 之间通信频繁，而它们与 C 之间通信很少。显然应该将 A 和 B 组合成一个大任务，以避免通信对它们并行执行造成的影响。但是组合之后，出现了一个较大的任务，完成这个大任务可能需要更长的时间。这时就需要权衡，看哪种方案更好。

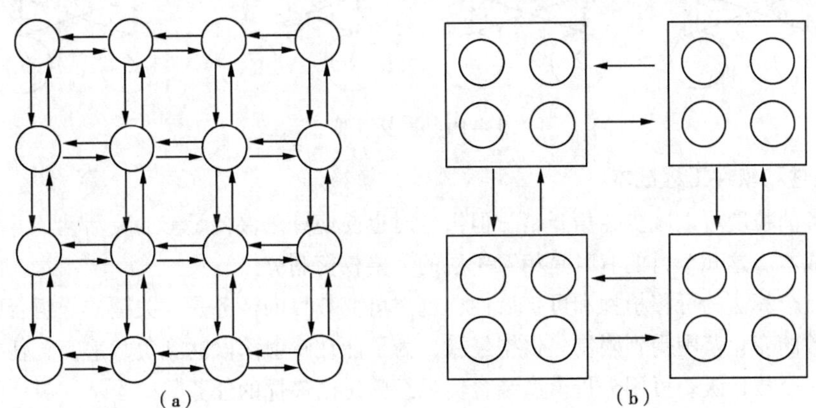

图 4-8　二维平面上的雅可比有限差分法五点格式

2. 重复计算

重复计算也称为冗余计算，是指采用多余的计算来减少通信和整个计算时间。假定在二叉树

上求 N 个数的和，且要求最终在每个处理器上都有该结果。

一种方法是先自叶向根求和，得到结果后再自根向叶播送，共需 $2\log_2 N$ 步，如图 4-9 所示。以上述方式求和，处理器的利用率是逐级减半的。

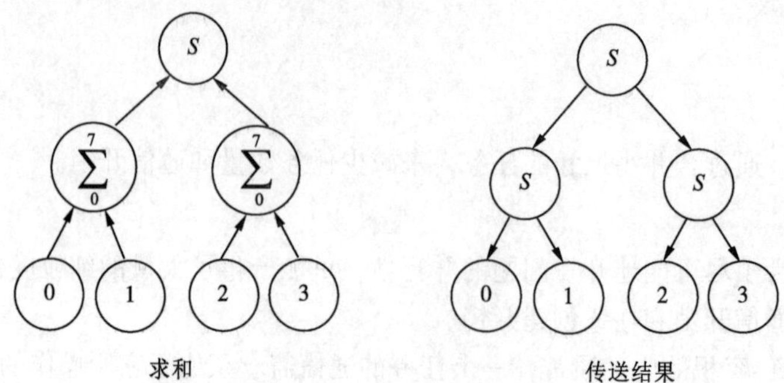

图 4-9　重复计算 1

如果在每一级每个处理器均接收两个数据，求和后再发送给上一级的两个处理器，那么经过 $\log_2 N$ 步后，每个处理器中就都得到了 N 个数的全和。计算过程如图 4-10 所示。

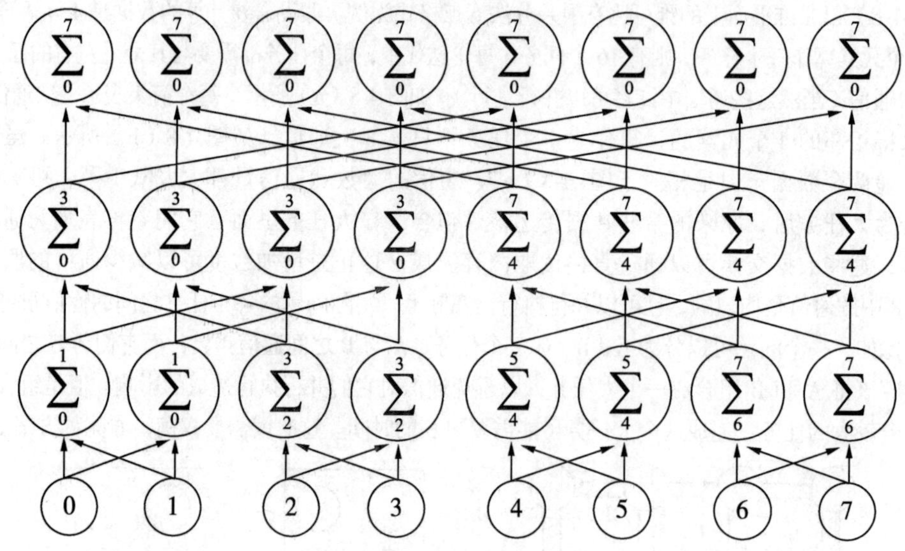

图 4-10　重复计算 2

3．灵活性和软件工程成本

增加任务的粒度可以减少通信开销，但组合时也要使算法保持足够的灵活性，并要尽量减少软件工程的成本。这几个目的有时是相互矛盾的，要权衡利弊。

要维持一个算法的可移植性和可扩展性，创建可变数目的任务是很关键的。组合时往往会使问题的任务数的变化范围受到限制。根据经验，为了能在映射阶段达到负载平衡，任务数至少比处理器数多一个数量级。可用分析模型结合实际经验讨论最优的任务数，当然，灵活性并不意味着必须创建大量的任务。粒度可由编译或运行时的参数控制，重要的是不要对任务数进行不必要的限制。

组合时的另一个问题是要尽量减少软件工程的代价，尤其是并行化一个串行程序时应尽量避免程序代码的大量修改。

4．组合判据

应该在能够减少通信开销的前提下，采用增加局部性的方法实施组合。由组合产生的任务应该具有相似的计算和通信代价。任务数目应该仍然与问题尺寸成比例，否则算法是不可扩展的。如果组合减少了并行执行的机会，需要保证组合后的并发性仍能适应目前和将来的并行机。在不导致负载不平衡，不增加软件工程代价和不减少可扩展性的前提下，应该考虑再进一步减少任务数；在其他条件相同时，创建较少的粗粒度任务的算法通常是高效的。如果是并行化现有的串行程序，需要考虑修改串行代码的成本；如果这种成本较高，就应该考虑别的组合策略。另外，使用重复计算需要权衡利弊得失。

4.2.5　映射

映射阶段的任务是指定每个任务到哪个处理器上去执行。映射的目标是：最小化全局执行时间和通信成本；最大化处理器的利用率；减少算法的总执行时间。

为了达到以上目的，可采用以下策略：

（1）把能够并发执行的任务，放在不同的处理器上，以增加并行度；（2）把需要频繁通信的任务，置于同一处理器上，以提高局部性。这二者有时会发生冲突，需要权衡。

对两个处理器，求最优映射方案有最优解；当处理器数大于 2 时，该问题是 NP 完全问题（多项式复杂程度的非确定性问题，世界数学难题之一），可利用特定策略的知识，用启发式算法获得有效解。

对于某些基于域分解技术开发的算法，它们有固定数目的等尺寸的任务，通信结构化强，此时映射较简单；如果任务的工作量不同，通信是非结构化的，可采用负载平衡算法。

对于基于功能分解开发的算法，常常会产生一些由短暂任务组成的计算，它们只在执行的开始与结束时需要与别的任务协调，此时可用任务调度算法进行任务分配。

1．负载平衡算法

针对基于域分解技术开发的算法，有很多专用和通用的负载平衡技术，常见的有局部算法、概率方法和循环映射。

（1）局部负载平衡算法的思想是通过从近邻迁入任务，和向近邻迁出任务，来达到负载平衡。例如，每个处理器周期性地与邻居比较负载的轻重。如果差异超过了某个阈值，就进行负载迁移。如果自己的负载轻且有邻居负载重，则从该邻居迁入一些任务。反之，如果自己的负载重，而别的邻居较空闲，则把自己的一部分负载迁给它。局部算法的优点是这个方案只利用局部的负载信息。同时，迁移任务时往往通信量很大，而此方案只在局部迁移，有利于提高效率。

（2）概率方法的思想是将任务随机地分配给处理器，如果任务足够多，则每个处理器预计能分到大致等量的任务。此法的优点是低价和可扩展性好；缺点是要求跨处理器进行通信，并且只有当任务数远远多于处理器数时才能达到预期的效果。

（3）循环映射又称循环指派法，即轮流地给处理器分配计算任务。它实际上是概率方法的一种形式。此法适用于各计算任务呈明显的空间局部性的情况。

总之，局部算法代价小，但当负载变化大时调整很慢；概率方法代价小，可扩展性好，但通信代价可能较大，且只适用于任务数远多于处理器数的情况；循环映射技术是概率映射的一种形式，而概率方法比其他技术易于导致可观的通信。

2. 任务调度算法

任务调度算法的最关键之处是任务的分配策略，常用的调度模式有经理/雇员模式和非集中模式。

经理/雇员模式中，有一个进程（经理）负责分配任务，每个雇员向经理请求任务，得到任务后执行任务。使用预取方法（以使计算和通信重叠）可以提高效率。这种方案的一种变体是层次经理/雇员模式。在此模式中，雇员被分成不相交的集合，每个集合有一个小经理。雇员从小经理那里领取任务，小经理从经理处领取任务。经理/雇员模式的缺点是经理进程容易成为系统的瓶颈。

非集中模式就是无中心管理者的分布式调度法。

这里，需要考虑结束检测机制。任务调度算法需要一种机制来检测整个问题的计算何时结束。否则，空闲的雇员将永不停止地发出任务请求。在经理/雇员模式中，经理可以判断雇员是否都空闲了。所有的雇员都空闲了就意味着整个问题计算结束。在非集中模式中结束检测则比较困难，因为没有一个进程知道全局的情况。

3. 映射判据

如果采用集中式负载平衡方案，应该保证中央管理者不会成为瓶颈。如果采用动态负载平衡方案，应该衡量不同策略的成本。如果采用概率或循环指派法，应该有足够多的任务；一般来说，任务数应不少于处理器数的 10 倍。

4.3 并行算法设计技术

从开发并行性的角度出发，涉及的并行算法设计技术是划分技术。从求解问题的策略出发，涉及的并行算法设计技术是分治技术。从充分利用时空特性出发，涉及的并行算法设计技术是流水线技术。针对问题自身特性设计，涉及的并行算法设计技术包括倍增技术、破对称技术和平衡树技术。

1. 划分技术

划分技术的基本出发点是有效利用空闲处理器、大问题求解需要提高求解速度。具体划分方法包括均匀划分、平方根划分、对数划分、功能划分等。

（1）均匀划分技术的划分方法：n 个元素 $A[1..n]$分成 p 组，每组 $A[(i-1)n/p+(1..i)n/p]$，$i=1\sim p$。

（2）平方根划分技术的划分方法：n 个元素 $A[1..n]$分成 $A[(i-1)n\verb|^|(1/2)+(1..i)n\verb|^|(1/2)]$，$i=1\sim n\verb|^|(1/2)$。

（3）对数划分技术的划分方法：n 个元素 $A[1..n]$分成 $A[(i-1)\log_2 n+(1..i)\log_2 n]$，$i=1\sim n/\log_2 n$。

（4）功能划分技术的划分方法：n 个元素 $A[1..n]$分成等长的 p 组，每组满足某种特性。

例如，(m, n)选择问题(求出 n 个元素中前 m 个最小者)，功能划分要求每组元素个数必须大于 m。

2. 分治技术

（1）分治技术的基本思想：分治技术是一种问题求解的方法学，其思想是将原来的大问题分解成若干个特性相同的子问题分而治之。若能得到的子问题仍然偏大，可以反复使用分治策略直到很容易求解的子问题为止。这里如果分解后的子问题和原来问题的类型相同，则很容易使用递归技术求解。

（2）分治与划分的对比：分治与划分的相同点是它们都是大问题化为小问题。

分治与划分的不同点如下：首先侧重点不同，划分是面向求解问题的需要或过程而进行的（如递归问题），分治是面向求解问题的简单、规范化而进行的。其次难点不同，划分的难点是划分点的确定问题，分治的难点是问题间的同步通信和结果的合并问题。还有子问题规模不同，划分是根据求解需要进行的，结果不一定是等分；分治一般是以 1/2 进行的等分。

（3）分治步骤：先将输入划分成若干个规模近似相等的子问题，然后同时（并行地）求解各个子问题，最后归并各子问题的解成为原问题的解。

3. 流水线技术

流水线技术是一种广泛应用在并行处理中的技术，其基本原理是时间重叠、空间并行。设计思想是将算法流程划分成 p 个前后衔接的任务片段，每个任务片段的输出作为下一个任务片段的输入；所有任务片段按同样的速率产生出结果。常用于离散傅里叶变换、卷积计算。

4. 倍增技术

倍增技术又称指针跳跃技术，适用于处理以链表或有向有根树之类表示的数据结构。每当递归调用时，要处理的数据之间的距离将逐步加倍，经过 k 步后就可完成距离为 2^k 的所有数据的计算。

5. 破对称技术

破对称就是要打破某些问题的对称性，常用于图论和随机算法问题。

6. 平衡树技术

平衡树技术的设计思想是以树的叶结点为输入，中间结点为处理结点，由叶向根或由根向叶逐层进行并行处理。

4.4　求和问题的并行算法设计

1. 并行算法设计方法

在串行算法基础上设计并行算法。

开拓串行算法的固有并行性，将 for 循环 1～n 求和的算法直接并行化。这样做的优点是算法的稳定性、收敛性等问题在串行算法中已有结论，不再考虑。

2. 并行算法设计过程

划分：将 1～1000000000 求和划分成 4 个任务。

通信：处理器 0 和 2 将局部和送给 1 和 3，1 和 3 各自完成一次加法，处理器 1 将中间结果送给 3，处理器 3 完成一次加法形成最终结果，共 3 次通信。

组合：通信量少，不考虑组合。

映射：4 个任务映射到 4 个处理器上，1 个处理器处理 1 个任务。

3. 并行算法伪代码

```
For i=1 to n do in parallel
    sum_i+=i
End parallel
p=n/2
While p>0 do
    For i=1 to p do in parallel
```

```
        sum_i=sum_i+sum_{i+p}
    End parallel
    p=[p/2]
End while
```

习　题

1. 简述并行算法设计的基本方法。
2. 简述 PCAM 设计方法学。

第 5 章　并行计算性能评测

学习目标

- 了解并行系统的性能分析方法，掌握加速比概念及相关定律；
- 了解并行系统可扩展性度量指标，掌握可扩展性的概念。

性能评价和优化是设计高效率并行算法和程序必不可少的重要工作。本章首先讲述并行系统的性能分析方法，包括运行时间、加速比、效率、开销以及粒度和数据映射对性能的影响，给出相关实例，并重点讲述加速比的概念及相关定律；然后，讲述并行系统可扩展性度量方法，包括并行额外开销、可扩展性的概念，以及等效率度量等指标，并给出相关实例。

并行计算的性能评测包括机器级、算法级和程序级三个层次。

机器级的性能评测，包括 CPU 和存储器的某些基本性能指标；并行和通信开销分析；并行机的可用性与好用性以及机器成本、价格与性/价比等。

算法级的性能评测主要包括加速比和可扩展性，本章主要讲述算法级的性能评测。

程序级的性能评测主要是使用一组基准测试程序（Benchmark）测试和评价计算机系统的各种性能。基准测试程序主要包括综合测试程序（如 Whetstone、Dhrystone 等）、数学库测试程序（如 Linpack、Lapack 等）、应用测试程序（如 SPEC、Splash 等）、并行测试程序（如 NPB、Park Bench 等）和商用测试程序（如 TPC-A、TPC-B 等）等。不同的基准测试程序，侧重目的也有所不同，但任何一组测试程序均要提供一组控制测试条件、步骤、规则说明，包括测试平台环境、输入数据、输出结果和性能指标等。

5.1　基本概念

首先，定义以下参数：W 表示一个问题的规模（也常称为计算负载、工作负载，为给定问题的总计算量），W_s 是应用程序中的串行分量，W_p 为 W 中可并行化部分；f 是串行分量的比例，即 $f = W_s / W$，则 $1 - f$ 为并行分量的比例；p 为并行系统中处理器的数目；T_s 为串行算法的执行时间，T_p 为并行算法的执行时间；T_0 表示一个并行系统的额外开销函数；S 为加速比；E 为效率。

5.1.1　运行时间 0

一个程序的串行运行时间是，程序在一个串行计算机上开始执行，到执行完成之间所经过的时间段的长度。而并行运行时间则定义为，并行计算开始，到最后一个处理器完成它的计算任务之间的时间段的长度。

并行程序的执行时间，等于从并行程序开始执行，到所有进程执行完毕所花费的时间，可进一步分解为计算时间、通信时间、同步开销时间、同步导致的进程空闲时间。

（1）计算时间：指令执行所花费的 CPU 时间，可以分解为两部分。一部分是程序本身指令执行占用的 CPU 时间，即通常所说的用户时间；主要包含指令在 CPU 内部的执行时间和内存访问时间。另一部分是为了维护程序的执行，操作系统花费的 CPU 时间，即通常所说的系统时间；主要包含内存调度和管理开销、I/O 时间，以及维护程序执行所必需的操作系统开销等。通常情况下，系统时间可以忽略。

（2）通信时间：进程通信花费的 CPU 时间。

（3）同步开销时间：进程/线程同步花费的时间。

（4）空闲时间：当一个进程阻塞式等待其他进程的消息时，CPU 通常是空闲的，或者处于等待状态。空闲时间是指并行程序执行过程中，所有这些空闲时间的总和。

另外，如果进程/线程与其他并行程序的进程/线程共享处理器资源，则该进程/线程和其他进程/线程只能分时共享处理器资源，因此会延长并行程序的执行时间。一般假设并行程序在执行过程中，各个进程/线程是独享处理器资源的。

5.1.2 问题规模

问题规模 W 可以定义为解决问题所需要的基本操作的总数量。采用这个定义，$n \times n$ 的矩阵乘法的问题规模就是 $\Theta(n^3)$，而 $n \times n$ 的矩阵加法的问题规模是 $\Theta(n^2)$。

问题规模也可以定义为在单处理器上解决这个问题的最优串行算法的基本计算步骤的数目，也就是串行时间复杂度。这里所说的最优串行算法指的是已知的性能最好的串行算法。

由于问题规模定义为串行时间复杂度，所以它是输入大小的函数。假设算法的每个基本计算步骤可以用单位时间完成。在这个假设条件下，问题规模等于在一个串行计算机上解决这个问题的最快的已知算法的串行运行时间。

5.1.3 额外开销函数

一个真实的 p 个处理器的并行系统效率不可能达到 1，加速比也不可能达到 p，原因是有些计算时间被用来进行处理器间通信，还有其他的一些原因。由各种原因造成一个并行系统性能损失统称为并行处理的额外开销。

1. 额外开销的定义

一个并行系统的总额外开销 T_0（或额外开销函数）定义为，并行算法对应的串行计算机上已知的最快的串行算法中所没有的开销。它是并行系统中所有处理器执行最优串行算法中没有的计算所耗费的总的时间。这里，T_0 是 W 和 p 的函数，所以把它写作 $T_0(W, p)$。

在 p 个处理器上解一个问题规模为 W 的问题的开销，或在所有的处理器上耗费的总的计算时间为 pT_{p}，其中 W 个单位时间用来做有用的工作，而其他的部分都是额外开销。因此，额外开销函数、问题规模和开销可以用下面的公式来表示：

$$T_0 = pT_{\mathrm{p}} - W$$

【例 5-1】 p 个处理器上 n 个数的加法的额外开销函数。

在 n 个处理器的超立方体上完成 n 个数的加法：开始时，每个处理器都存放了一个待加的数据，算法结束时，其中的一个处理器中已经存放了 n 个数累加的结果。

假定两个数的加法和在两个直接相连的处理器间进行传递一个数的通信都只需要单位时间。这样，每个处理器完成本地的 n/p 个数的加法需要的时间为 $n/p-1$ 个单位时间；完成局部加法后，p 个部分和用 $\log_2 p$ 个步骤得到一个全局和，每个步骤包括一次加法和一次通信。

因此，总的并行运行时间为 $n/p-1+2\log_2 p$，当 n 和 p 都较大时，总的并行运行时间近似为 $n/p+2\log_2 p$。

而这个加法可以在 n 个单位时间内完成，因此对每个处理器的并行计算时间中，只有大约 n/p 的时间被用来进行有用的计算，其余的 $2\log_2 p$ 的时间都是额外开销，即

$$T_o \approx p(n/p+2\log_2 p)-n=2p\log_2 p$$

2．额外开销的来源

并行系统中的主要额外开销的来源是处理器间的通信、负载不平衡和额外的计算。

（1）处理器间通信：通常的并行系统都需要在处理器之间进行通信。用来在处理器之间传输数据的时间通常是并行处理额外开销的最显著的来源。对一个有 p 个处理器的并行系统，如果每个处理器耗费 t_{comm} 的时间来进行通信，则处理器间通信为额外开销函数带来 $t_{comm}\times p$ 的分量。

（2）负载不均衡：许多的并行应用（如搜索和优化），都不太可能（至少是非常困难）准确地预测分配到不同的处理器的子任务的计算规模。因此，问题不能被静态地按处理器分成均匀的工作负载，如果不同的处理器有不同的工作负载，那么，在整个问题的计算过程中，就有一些处理器会处于空闲状态。

在并行程序执行过程中，某些或者全部的处理器经常需要在某些点进行同步。如果并非所有的处理器都在同一时刻同步就绪，那么，完成工作比较快的处理器就必须等待其他的处理器完成工作，这段时间它是空闲的。不管是哪种原因引起了处理器空闲，所有处理器的总的空闲时间都构成了额外开销函数的一个分量。

并行算法中存在的串行部分是由处理器空闲引起的额外开销的特殊例子。并行算法的某些部分可能没有被并行化，只允许一个处理器来完成它。此时，将这样的算法中的问题规模表示成为串行分量的工作 W_s 以及可并行分量的工作 W_p 两部分的和。当一个处理器在完成 W_s 的工作时，其余的 $p-1$ 个处理器是空闲的。这样，在一个有 p 个处理器的并行系统中，一个规模为 W_s 的串行部分给额外开销函数带来了 $(p-1)W_s$ 的分量。

（3）额外计算：对很多的应用问题，已知的最快的串行算法也许很难（甚至不可能）并行化，这迫使我们选择一个性能较差但比较容易并行的串行算法（也就是表现出较多的并发的算法）来得到并行算法。如果用 W 来表示已知的最快的串行算法的执行时间，用 W' 来表示用来开发并行算法的同一个问题的较差的串行算法的执行时间，那么，它们之间的差 $W'-W$ 应该被视为额外开销函数的一部分，因为它表示了并行算法所耗费的额外工作。

即使是基于最快的串行算法的并行算法，也可能比串行算法执行更多的计算，例如快速傅里叶变换。串行快速傅里叶变换中，计算的某些中间结果可以复用；而并行快速傅里叶变换中，由于这些中间结果由不同的处理器产生，无法被复用；因此，某些计算必须在不同的处理器上执行多次，这些计算也构成了额外开销的一部分。

5.2 并行系统的性能分析

一个串行程序的性能通常用它的运行时间来衡量，表达为它的输入规模（问题规模）的函数；而并行算法的执行时间不仅与问题的规模有关，还和并行计算机的体系结构和处理器的数目直接相关。

5.2.1 加速比

1．基本概念

在评价一个并行系统时，人们通常关心的是对一个给定的应用，它的并行化版本比串行实现有多大的性能提高。

加速比就是一个衡量并行解题过程中相对收益的指标。简单地讲，并行系统的加速比是指对于一个给定的应用，并行算法（或并行程序）的执行速度相对于串行算法（或者串行程序）的执行速度加快了多少倍，即

$$S=\frac{T_{\mathrm{s}}}{T_{\mathrm{p}}}$$

【例 5-2】p 个处理器上完成 n 个数的加法问题的加速比。

根据例 5-1，当 n 和 p 都较大时，p 个处理器的超立方体上完成 n 个数的加法问题总的并行运行时间近似为 $n/p + 2\log_2 p$。而该问题的串行运行时间为 $n-1$，约等于 n，所以，加速比可以用下面的表达式来近似：

$$S=\frac{n}{n/p+2\log_2 p}=\frac{np}{n+2p\log_2 p}$$

通常有 3 种加速比性能定律：适用于固定计算负载的 Amdahl 定律，适用于可扩展性问题的 Gustafson 定律和受限于存储器的 Sun-Ni 定律。

2．Amdahl 定律

Amdahl 定律的基本出发点如下：

（1）对于许多科学计算，实时性要求很高，即在这类应用中计算时间是个关键性因素，而计算负载是固定不变的。在一定的计算负载下，为满足实时性的要求，通过增加处理器数目的方法，减少运行时间、提高计算速度。

（2）固定的计算负载可以分布在多个处理器上，增加了处理器就可以加快执行速度，达到加速的目的。

基于上述原因，Amdahl 在 1967 年推导出了固定负载情况下的加速比公式，即

$$S=\frac{W_{\mathrm{s}}+W_{\mathrm{p}}}{W_{\mathrm{s}}+W_{\mathrm{p}}/p}$$

由于 $W=W_{\mathrm{s}}+W_{\mathrm{p}}$，上式右边分子分母同除以 W，则有 $S=\dfrac{1}{f+\dfrac{1-f}{p}}=\dfrac{p}{1+f(p-1)}$。

当 $p\to\infty$ 时，加速比的极限为 $\lim\limits_{p\to\infty}S=\dfrac{1}{f}$。

Amdahl 加速比定律表明，随着处理器数目的无限增大，并行系统所能达到的加速比存在上限，

且为一个常数 $1/f$，这个常数只取决于应用本身的性质。

假设 f=0.1：p =4 时，S=3.08；p =8 时，S =4.7；p =12 时，S =5.71；p =16 时，S =6.4；p =100 时，S =9.17；p =1024 时，S =9.91。

Amdahl 加速比定律有两种影响：一是对并行系统的发展带来了悲观影响，劝阻并行计算机厂商生产更大规模的并行计算机；二是促进了并行编译计算的发展，以降低程序中串行部分的值。

Amdahl 定律的几何意义可以清楚地用图 5-1 来表示。

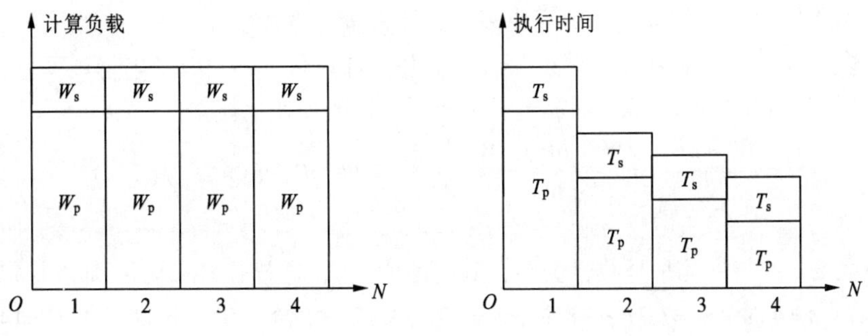

图 5-1　Amdahl 定律的几何意义

【例 5-3】 处理器数目 n = 1024 时，加速比公式如下：

$$S_{1024}=\frac{1024}{1+(1024-1)f}=\frac{1024}{1+1023f}$$

S_n 随 f 变化的情况如图 5-2 所示。

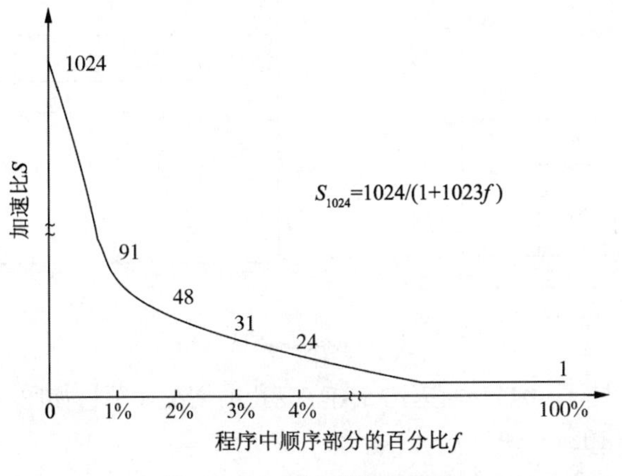

图 5-2　S_n 随 f 变化的情况

并行加速比不仅受限于程序的串行分量的比例，还受并行程序运行时额外开销的影响。令 W_0 为额外开销，则

$$S=\frac{W_s+W_p}{W_s+\frac{W_p}{p}+W_0}=\frac{W}{fW+\frac{(1-f)W}{p}+W_0}=\frac{p}{1+f(p-1)+\frac{W_0p}{W}}$$

加速比极限为：$\lim\limits_{p\to\infty}S=\dfrac{1}{f+\dfrac{W_0}{W}}$。

并行程序中的串行分量比例和并行额外开销越大，加速比越小。

3．Gustafson 定律

Gustafson 定律的基本出发点如下：

（1）对于很多大型计算，精度要求很高。精度是关键因素，而计算时间固定不变。为了提高精度，需要加大计算量，相应地要增加处理器的数目来完成这部分计算，以保持计算时间不变。

（2）在实际应用中，很多情况下不需要在固定工作负载的情况下，使计算程序运行在不同数目的处理器上（除非学术研究）。增加处理器时，相应地增大问题规模才有实际的意义。研究在给定的时间内，用不同数目的处理器能够完成多大的计算量，是并行计算中一个很实际的问题。

（3）对大多数问题，问题规模的改变只会改变并行计算量，不会改变串行计算量。

基于上述原因，1987 年 Gustafson 提出了变问题规模的加速比模型：

$$S' = \frac{W_s + pW_p}{W_s + \frac{pW_p}{p}} = \frac{W_s + pW_p}{W_s + W_p} = \frac{W_s + pW_p}{W} = f + p(1-f) = p - f(p-1)$$

当 p 充分大时，S'与 p 几乎呈线性关系，其斜率为 1-f，这就是 Gustafson 加速比定律。

假设 f=0.1：p=4 时，S'=3.7；p=8 时，S'=7.3；p=12 时，S'=10.9；p=16 时，S'=14.5；p=100 时，S'=90.1；p=1024 时，S'=921.7。

Gustafson 加速比定律表明随着处理器数目的增加，加速比几乎与处理器数目成比例的线性增加，串行比例 f 不再是程序的瓶颈。这对于并行计算系统的发展是一个乐观的结论。

Gustafson 定律的几何意义可以清楚地用图 5-3 来表示。

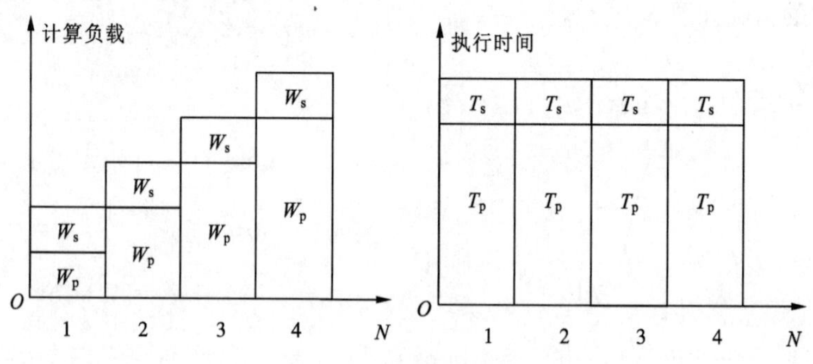

图 5-3　Gustafson 定律的几何意义

【例 5-4】处理器数目 n=1024，加速比 S_n'随 f 变化的情况如下，如图 5-4 所示。

$S'_{1024} = n - f(n-1) = 1024 - 1023f$

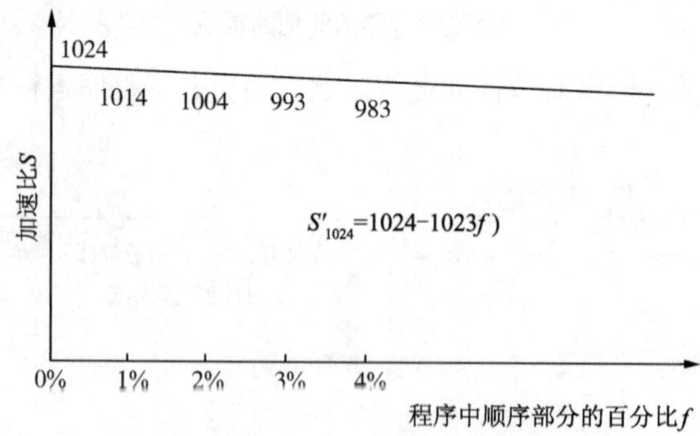

图 5-4　加速比 S_n 随 f 变化的情况

考虑到并行程序运行时的额外开销时，Gustafson 定律的公式为

$$S' = \frac{W_s + pW_p}{W_s + \frac{pW_p}{p} + W_0} = \frac{W_s + pW_p}{W_s + W_p + W_0} = \frac{f + p(1-f)}{1 + \frac{W_0}{W}}$$

W_0 是 p 的函数，可能会随着 p 的改变而改变。当 p 改变时，必须控制额外开销的增长，才能到达一般化的 Gustafson 定律所描述的线性加速比，这在实际中往往比较困难。

4．Sun-Ni 定律

Xian-He Sun 和 Lionel Ni 在 1993 年将 Amdahl 定律和 Gustafson 定律一般化，提出了存储受限的加速比定律。基本思想是：只要存储空间许可，应该尽量增大问题规模以产生更好或更精确的解，此时执行时间可能略有增加。换句话说，假如有足够的存储容量，并且规模可扩展的问题满足 Gustafson 定律规定的时间要求，就有可能进一步增大问题规模求得更好或更精确的解。

给定一个存储受限问题，假定在单结点上使用了全部存储容量 M 并在相应于 W 的计算时间内求解，此时工作负载 $W = fW + (1-f)W$。在 p 个结点的并行系统上，能够求解较大规模的问题是因为存储容量可以增加到 pM。用因子 $G(p)$来反映存储容量增加 p 倍时工作负载的增加量，所以增加后的工作负载 $W = fW + (1-f)G(p)W$。那么，存储受限的加速比公式为

$$S' = \frac{W_s + G(p)W_p}{W_s + \frac{G(p)W_p}{p}} = \frac{fW + (1-f)G(p)W}{fW + (1-f)G(p)W/p} = \frac{f + (1-f)G(p)}{f + (1-f)G(p)/p}$$

Sun-Ni 定律的几何意义可以清楚地用图 5-5 来表示。

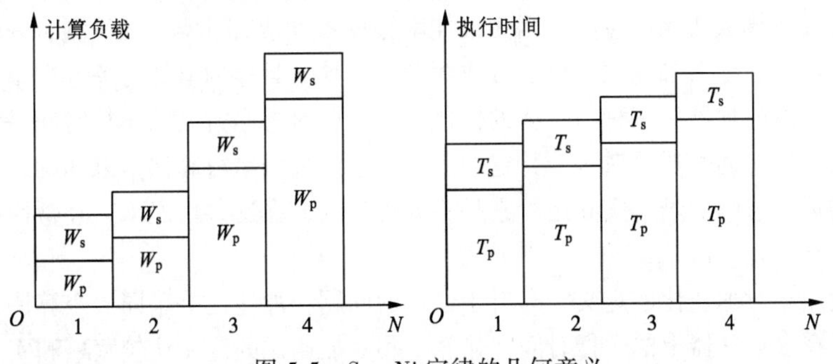

图 5-5 Sun-Ni 定律的几何意义

当 $G(p) = 1$ 时，它变为 $\frac{1}{f + (1-f)/p}$，这就是 Amdahl 定律。

当 $G(p) = p$ 时，它变为 $f + p(1-f)$，这就是 Gustafson 定律。

当 $G(p)>p$ 时，它相应于计算负载比存储要求增加得快，此时 Sun-Ni 定律指出的加速比比 Amdahl 和 Gustafson 定律指出的都要高。

如果考虑并行程序运行时的额外开销 W_0，则

$$S' = \frac{W_s + G(p)W_p}{W_s + \frac{G(p)W_p}{p} + W_0} = \frac{fW + (1-f)G(p)W}{fW + (1-f)G(p)W/p + W_0} = \frac{f + (1-f)G(p)}{f + (1-f)G(p)/p + W_0/W}$$

5. 有关加速比的讨论

（1）线性加速比：在实际应用中，可供参考的加速比经验公式为：$p / \log_2 p \leqslant S \leqslant p$。

可以达到线性加速比的应用问题有矩阵相加、内积运算等，这一类问题几乎没有通信开销，而且单独的计算之间几乎没有什么关系；对于分治类的应用问题，它类似于二叉树，处于树上的同级结点上的计算可并行执行，但越靠近根，并行度将逐渐减少，此类问题可能可以达到 $p / \log_2 p$ 的加速比。

对于通信密集型的应用问题，它的加速比经验公式可以参考式子 $S = 1/C(p)$。其中，$C(p)$是 p 个处理器的某一通信函数，或者为线性的或者为对数的。

（2）超线性加速比：严格的线性加速比对大多数应用问题来说是难以达到的，更不用说超线性加速比。但在某些算法或者程序中，可能会出现超线性加速比现象。

比如，在某些并行搜索算法中，允许不同的处理器在不同的分支方向上同时搜索，当某一处理器一旦迅速地找到了解，它就向其余的处理器发出中止搜索的信号，这就会提前取消那些在串行算法中所做的无谓的搜索分支，从而出现超线性加速比现象。

在大多数的并行计算系统中，每个处理器都有少量的高速缓存。当某一问题执行在大量的处理器上，而所需数据都放在高速缓存中时，由于数据的复用，总的计算时间趋于减少。如果由于这种高速缓存效应补偿了由于通信造成的额外开销，就有可能造成超线性加速比。

（3）绝对加速比与相对加速比：加速比的含义对科学研究者和工程实用者可能有所不同，对一个给定的问题，可能会有不止一个的串行算法，它们的运行时间也不会完全相同，这就带来了不同的加速比的定义。

研究者们使用绝对加速比的定义，即对于给定的问题，加速比等于最佳串行算法所用的时间除以同一问题的并行算法所用的时间。因为最佳串行算法也是通过实际运行测出来的，按照串行算法运行平台的不同，绝对加速比也可以分成两种：一种与具体的机器有关，即串行计算机采用与并行计算机一样的处理器；一种与具体的机器无关，此时的串行算法运行时间是串行计算机上的最短执行时间。但有的时候，对一个特定的问题，它的最佳串行算法是未知的，或者，它的串行算法所需要的运行时间太长，实际运行它是不太现实的，在这些情况下，经常用已知的最优串行算法来代替最佳串行算法。

而工程中使用相对加速比的定义，即对于给定的问题，加速比等于同一个算法在单处理器上运行的时间除以在多处理器上的运行时间。显然，相对加速比的定义比较宽松和实际。

5.2.2 效率

只有理想的具有 p 个处理器的并行系统的加速比能够达到 p，在实际中，这种理想情形是不可能达到的，因为在执行并行算法时，处理器不可能把它们 100%的时间都用来执行算法。例如，在计算 n 个数据和的时候，一部分时间被用来进行通信了。

效率被用来衡量一个处理器的计算能力被有效利用的比率。在一个理想并行系统中，加速比等于 p，而效率等于 1。而在实际系统中，加速比小于 p，而效率在 0～1 之间取值。效率描述了处理器被有效利用的程度，用 E 来表示效率，它可以用下面的公式来计算：

$$E = S / p$$

【例 5-5】 p 个处理器上完成 n 个数加法的问题的效率。

根据前面的讨论结果可知，在超立方体上完成 n 个数的加法并行算法的效率为

$$S = \frac{n}{n/p + 2\log_2 p} = \frac{np}{n + 2p\log_2 p}$$

$$E = \frac{S}{p} = \frac{n}{n + 2p\log_2 p}$$

当 $n = p$ 时，$E = \Theta\left(\frac{n}{\log n}\right)/p = \Theta\left(\frac{n}{\log n}\right)/n = \Theta\left(\frac{1}{\log n}\right)$。

5.2.3 开销

开销定义为一个并行系统在解一个问题的时候，并行运行时间与所用的处理器的乘积。开销反映了在解一个问题时，系统中投入运行的处理器所耗费的总的时间。

效率也可以表示成已知的最快的串行算法的运行时间与在一个 p 个处理器的并行系统上运行对应的并行算法的开销的比值。

在单处理器上解一个题的开销被定义为已知的最快的串行算法的运行时间，如果对一个特定的问题，一个并行系统的开销与单处理器上的已知最快的串行算法的运行时间成比例，那么，就称这个系统是开销最优的。由于效率可以表示成串行开销与并行开销的比值，所以，一个开销最优的并行系统的效率为 $\Theta(1)$。

【例 5-6】p 个处理器上完成 n 个数的加法问题的开销。

根据前面的讨论结果可知，$n=p$ 时，完成 n 个数的加法的并行算法的开销为 $\Theta(n\log n)$，而串行运行时间为 $\Theta(n)$，所以这个并行系统并不是开销最优的。在计算效率的时候也指出，这个并行系统的效率比 1 要低，这也说明这个并行系统并不是开销最优的。

5.2.4 粒度和数据映射对性能的影响

在 n 个处理器的并行计算机上，完成 n 个数据累加，不是一个开销最优的并行系统；这个并行算法中，假定处理器的数目与数据的数目是一致的。但在实际中，由于处理器数目是固定的，而输入数据的数目则是可变的，因此每个处理器上往往会分配很多的数据，这相当于增加每个处理器的计算粒度。

用比系统中最大可能处理器数要少的处理器数来运行并行算法，称为并行系统的处理器降规模。一个降规模的方法是：设计一个并行算法，使得每个处理器上一个数据，然后用少量的处理器来对大量的处理器进行仿真。

如果有 n 个输入数据，而仅仅有 p 个处理器（$p < n$），可以使用为 n 个处理器设计的并行算法，实际上是 n 个虚拟处理器。在运行时，用 p 个物理处理器来进行仿真，每个处理器需要模拟 n/p 个虚拟处理器。

当处理器数目下降 n/p 倍时，每个处理器上的计算量增加了 n/p 倍，因为现在每个处理器实际上需要完成 n/p 个处理器的工作。如果虚拟处理器被恰当地映射到物理处理器上，总的通信时间不超过原来的 n/p 倍。因此，总的并行运行时间最多是原来的 n/p 倍，而开销不会增加。因此，如果一个有 p 个处理器的并行系统是开销最优的，用 p 个处理器来对 n 个处理器（$p < n$）进行仿真保持系统的开销最优。

这种增加计算粒度的方法的缺点是：如果一个并行系统本身不是开销最优的，那么计算开销增加后，它可能仍然不是开销最优的。

5.2.5 实例

【例 5-7】根据固定负载的加速比模型，如果处理器数目为 512，串行比例为 15%，计算加速比，并进行分析。

$$
\begin{aligned}
S &= 512 / (1 + 0.15 \times (512 - 1)) \\
&= 512 / 77.65 \\
&= 6.59
\end{aligned}
$$

随着处理器数目的无限增大，并行系统所能达到的加速比存在上限，且为一个常数 $1/f$（1/0.15=6.67），这个常数只取决于应用本身的性质。

这个结论在历史上曾经带来的两种影响：一是对并行系统的发展带来了一种悲观的影响，它劝阻并行计算机厂商生产更大规模的并行计算机；二是促进了并行编译计算的发展，以降低程序中串行部分的值。

【例 5-8】如果问题规模为 W（固定）的问题的串行部分为 W_s，试证明不管用多少处理器，并行系统的加速比上限都为 W/W_s。

这是一个问题规模固定的加速比问题，所以是 Amdahl 定律讨论的范围。

根据 Amdahl 定律，这个系统的加速比可以表示成下面的公式：

$$
S = \frac{W_s + W_p}{W_s + W_p / p} = \frac{W}{W_s + (W - W_s) / p}
$$

随着 p 的增大，这是一个递增的函数，但这个函数有上限，当 $p \to \infty$时，有

$$
\lim_{p \to \infty} S = \frac{W}{W_s}
$$

【例 5-9】根据问题规模的加速比模型，如果处理器数目为 512，串行比例为 20%，计算加速比，并进行分析。

当处理器数目 p=512 时，加速比 S 随 f 变化情况如下：

$$
S = p - f(p - 1) = 512 - 511f
$$

串行比例为 20%，则加速比为：$512 - 511 \times 0.2 = 409.8$。

根据 $S = p - f(p - 1)$，$\lim_{p \to \infty} S = p - fp = (1 - f)p$。

当 p 充分大时，S 与 p 几乎呈线性关系，其斜率为 $1-f$，意味着随着处理器数目的增加，加速比几乎与处理器数目成比例的线性增加，串行比例 f 不再是程序的瓶颈，这为并行计算系统的发展带来了非常乐观的结论。

5.3 并行系统的可扩展性度量

5.3.1 可扩展性

可扩展性是指在确定的应用背景下，计算机系统（算法或者程序设计等）的性能，随着处理器数目的增加，而成比例地增高的能力。可扩展性用来描述并行算法（并行程序）是否可以有效地利用增加的处理器的能力。

除去极个别的情形，一个并行系统能达到的加速比的上限是系统中处理器的数目：对单处理

器系统，加速比为 1；但使用更多的处理器时，得到的加速比通常比处理器的数目要低。

下面的例子说明，通常情况下，加速比和效率是如何随着处理器的数目变化而变化的。

【例 5-10】 在 p 个处理器上完成 n 个数的加法的问题的可扩展性。

加速比和效率关于处理器数目的函数可以用下面的表达式来近似表示：

$$S=\frac{n}{n/p+2\log_2 p}=\frac{np}{n+2p\log_2 p}$$

$$E=\frac{S}{p}=\frac{n}{n+2p\log_2 p}$$

加速比随处理器变化的情形如图 5-6 所示。

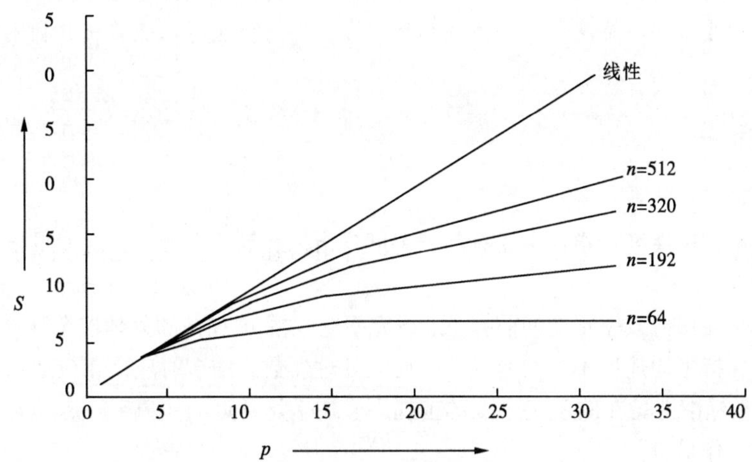

图 5-6　超立方上加速比随处理器变化的情形

效率随处理器变化的情形见表 5-1；表 5-1 中，n 为数据个数，p 为处理器数，表中数据为效率。

表 5-1　不同数目的处理器对应的效率

E	p=1	p=4	p=8	p=16	p=32
n=64	1.0	0.80	0.57	0.33	0.17
n=192	1.0	0.92	0.80	0.60	0.38
n=320	1.0	0.95	0.87	0.71	0.50
n=512	1.0	0.97	0.91	0.80	0.62

图 5-6 和表 5-1 揭示出两个重要的事实：

（1）对一个给定的问题，当处理器数目增加时，加速比并不随着线性增长，而且加速比有饱和的趋势，加速比-处理器数目曲线趋向水平，这就是 Amdahl 定律揭示的内容：当处理器数目增加时，处理器的效率就会降低。

（2）对于相同的问题，处理器数目相同的情况下，不同的问题规模可以得到较高的加速比和效率，但总体的加速比和效率随处理器变化的趋势没有变。

对于一个特定的并行系统、并行算法或者并行程序，它们能否有效地利用不断增加的处理器的能力应该是受限的，而度量这种能力的指标就是可扩展性。

研究可扩展性时，研究的对象都是并行系统，即使是讨论算法的可扩展性，实际也是指该算法针对某个特定并行计算机体系结构构成的并行系统的可扩展性；同样，讨论体系结构的可扩展性时，实际上指的也是该体系结构的并行计算机与其上的某一个（或某一类）并行算法组成的并行系统的可扩展性。

可扩展性研究的目标：

（1）确定解决某类问题采用何种并行算法与何种体系结构的组合，可有效地利用大量的处理器。

（2）对某种结构上的某种算法，根据算法在小规模并行计算机上的运行性能预测在较大规模并行计算机上的性能。

（3）对固定的问题规模，确定在某类并行计算机上最优的处理器数与可获得的最大加速比。

（4）用于指导改进并行算法和并行体系结构，以便并行算法尽可能地充分利用可扩充的大量处理器。

5.3.2 度量指标

1．概述

并行系统的可扩展性度量指标主要有等效率度量指标、等（平均）速度度量指标和平均延迟度量指标。

等效率标准是在保持效率不变的前提下，研究问题规模 W 如何随处理器个数 p 而变化；等速度度量标准是在保持平均速度不变的前提下，研究处理器数 p 增多时应该相应地增加多少工作量 W；平均延迟度量标准则是在效率 E 不变的前提下，用平均延迟的比值来标志随着处理器数 p 的增加需要增加的工作量 W。

事实上，3 种度量可扩展性的指标是彼此等价的。3 种评价可扩展性标准的基本出发点，都是抓住了影响算法可扩展性的基本参数——额外开销函数 T_0。只是等效率指标是采用解析计算的方法得到 T_0；等速度指标是将 T_0 隐含在所测量的执行时间中；而平均延迟指标则是保持效率为恒值时，通过调节 W 与 p 来测量并行和串行执行时间，最终通过平均延迟反映出 T_0。所以，等效率标准是通过解析计算 T_0 的方法来评价可扩展性，而等速度与平均延迟指标都是以测试手段得到有关的性能参数（如速度与时间等）来评价可扩展性。

下面重点讲述等效率度量指标。

2．等效率度量指标

（1）概述：对于一个可扩展的并行系统，当处理器数目增加时，只要问题规模也能同时增加，系统的效率就能够保持不变。

对不同的并行系统，当处理器数目增加时，为了保持效率不变，问题的规模也需要以不同的速率增加。这个速率就确定了一个并行系统的可扩展性。

（2）等效率函数：并行运行时间可以被表示成问题规模、额外开销函数和处理器数目的函数。重写上面的公式，可以得到并行运行时间的表达式

$$T_{\mathrm{p}} = \frac{W + T_0(W, p)}{p}$$

则加速比可以表示成

$$S=\frac{W}{T_{并}}=\frac{pW}{W+T_0(W,p)}$$

而效率可以表示成

$$E=\frac{S}{p}=\frac{W}{W+T_0(W,p)}=\frac{1}{1+T_0(W,p)/W}$$

根据这个效率函数，如果问题规模保持不变，当 p 增加时，效率会降低，因为总的额外开销会随着 p 的增加而增加。如果处理器数目保持不变，增大问题规模，那么对于可扩展的并行系统，效率就会提高。这是因为对固定的处理器数目 p，额外开销函数的增长速度要比 $\Theta(W)$慢。对这些并行系统，增加 p 时，可以通过增大 W 的方法来得到需要的系统效率。

对不同的并行系统，为了得到稳定的效率，当处理器数目增加时，W 必须以不同的速率相应增加。例如，在某些情形下，当处理器数目增长时，为了保持效率不变，W 需要以 p 的指数函数的速率增长。这样的系统可扩展性很差，因为当使用大量的处理器时，并行系统很难得到良好的加速比，除非采用巨大的问题规模。另一方面，相对 p 的增长，为了保持效率不变，问题规模只需要以 p 的线性函数形式增长，这样的系统具有较高的可扩展性。这是因为当处理器的数目增加后，只需采用合理的问题规模就可以得到较好的加速比。

对可扩展的并行系统，效率可以维持在一个固定的值，只要 T_0/W 保持不变。设 E 为所需要的并行系统效率，根据前面的效率表达式，有

$$E=\frac{1}{1+T_0(W,p)/W}\Rightarrow\frac{T_0(W,p)}{W}=\frac{1-E}{E}\Rightarrow W=\frac{E}{1-E}T_0(W,p)$$

令 $K=E/(1-E)$，当给定效率后，这是一个常数。因为 T_0 是 W 和 p 的函数，则上面的表达式可以写成 $W=K\,T_0(W,p)$。

这样，可以通过代数变换的形式，将 W 表示成 p 的函数。这个函数描述了为了保持效率不变，当 p 改变时所需要的问题规模，称为一个并行系统的等效率函数。

【例 5-11】 p 个处理器上 n 个数的加法的等效率函数。

在 p 个处理器的超立方体上完成 n 个数的加法的额外开销函数为 $T_0=2p\log_2 p$，带入等效率公式，则有 $W=2Kp\log_2 p$。因此，这个并行系统的渐进等效率函数是 $\Theta(p\log_2 p)$。

$$W/p\log_2 p=W'/p'\log_2 p'=2K$$

$$W'=W*(p'\log_2 p')/(p\log_2 p)$$

也就是说，如果处理器从 p 增加为 p'，为了在 p'上得到相同的效率，问题规模（这种情况下为 n）需要增长$(p'\log_2 p')/(p\log_2 p)$倍。换句话说，将处理器数目增加 p'/p 倍，为了使加速比也增加 p'/p 倍，问题规模需要变为原来的$(p'\log_2 p')/(p\log_2 p)$倍。

等效率函数确定了一个并行系统为了保持效率为常数，从而使加速比随处理器数目成比例增长的容易程度，它描述了并行系统的可扩展能力。一个小的等效率函数意味着当处理器数目增长时，只需要较小的问题规模增长就可以达到处理器的充分利用，对应的并行系统当然具有很高的可扩展能力。相反的，一个大的等效率函数，对应着一个可扩展性很差的并行系统。对不可扩展的系统来说，等效率函数不存在，因为对这种并行系统，当处理器数目增加时，不管如何增加问题规模，都不可能使系统的效率保持为常数。

等效率度量指标的最大优点是：可以用简单的、可定量计算的、少量的参数就能计算出等效率函数，并由其复杂度就可以指明算法的可扩展性。这对于具有网络互联结构的并行计算机来说

是很合适的，因为 T_0 是可以一步一步计算出来的。

但是，T_0 是计算等效率函数的唯一关键参数。如果 T_0 不能够方便地计算出来，则用等效率函数度量可扩展性的方法就受到了限制。

开销 T_0 通常包括通信、同步、等待等额外计算开销。而对于共享存储的并行计算机，T_0 则主要是非局部访问的读/写时间、进程调度时间、存储竞争时间以及 Cache 一致性维护时间，而这些时间是难以准确计算的，所以用解析计算的方法不应该是一种唯一的方法。

1994 年，两位中国学者 Xian-He Sun 和 Xiao-Dong Zhang 分别提出了以实验测试为主要手段的两种衡量可扩展性的指标，即等速度和平均延迟指标。

5.3.3 实例

【例 5-12】 p 个处理器上 n 个数的加法。根据等效率函数，为使系统具有可扩展性，如果 p 增加为 p'，W 应该增加为多少？

（1）加速比和效率关于处理器数目的函数。

考虑在 p 个处理器的超立方体上完成 n 个数的加法的问题。假定两个数的加法和在两个直接相连的处理器间进行传递一个数的通信都只需要单位时间。这样，每个处理器完成本地的 n/p 个数的加法需要的时间为 $n/p-1$ 个单位时间。完成局部加法后，p 个部分和用 $\log_2 p$ 个步骤得到一个全局和，每个步骤包括一次加法和一次通信。

因此，总的并行运行时间 $T_p = n/p - 1 + 2\log_2 p$。

当 n 和 p 都较大时，上面的式子可以用下面的公式来近似表示：$T_p = n/p + 2\log_2 p$。

（2）p 个处理器的超立方体上 n 个数的加法的额外开销函数。

在 p 个处理器上解一个问题规模为 W 的问题的开销，或在所有的处理器上耗费的总的计算时间为 pT_p，其中 W 个单位时间用来做有用的工作，而其他的部分都是额外开销。因此，额外开销函数、问题规模和开销可以用下面的公式来表示：

$$T_0 = pT_p - W$$

前面已经分析过，并行执行时间 T_p 约等于 $n/p + 2\log_2 p$。

而这个加法可以在 n 个单位时间内完成，因此对每个处理器的并行计算时间中，只有大约 n/p 的时间被用来进行有用的计算，其余的 $2\log_2 p$ 的时间都是额外开销，即

$$T_0 \approx p(n/p + 2\log_2 p) - n = 2p\log_2 p$$

（3）p 个处理器的超立方体上 n 个数的加法的等效率函数。

令 $K = E/(1-E)$，当给定效率后，这是一个常数。因为 T_0 是 W 和 p 的函数，则等效率函数的表达式可以写成 $W=K\,T_0(W, p)$。

在 p 个处理器的超立方体上完成 n 个数加法的额外开销函数为 $T_0 = 2p\log_2 p$，带入等效率公式，则有 $W = 2Kp\log_2 p$。因此，这个并行系统的渐进等效率函数是 $\Theta(p\log_2 p)$。

这意味着，如果处理器从 p 增加为 p'，为了在 p' 上得到相同的效率，问题规模（这种情况下为 n）需要增长 $(p'\log_2 p')/(p\log_2 p)$ 倍。也就是说，将处理器数目增加 p'/p 倍，为了使加速比也增加 p'/p 倍，问题规模需要变为原来的 $(p'\log_2 p')/(p\log_2 p)$ 倍。

习　　题

1. 固定计算负载的情况下，f=0.15 时，分别计算 p =4、p =16、p =100 时的加速比。
2. 可变计算负载的情况下，f=0.15 时，分别计算 p =4、p =16、p =100 时的加速比。
3. 针对 p 个处理器上 n 个数的加法的问题，根据等效率度量指标，分析系统的可扩展性。

第 6 章　OpenMP 多线程并行程序设计

学习目标

- 掌握 OpenMP 主要编译指导语句；
- 掌握 OpenMP 主要运行时库函数；
- 掌握 OpenMP 主要环境变量。

OpenMP 是一种针对共享内存的多线程编程技术，由一些具有国际影响力的大规模软件和硬件厂商共同定义标准。它是一种编译指导语句指导多线程、共享内存并行的应用程序编程接口（API）。本章讲述 OpenMP 主要编译指导语句、主要运行时库函数和主要环境变量。

6.1　OpenMP 编程基础

OpenMP 是一种面向共享内存（包括分布式共享内存）的多处理器多线程并行编程技术。而分布式内存是每一个处理器或者一组处理器会有一个自己私有的内存单元。此时，程序员需要关心数据的实际存放问题，因为数据存放位置会直接影响相应处理器的处理速度。通过网络连接的计算机系统组成的集群就是典型的分布式内存多处理器系统。这种系统一般使用特定的消息传递库（如 MPI）来进行编程。

OpenMP 具有良好的可移植性，支持 Fortran 和 C/C++等多种编程语言，支持大多数的类 UNIX 系统和 Windows 系统等多种平台。

6.1.1　OpenMP 多线程编程模型

OpenMP 编程模型以线程为基础，通过编译指导语句来显示指导并行化，为编程人员提供了对并行化的完整控制。

OpenMP 的执行模型采用 Fork-Join 的形式。开始执行时，只有一个主线程在运行。主线程在运行过程中，遇到并行编译指导语句需要进行并行计算的时候，根据环境变量或运行时库函数派生出（Fork，创建新线程或唤醒已有线程）多个线程来执行并行任务。在并行执行时，主线程和派生线程共同工作。在并行代码结束执行后，派生线程退出或者挂起，不再工作，控制流程回到单独的主线程中（Join，即多线程的汇合），如图 6-1 所示。

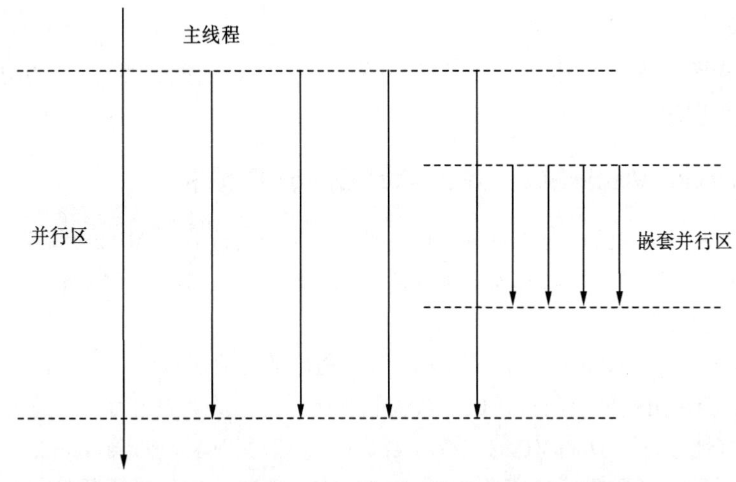

图 6-1　OpenMP 应用程序运行时的 Fork-Join 模型

6.1.2 OpenMP 程序结构

OpenMP 的功能由编译指导语句与运行时库函数两种形式提供，并通过环境变量的方式灵活控制程序的运行，例如通过 OMP_NUM_THREADS 值控制运行的线程的数目。

1．编译指导语句

在 C/C++程序中，OpenMP 的所有编译指导语句以#pragma omp 开始，后面跟具体的功能指令。具体形式如下：

```
#pragma omp <指令> [子句[ [, ] 子句]…]
```

其中，指令部分包含 parallel、for、parallel for、section、sections、single、master、critical、flush，以及 ordered 和 atomic 等具体的编译指导语句。后面的可选子句给出了相应的编译指导语句的参数，子句可以影响到编译指导语句的具体行为，其中 master、critical、flush、ordered、atomic 这 5 个编译指导语句不能跟相应的子句。

编译指导语句的含义是在编译器编译程序的时候会识别特定的注释，而这些特定的注释就包含着 OpenMP 程序的一些语义。在一个无法识别 OpenMP 语意的普通编译器中，这些特定的注释会被当作普通的注释而被忽略。因此，只用编译指导语句编写的 OpenMP 程序，能够同时被普通编译器和支持 OpenMP 的编译器处理。用户可以用同一份代码来编写串行或者并行程序，或者在把串行程序改编成并行程序的时候，保持串行源代码部分不变，极大地方便了程序编写人员。

编译指导语句的优势体现在编译的阶段，对于运行阶段则支持较少。

2．运行时库函数

OpenMP 运行时库函数用以设置和获取执行环境相关的信息以及用以同步，在源文件中包含 OpenMP 头文件 omp.h 后才能使用。如果程序中仅仅使用了编译指导语句，可以忽略头文件 omp.h。例如，omp_get_thread_num()就是一个在运行时库函数，用来返回当前线程的标识号。在没有库支持的编译器上无法正确识别 OpenMP 程序，打破了源代码在串行和并行之间的一致性，这是库函数与编译指导语句的区别。

运行时库函数支持运行时对并行环境的改变和优化，给编程人员足够的灵活性来控制运行时的程序运行状况。

3．环境变量

环境变量是动态函数库中用来控制函数运行的一些参数，例如需要同时派生出多少个线程或者采用何种多线程调度的模式等。

6.1.3 使用 Microsoft Visual Studio.NET 编写 OpenMP 程序

Microsoft Visual Studio 已经支持 OpenMP 的编程，完全支持 OpenMP 2.0 标准，完全安装后即可编写 OpenMP 程序，通过新的编译器选项/openmp 来支持 OpenMP 程序的编译和连接，无须另外安装其他软件，如图 6-2、图 6-3 所示。

在 Microsoft Visual Studio 环境下编写 OpenMP 程序的必要步骤包括：①新建 Win32 Console Application（控制台应用程序）项目，保持默认的选项不变；②生成项目后，通过配置项目属性，在 C/C++的语言特性上打开 OpenMP 的支持/openmp；③编写代码，加入#include "omp.h"；④编写源程序；⑤如果需要，可配置环境变量 OMP_NUM_THREADS，确定线程数目；⑥执行程序。

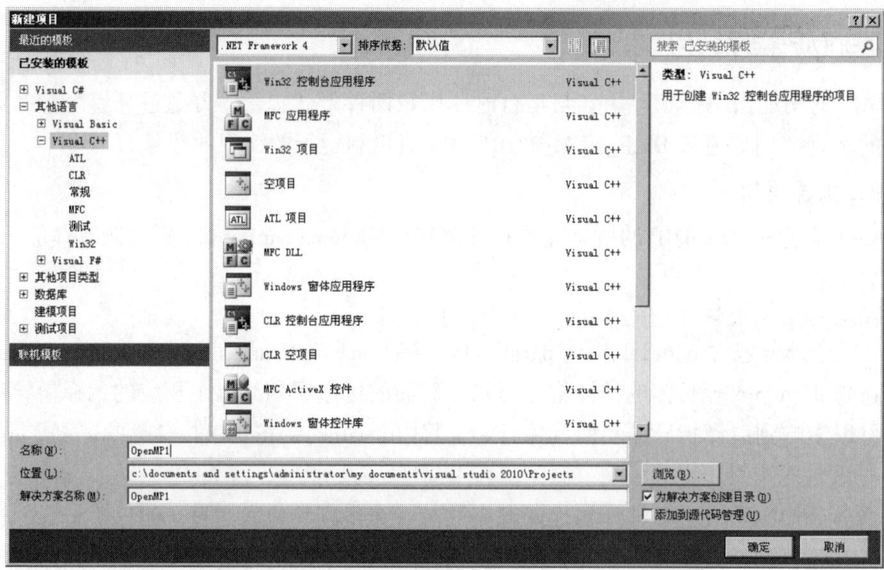

图 6-2 使用 Win32 Console Application 模板建立 OpenMP 应用程序

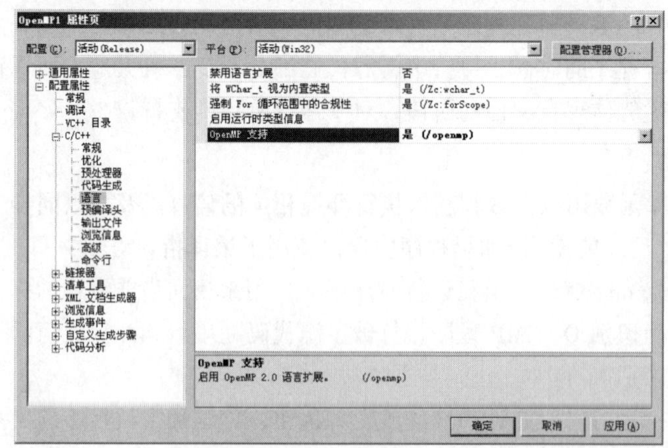

图 6-3 在 Visual Studio.NET 中配置项目属性以支持 OpenMP 应用程序

【例 6-1】简单的 OpenMP 程序。

```
#include "stdafx.h"
#include "omp.h"
#include <Windows.h>
int _tmain(int argc,_TCHAR *argv[]){
   printf("Hello from serial. Thread number=%d\n",omp_get_thread_num());
   //omp_set_num_threads(4);
   #pragma omp parallel num_threads(4)
   {
      printf("Hello from parallel. Thread number=%d\n",omp_get_thread_num());
   }
   printf("Hello from serial again\n");
   system("pause");
   return 0;
}
```

OpenMP 可以使用库函数 omp_set_num_threads()指定使用线程数目，也可以使用子句 num_threads 指定。还可以通过环境变量 OMP_NUM_THREADS 设置程序所使用线程的数目。默认情况下，根据系统中逻辑 CPU 的数目来配置，例如在双核的系统中 OMP_NUM_THREADS=2。

本例中将环境变量 OMP_NUM_THREADS 设置为 4。程序先从串行程序开始执行，然后分成 4 个线程开始并行执行。#pragma omp parallel 标志着一个并行区域的开始，在支持 OpenMP 的编译器中，根据线程的数目，随后的程序块会被编译到不同的线程中执行。omp_get_thread_num()是一个 OpenMP 的库函数，用来获得当前线程号码。在 OpenMP 程序中，每一个线程会被分配给一个唯一的线程号码，用来标识不同的线程。在 4 个线程执行完毕之后，程序会重新退回到串行部分，打印最后一条语句，最后程序退出。由于是多线程并行执行的，因此，多次执行可能产生不同的结果。以下就是两次执行的结果：

第一次运行结果如下：

```
Hello from serial. Thread number=0
Hello from parallel. Thread number=0
Hello from parallel. Thread number=2
Hello from parallel. Thread number=3
Hello from parallel. Thread number=1
Hello from serial again
```

第二次运行结果如下：

```
Hello from serial. Thread number=0
Hello from parallel. Thread number=0
Hello from parallel. Thread number=1
Hello from parallel. Thread number=2
Hello from parallel. Thread number=3
Hello from serial again
```

6.2　编译指导语句

OpenMP 编译指导语句中的指令和子句见表 6-1、表 6-2。

表 6-1　OpenMP 编译指导语句的指令

指　　令	作　　用
parallel	用在一个代码段之前，表示这段代码将被多个线程并行执行
for	用于 for 循环之前，将循环分配到多个线程中并行执行，必须保证每次循环之间无相关性
parallel for	parallel 和 for 语句的结合，也是用在一个 for 循环之前，表示 for 循环的代码将被多个线程并行执行
sections	用在可能会被并行执行的代码段之前
parallel sections	parallel 和 sections 两条语句的结合
barrier	用于并行区内代码的线程同步，所有线程执行到 barrier 时要停止，直到所有线程都执行到 barrier 时才继续往下执行
critical	用在一段代码临界区之前
atomic	用于指定一块内存区域被制动更新
single	用在一段只被单个线程执行的代码段之前，表示后面的代码段将被单线程执行
master	用于指定一段代码块由主线程执行
threadprivate	用于指定一个变量是线程私有的
ordered	用于指定并行区域的循环按顺序执行
flush	更新共享变量，确保对共享变量的读操作是最新值

表 6-2　OpenMP 编译指导语句的子句

子　　句	作　　用
num_threads	指定线程的个数
private	指定每个线程都有自己的变量私有副本
firstprivate	指定每个线程都有自己的变量私有副本，并且变量要被继承主线程中的初值
lastprivate	主要用来指定将线程中的私有变量的值在并行处理结束后复制回主线程中的对应变量
shared	指定一个或多个变量为多个线程间的共享变量
default	用来指定并行处理区域内的变量的使用方式，默认是 shared
reduce	用来指定一个或多个变量是私有的，并且指定在并行处理结束后这些变量要执行指定的运算
ordered	用来指定 for 循环的执行要按顺序执行
schedule	指定如何调度 for 循环迭代
copyprivate	用于 single 指令中的指定变量为多个线程的共享变量
copyin	用来指定一个 threadprivate 的变量的值要用主线程的值进行初始化
nowait	忽略指定中暗含的等待

6.2.1　并行域结构——parallel 指令

为一段代码创建多个线程。构造一个并行块，块中的每行代码都被多个线程重复执行。可以使用其他指令如 for、sections 等和它配合使用。parallel 的使用方法如下：

```
#pragma omp parallel [for | sections] [子句[子句]…]
{
    //并行执行的代码
}
```

【例 6-2】parallel 指令。

```
#include "stdafx.h"
#include "omp.h"
```

```
#include <Windows.h>
int main(int argc,char *args[]){
   printf("Masterthread start \n");
   omp_set_num_threads(4);
   #pragma omp parallel
   {
       printf("hello Openmp\n");
   }
   printf("Masterthread finish\n");
   system("pause");
   return 0;
}
```

执行结果如下，parallel 语句中的代码被执行了 4 次，总共创建了 4 个线程。

```
Masterthread started
hello,OpenMP
hello,OpenMP
hello,OpenMP
hello,OpenMP
Masterthread finished
```

当程序遇到 parallel 编译指导语句时，就会生成相应数目的线程组成一个线程组，并将代码重复地在各个线程内部执行。parallel 的末尾有一个隐含的同步屏障（barrier），所有线程完成所需的重复任务后，在这个同步屏障处汇合（join）。此时，此线程组的主线程（master）继续执行，而相应的子线程（slave）则停止执行。

6.2.2　共享任务结构

共享任务结构的基本特点包括将它作用的代码段拆分到进入此区域的线程组的成员执行；不产生新的线程；进入共享工作区域不会有等待，退出共享工作构造时会有等待。

1. for 指令

for 指令则是用来将一个 for 循环分配到一个线程组的多个线程中执行，线程组中的每一个线程将完成循环中的一部分内容，如图 6-4 所示。在一个线程组内，共享一个循环的迭代，代表“数据并行”的类型。

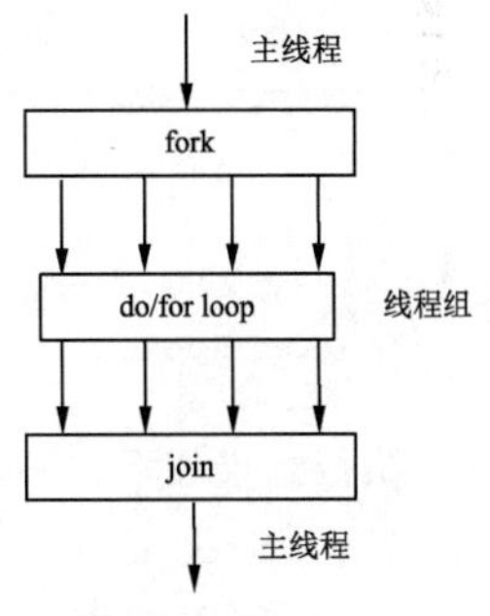

图 6-4　for 指令

for 指令一般可以和 parallel 指令合起来形成 parallel for 指令使用，也可以单独用在 parallel 语句的并行块中。

```
#pragma omp [parallel] for [子句]
    for 循环语句
```

并行化的语句必须是 for 循环语句，它要紧跟在编译指导语句后面，编译指导语句的功能区域一直延伸到 for 循环语句的结束。

for 循环语句要求能够推测出循环的次数。另外，循环语句块应该是单出口与单入口（对于其他的并行化编译指导语句也具有类似的限制）。不能够从循环外跳入到循环中，循环过程中不允许跳出循环。因此，在循环过程中不能使用 break 语句；不能使用 goto 和 return 语句从循环中跳出；不能从循环内部抛出异常而退出循环。但可以使用 exit()函数来退出整个程序，退出时的状态不确定。

（1）单独使用 for 指令。

【例 6-3】单独使用 for 指令。

```
#include "stdafx.h"
#include <Windows.h>
#include "omp.h"
int main(){
    omp_set_num_threads(2);
    int i=0;
    #pragma omp for
      for(i=0;i<4;i++){
         printf("i=%d,threadid=%d\n",i,omp_get_thread_num());
      }
    system("pause");
    return 0;
}
```

程序执行结果：

```
i=0, ThreadId=0
i=1, ThreadId=0
i=2, ThreadId=0
i=3, ThreadId=0
```

可以看出 4 次循环都在一个线程里执行，所以 for 指令要和 parallel 指令结合起来使用。

（2）parallel 和 for 指令联合使用。

【例 6-4】parallel 和 for 指令联合使用（一）。

```
#include "stdafx.h"
#include "windows.h"
#include "omp.h"
int main(){
    omp_set_num_threads(2);
    int i=0;
    #pragma omp parallel for
    for(i=0;i<4;i++){
        printf("i=%d,threadid=%d\n",i,omp_get_thread_num());
    }
    system("pause");
    return 0;
}
```

执行结果如下，循环被分配到两个不同的线程中执行。

```
i=0,threadid=0
i=2,threadid=1
i=1,threadid=0
i=3,threadid=1
```

上面这段代码也可以改写成下面的形式。

【例 6-5】parallel 和 for 指令联合使用（二）。

```
#include "stdafx.h"
#include "windows.h"
#include "omp.h"
int main(){
```

```
    omp_set_num_threads(2);
    int i=0;
    #pragma omp parallel
      #pragma omp for
        for(i=0;i<4;i++){
           printf("i=%d,threadid=%d\n",i,omp_get_thread_num());
        }
    system("pause");
    return 0;
}
```

（3）在一个 parallel 块中可以有多个 for 指令。

```
int j;
#pragma omp parallel
{
    #pragma omp for
    for (j=0; j<100; j++){
    …
    }
    #pragma omp for
    for (j=0; j<100; j++){
      …
    }
    …
}
```

（4）嵌套循环。可以将嵌套循环的任意一个循环体进行并行化。循环并行化编译指导语句可以加在任意一个循环之前，对应的最近的循环语句被并行化，其他部分保持不变。在每一个并行执行线程的内部，程序继续按照串行执行。

下面的程序并行化作用于外层循环。

【例 6-6】并行化作用于外层循环。

```
#include "stdafx.h"
#include "omp.h"
#include "windows.h"
int main(){
    int i,j;
    omp_set_num_threads(4);
    #pragma omp parallel for private(j)
      for (i=0;i<2;i++){
      for (j=0;j<6;j++){
         printf("i=%d j=%d\n",i,j);
       }
    }
    system("pause");
    return 0;
}
```

程序执行结果：

```
i=0 j=0
i=1 j=0
```

```
i=0 j=1
i=1 j=1
i=0 j=2
i=1 j=2
i=0 j=3
i=1 j=3
i=0 j=4
i=1 j=4
i=0 j=5
i=1 j=5
```

下面的程序并行化作用于内层循环。

【例 6-7】并行化作用于内层循环。

```
#include "stdafx.h"
#include "omp.h"
#include "windows.h"
int main(){
    int i,j;
    omp_set_num_threads(4);
    for(i=0;i<2;i++){
      #pragma omp parallel for
        for(j=0;j<6;j++){
           printf("i=%d j=%d\n",i,j);
        }
    }
    system("pause");
    return 0;
}
```

程序执行结果：

```
i=0 j=4
i=0 j=2
i=0 j=5
i=0 j=3
i=0 j=0
i=0 j=1
i=1 j=2
i=1 j=0
i=1 j=4
i=1 j=5
i=1 j=3
i=1 j=1
```

（5）并行区域与循环并行化的区别。下面两个程序不同之处在于，前面一个程序的编译指导语句是并行区域编译指导语句 parallel，而后面一个程序的编译指导语句是循环并行化的编译指导语句 parallel for。

假设 OMP_NUM_THREADS=2，从执行结果中可以明显地看到并行区域与循环并行化的区别。并行区域采用了复制执行的方式，将代码在所有的线程内部都执行一次；而循环并行化则采用了工作分配的执行方式，将循环所需要的所有工作量按照一定的方式分配到各个执行线程中，所有线程执行工作的总和是原先串行执行所完成的工作量。

parallel 程序如下：

```
#pragma omp parallel
   for(int i=0;i<5;i++)
      printf("hello world i=%d\n", i);
```

程序执行结果：

```
hello world i=0
hello world i=0
hello world i=1
hello world i=1
hello world i=2
hello world i=2
hello world i=3
hello world i=3
hello world i=4
hello world i=4
```

parallel for 程序如下：

```
#pragma omp parallel for
   for(int i=0;i<5;i++)
      printf("hello world i=%d\n",i);
```

程序执行结果：

```
hello world i=0
hello world i=3
hello world i=1
hello world i=4
hello world i=2
```

2. sections 和 section 指令

sections 的主要功能是将一个任务分成独立的几个 section，每个 section 由不同的线程来处理。换句话说，section 语句用在 sections 语句里，用来将 sections 语句里的代码划分成几个不同的段，每段都并行执行，如图 6-5 所示。sections 指令和 for 指令一样，必须与 parallel 联合使用才会并行化，否则串行执行。格式如下：

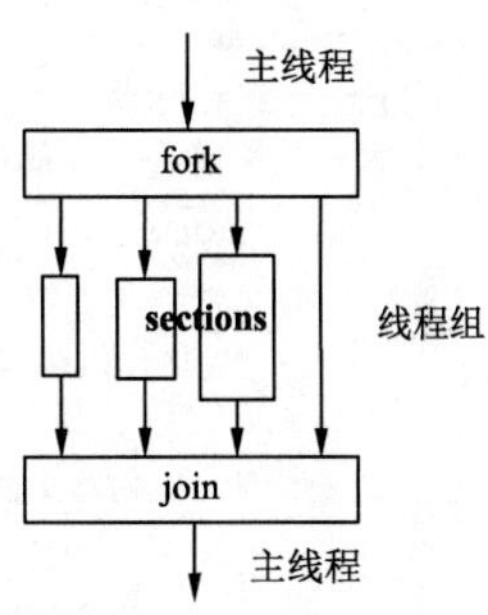

图 6-5　sections 语句

```
#pragma omp [parallel] sections [子句]
{
   #pragma omp section
   {
      代码块
   }
}
```

（1）一个 sections 指令。

【例 6-8】 一个 sections 指令。

```
#include "stdafx.h"
#include <Windows.h>
#include "omp.h"
int main(){
   omp_set_num_threads(4);
   #pragma omp parallel sections
   {
      #pragma omp section
         printf("section 1 threadid=%d\n",omp_get_thread_num());
      #pragma omp section
         printf("section 2 threadid=%d\n",omp_get_thread_num());
      #pragma omp section
         printf("section 3 threadid=%d\n",omp_get_thread_num());
      #pragma omp section
         printf("section 4 threadid=%d\n",omp_get_thread_num());
   }
   system("pause");
```

```
    return 0;
}
```

程序执行结果：

```
section 1 ThreadId=0
section 2 ThreadId=2
section 4 ThreadId=3
section 3 ThreadId=1
```

各个 section 里的代码都是并行执行的，并且各个 section 被分配到不同的线程执行。

使用 section 语句时，需要注意的是这种方式需要保证各个 section 里的代码执行时间相差不大，否则某个 section 执行时间比其他 section 过长就达不到并行执行的效果。

（2）多个 sections 指令。

【例 6-9】 多个 sections 指令。

```
#include "stdafx.h"
#include "windows.h"
#include "omp.h"
int main(){
    omp_set_num_threads(4);
    #pragma omp parallel
    {
        #pragma omp sections
        {
            #pragma omp section
                printf("section 1 threadID=%d\n",omp_get_thread_num());
            #pragma omp section
                printf("section 2 threadID=%d\n",omp_get_thread_num());
        }

        #pragma omp sections
        {
            #pragma omp section
                printf("section 3 threadID=%d\n",omp_get_thread_num());
            #pragma omp section
                printf("section 4 threadID=%d\n",omp_get_thread_num());
        }
    }
    system("pause");
    return 0;
}
```

某次执行结果：

```
section 1 threadID=1
section 2 threadID=0
section 3 threadID=0
section 4 threadID=1
```

两条 sections 语句是串行执行的，第二条 sections 语句里的代码要等第一个 sections 语句里的代码执行完后才能执行。

for 语句由系统自动分配任务，只要每次循环间没有时间上的差距，那么分配任务是很均匀的。section 是手工划分线程，并行性的好坏依赖于程序员。

3. single 指令

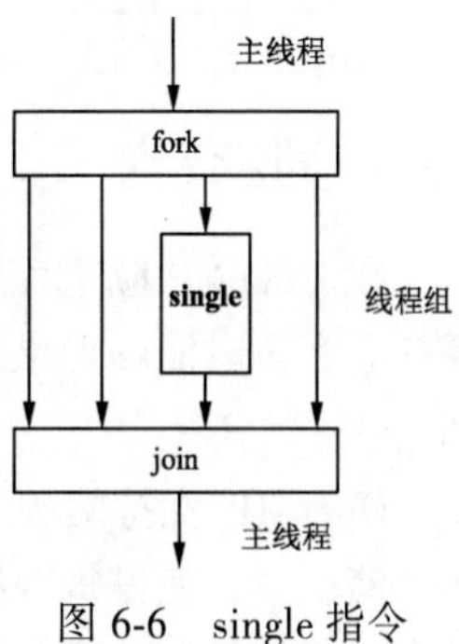

图 6-6 single 指令

指定代码块由线程组内的一个线程执行，将一段代码串行化，相当于串行执行。格式：

```
#pragma omp single [子句]
    结构化模块
```

single 只是让线程组内的一个线程去执行这一段代码段，并不表示程序是单线程的，所以，如果不使用 nowait，线程组内的其他线程都会等待这个线程执行完毕。也就是说，默认情况下，不执行 single 指令的线程会在 single 块结尾处等待，除非使用了 nowait，如图 6-6 所示。

【例 6-10】single 指令。

```
#include "stdafx.h"
#include "windows.h"
#include "omp.h"
int main(){
    omp_set_num_threads(4);
    printf("masterthread start\n");
    #pragma omp parallel
    {
        #pragma omp single //nowait
        {
            printf("single block. ThreadID=%d\n",omp _get_thread_num());
            printf("Waiting......\n");
            Sleep(3000);
        }

        printf("parallel block. ThreadID=%d\n",omp_get_thread_num());
    }
    printf("masterthread finish\n");
    system("pause");
    return 0;
}
```

没有 nowait 子句时，执行结果如下：

```
masterthread start
single block. ThreadID=0
Waiting......
parallel block. ThreadID=2
parallel block. ThreadID=1
parallel block. ThreadID=3
parallel block. ThreadID=0
masterthread finish
```

有 nowait 子句时，执行结果如下：

```
masterthread start
single block. ThreadID=0
parallel block. ThreadID=2
parallel block. ThreadID=1
parallel block. ThreadID=3
```

```
Waiting......
parallel block. ThreadID=0
masterthread finish
```

6.2.3 同步结构

在 OpenMP 应用程序中，由于是多线程执行，必须要有必要的线程同步机制以保证程序在出现数据竞争时能够得出正确的结果，并且在适当的时候控制线程的执行顺序，以保证执行结果的确定性。

OpenMP 支持两种不同类型的线程同步机制：一种是互斥锁的机制，可以用来保护一块共享的存储空间，使得每一次访问这块共享内存空间的线程最多一个，保证了数据的完整性；另一种是事件通知机制，这种机制保证了多个线程之间的执行顺序。

互斥的操作针对需要保护的数据而言，在产生了数据竞争的内存区域加入互斥，包括 critical、atomic 等语句以及由函数库中的互斥函数构成的标准例程。而事件机制则在控制规定线程执行顺序时所需要的同步屏障（barrier）、定序区段（ordered sections）、主线程执行（master）等。OpenMP 也对用户自主构成的同步操作提供了一定的支持。

1．数据竞争

一个数据竞争的例子：通过下述算法来寻找一个正整数数组中最大的元素。

串行算法如下所示，假设数组为 ar，数组元素的数目为 n。

```
int i;
int max_num=-1;
for(i=0;i<n;i++)
    if(ar[i]>max_num)
         max_num=ar[i];
```

可以直接在 for 循环前面加入循环并行化的编译指导语句，使整个程序代码段并行执行。

```
int i;
int max_num=-1;
#pragma omp parallel for
for(i=0;i<n;i++)
    if(ar[i]>max_num)
        max_num=ar[i];
```

但是，由于是多线程执行，这样的并行执行代码是不正确的，有可能产生错误的结果。下面是一个可能的执行结果：

假设数组有两个元素，分别为 2 和 3，系统中有两个线程在执行，每个线程只需对一个元素进行判断即可。线程 1 在执行的过程中，发现 0 号元素，比 max_num 要大，需要将 2 赋值给 max_num。此时，线程 1 经过了整数判断的阶段，但还没有赋值时，系统将线程 1 挂起。线程 2 继续执行，发现 1 号元素也比 max_num 大，执行的结果就是 max_num=3。线程 2 执行完自己的任务后，会同步在一个隐含的屏障上。线程 1 被唤醒，由于它已经过了整数判断的阶段，因此它直接将 0 号元素赋值给 max_num，使得 max_num=2。执行的结果与串行结果完全不同。

产生结果出现错误的主要原因就是有超过两个线程同时访问一个内存区域，并且至少有一个线程的操作是写操作，这样就产生了数据竞争。如果不对数据竞争进行处理，就会产生执行结果出错。

2. 互斥锁机制

在 OpenMP 中，提供了临界区（critical）、原子操作（atomic），以及由库函数 3 种不同的互斥锁机制对一块内存进行保护。

（1）临界区：指定某一区域的代码，每次只能同时被一个线程执行。临界区编译指导语句的格式如下，name 是临界区的名字，用不同名称的临界区保护不同的内存区域，在访问不同内存区域的时候使用不同名称的临界区。

```
#pragma omp critical [(name)]
    block
```

修改上述寻找正整数数组最大的元素的代码如下：

【例 6-11】 在临界区寻找正整数数组最大的元素。

```
#include "stdafx.h"
#include "windows.h"
#include "omp.h"
int main(){
    omp_set_num_threads(4);
    int arx[10];
    arx[0]=1;arx[1]=3;arx[2]=5;arx[3]=4;
    int max_num=-1;
    int i;
    #pragma omp parallel for
    for (i=0;i<4;i++){
        #pragma omp critical(max_arx)
            if(arx[i]>max_num)
                max_num=arx[i];
    }
    printf("max_num=%d\n",max_num);

    system("pause");
    return 0;
}
```

下面的例子也是数据竞争的例子，如果不使用 critical，得到的结果将会不正确。

【例 6-12】 数据竞争。

```
#include "stdafx.h"
#include "windows.h"
#include "omp.h"
int g;
#define ADD_COUNT 10000
int main(){
    omp_set_num_threads(4);
    printf("Masterthread start\n");

    #pragma omp parallel for
        for(int i=0;i<ADD_COUNT;i++){
          Sleep(1);
         #pragma omp critical
              g=g+1;
         }
```

```
    printf("g=%d\n",g);
    printf("Expected g=%d \n",ADD_COUNT);
    printf("Masterthread finish\n");
    system("pause");
    return 0;
}
```

程序运行结果：

```
Masterthread start
g=10000
Expected g=10000
Masterthread finish
```

去除临界区语句后，某次的结果如下，出现错误：

```
Masterthread start
g=9978
Expected g=10000
Masterthread finish
```

（2）原子操作：现代体系结构的多处理计算机提供了原子更新一个单一内存单元的方法，即通过单一一条指令就能够完成数据的读取与更新操作。所有这些功能可以称为原子操作，即操作在执行的过程中是不会被打断的。因此，通过这种方式就能够完成对单一内存单元的更新，提供了一种更高效率的互斥锁机制。在 OpenMP 程序中，通过#pragma omp atomic 编译指导语句提供原子操作。注意，临界区操作能够作用在任意的代码块上，而原子操作只能作用在语言内建的基本数据结构。原子操作的格式如下：

```
#pragma omp atomic
    x <binop>=expr
```

或者

```
#pragma omp atomic
    x++//or x--, --x, ++x
```

很明显，能够使用原子语句的前提条件是相应的语句块能够转化成一条机器指令，使得相应的功能能够一次执行完毕而不会被打断。

C/C++语言中可能的原子操作包括+、*、-、/、&、^、|、<<、>>。

注意：对一个数据进行原子操作保护时，不能对数据进行临界区的保护，因为这是两种完全不同的保护机制。因此，用户在针对同一个内存单元使用原子操作时需要在程序所有涉及的部位都加入原子操作的支持。

【例 6-13】原子操作。

```
#include "stdafx.h"
#include "windows.h"
#include "omp.h"
int main(){
    omp_set_num_threads(2);
    int counter=0;
    #pragma omp parallel
    {
        for(int i=0;i<1000;i++){
          Sleep(1);
```

```
            #pragma omp atomic
               counter++;
        }
    }
    printf("counter=%d\n",counter);
    system("pause");
    return 0;
}
```

使用 atomic 指令时执行结果都是一致的（使用两个线程执行）:

```
counter=2000
```

把 atomic 指令删除，有了数据的相关性，最后的执行结果是不确定的，结果有可能是：

```
counter=1995
```

3. 事件同步机制

锁机制是为了维护一块代码或者一块内存的一致性，使得所有在其上的操作串行化；而事件同步机制则用来控制代码的执行顺序，使得某一部分代码必须在其他代码执行完毕之后才能执行。

（1）隐含的同步屏障：在每一个并行区域都会有一个隐含的同步屏障，执行此并行区域的线程组在执行完毕本区域代码之前，都需要同步并行区域的所有线程。一个同步屏障要求所有的线程执行到此屏障，然后才能够继续执行下面的代码。#pragma omp for、#pragma omp single、#pragma omp sections 程序块都包含自己隐含的同步屏障。为了避免在循环过程中不必要的同步屏障，可以增加 nowait 子句到相应的编译指导语句中：

【例 6-14】 nowait 子句。

```
#include "stdafx.h"
#include "windows.h"
#include "omp.h"
int main(){
    int i,j;
    omp_set_num_threads(2);
    #pragma omp parallel
    {
        #pragma omp for nowait
            for(i=0;i<1000;i++)
               printf("for 1\n");
    #pragma omp for
        for(j=0;j<10;j++)
            printf("for 2\n");
    }
    system("pause");
    return 0;
}
```

程序执行结果：

```
…
for 1
for 1
for 2
for 1
for 2
for 1
for 2
```

```
for 1
for 2
for 1
for 1
…
```

在以上范例中，程序不等所有线程处理完第一个循环便会立即继续处理第二个循环。但是，在并行区域的结束还是会有一个隐含的同步屏障，这是所有线程需要同步的地方。

删除 nowait 后，程序的执行结果如下，处理完第一个循环后才会继续处理第二个循环：

```
…
for 1
for 1
for 1
for 1
for 1
for 1
for 2
for 2
for 2
for 2
for 2
…
```

（2）明确的同步屏障语句：并行执行时，在有些情况下，隐含的同步屏障并不能提供有效的同步措施，程序员可以在需要的地方插入明确的同步屏障语句#pragma omp barrier。此时，在并行区域的执行过程中，所有的执行线程都会在同步屏障语句上进行同步。

```
#pragma omp parallel
{
   initialization();
   #pragma omp barrier
   process();
}
```

上述例子中，只有等所有的线程都完成初始化操作以后，才能够进行下一步的处理动作。

（3）ordered 指令和 ordered 子句：指定 for 循环迭代和串行一样顺序执行。在某些情况下，循环并行化中的某些处理需要规定执行的顺序，例如在一次循环过程中，一大部分工作是可以并行执行的，但有小部分工作需要等到前面的工作全部完成之后才能够执行，可以使用 ordered 实现这项功能。注意，它只能与 for 指令联合使用，格式如下：

```
#pragma omp for ordered [clauses...]
    (loop region)
        #pragma omp ordered  newline
        structured_block
    (endo of loop region)
```

【例 6-15】 ordered 指令和 ordered 子句。

```
#include "stdafx.h"
#include "windows.h"
#include "omp.h"
int main(){
    omp_set_num_threads(2);
    #pragma omp parallel for ordered
        for(int i=0;i<6;++i)
```

```
        #pragma omp ordered
        printf("ThreadID : %d-%d\n",omp_get_thread_num(),i);
    system("pause");
    return 0;
}
```

程序执行结果：

```
ThreadID : 0-0
ThreadID : 0-1
ThreadID : 0-2
ThreadID : 1-3
ThreadID : 1-4
ThreadID : 1-5
```

而如果将上面两处 ordered 其中一处删除，都不会有顺序的效果，执行结果如下：

```
ThreadID : 0-0
ThreadID : 1-3
ThreadID : 0-1
ThreadID : 1-4
ThreadID : 0-2
ThreadID : 1-5
```

在使用事件进行执行顺序处理的同步操作时，OpenMP 还提供了只能在主线程中执行的 master 子句、用于程序员自己构造执行顺序的 flush 子句和 Open MP 3.0 新增加的 taskwait 指令。

6.2.4　数据处理子句

1. 并行区域内变量的共享和私有

除了以下 3 种情况外，并行区域中的所有变量都是共享的：

（1）并行区域中定义的变量。

（2）多个线程用来完成循环的循环变量。

（3）private、firstprivate、lastprivate、reduction 修饰的变量。

例 6-16 中 share_a 是共享变量，并行区域外的变量 share_to_private_b 也是共享变量，private_c 是私有变量，for 循环的循环变量 i 是私有变量。

注意：

（1）在并行区域内变量 share_to_private_b 通过 private 修饰后变为私有变量，并行区域内私有变量 share_to_private_b 与并行区域外的共有变量 share_to_private_b 完全没有关系。

（2）循环迭代变量在循环构造区域里是私有的，即使使用 shared 来修饰循环迭代变量，也不会改变循环迭代变量在循环构造区域中是私有的这一特点。

【例 6-16】共享变量与私有变量。

```
#include "stdafx.h"
#include "omp.h"
#include<Windows.h>
int main(int argc,char*arg[]){
    int share_a=0;              //共享变量
    int share_to_private_b=1; //共享变量
    int i;
    omp_set_num_threads(2);
    #pragma omp parallel shared(i)//share 子句也改变不了 for 循环中的 i 是私有变量
```

```
    {
        int private_c=2;                //私有变量
        #pragma omp for private(share_to_private_b)
        for(i=0;i<10;i++){
            share_to_private_b=i;
            printf("ThreadID %d : %d\n",omp_get_thread_num(),share_to_private_b);
        }
    }
    system("pause");
    return 0;
}
```

程序执行结果：

```
ThreadID 0 : 0
ThreadID 1 : 5
ThreadID 0 : 1
ThreadID 1 : 6
ThreadID 0 : 2
ThreadID 1 : 7
ThreadID 0 : 3
ThreadID 1 : 8
ThreadID 0 : 4
ThreadID 1 : 9
```

在执行语句

```
printf("ThreadID %d : %d\n", omp_get_thread_num(), share_to_private_b);
```

之前，并行区域内的私有变量 share_to_private_b 必须赋值，否则会因为私有变量 share_to_private_b 未初始化而输出随机数。

2．private 子句

private 子句将变量声明成线程私有的变量，每个线程都有自己的变量私有副本，其他线程无法访问私有副本。并行区域外同名的共享变量在并行区域内也不起任何作用，并行区域内的操作也不会影响到外面的共享变量。

【例 6-17】 private 子句。

```
#include "stdafx.h"
#include "omp.h"
#include<Windows.h>
int main(int argc,char*arg[]){
    int k=100;
    omp_set_num_threads(2);
    #pragma omp parallel for private(k)
        for(int i=0;i<4;i++){
            k=10; //k 未初始化，必须赋值，否则会造成程序崩溃
            k=k+i;
            printf("ID=%d, k=%d\n",omp_get_thread_num(),k);
        }
    printf("last k=%d\n",k);
    system("pause");
    return 0;
}
```

程序执行结果：

```
ID=0, k=10
ID=1, k=12
ID=0, k=11
ID=1, k=13
last k=100
```

可以看出，for 循环前的变量 k 和循环区域内的变量 k 是不同的变量。

注意：

（1）出现在 reduction 子句中的参数不能出现在 private 子句中。

（2）private 变量在进入并行区域是未定义的。这里，k 是没有初始化的变量，必须赋值，否则会造成程序崩溃。

3. firstprivate 子句

private 声明的私有变量不能继承同名共享变量的值，而 firstprivate 子句可以继承原有共享变量的值。

【例 6-18】 firstprivate 子句。

```
#include "stdafx.h"
#include "omp.h"
#include<Windows.h>
int main(int argc,char*arg[]){
    int k=100;
    omp_set_num_threads(2);
    #pragma omp parallel for firstprivate(k)
        for(int i=0;i<4;i++){
            k=k+i;
            printf("ID=%d, k=%d\n",omp_get_thread_num(),k);
        }
    printf("last k=%d\n",k);
    system("pause");
    return 0;
}
```

程序执行结果：

```
ID=0, k=100
ID=1, k=102
ID=0, k=101
ID=1, k=105
last k=100
```

可以看出，并行区域内的私有变量 k 继承了外面共享变量 k 的值 100 作为初始值。但是，在退出并行区域后，外面共享变量 k 的值保持为 100 未变。

4. lastprivate 子句

并行区域内的私有变量的值经过计算后，lastprivate 子句可以在退出并行区域时将私有变量的值赋给共享变量。

【例 6-19】 lastprivate 子句。

```
#include "stdafx.h"
#include "omp.h"
#include<Windows.h>
```

```
int main(int argc,char*arg[]){
    int k=100;
    omp_set_num_threads(2);
    #pragma omp parallel for firstprivate(k) lastprivate(k)
        for(int i=0;i<4;i++){
            k=k+i;
            printf("ID=%d, k=%d\n",omp_get_thread_num(),k);
        }
    printf("last k=%d\n",k);
    system("pause");
    return 0;
}
```

程序执行结果：

```
ID=0, k=100
ID=1, k=102
ID=0, k=101
ID=1, k=105
last k=105
```

可以看出，退出 for 循环的并行区域后，共享变量 k 的值变成了 105，而不是原来的 100。

注意：如果是循环迭代，最后一次循环迭代中的值赋予对应的共享变量；如果是 section 构造，程序语法上最后一个 section 语句中的值赋予对应的共享变量。

5．threadprivate 指令

threadprivate 和上面几个子句的区别在于，threadprivate 是指令，不是子句。threadprivate 指定全局变量被 OpenMP 所有的线程各自产生一个私有的副本，即各个线程都有自己私有的全局变量。threadprivate 并不是针对某一个并行区域，而是整个程序，所以其复制的副本变量也是全局的，在不同的并行区域之间的同一个线程也是共享的。

【例 6-20】threadprivate 指令。

```
#include "stdafx.h"
#include "omp.h"
#include <Windows.h>
int A=100;
#pragma omp threadprivate(A)
int main(int argc,_TCHAR*argv[]){
    omp_set_num_threads(2);
    #pragma omp parallel for
    for(int i=0;i<8;i++){
        A++;
        printf("Thread ID=%d, i=%d, A=%d\n",omp_get_thread_num(),i,A);
    }
    printf("Global A : %d\n",A);
    #pragma omp parallel for
    for(int i=0;i<8;i++){
        A++;
        printf("Thread ID=%d, i=%d, A=%d\n",omp_get_thread_num(),i,A);
    }
    printf("Global A : %d\n",A);
    system("pause");
```

```
    return 0;
}
```

程序执行结果：

```
Thread ID=1, i=4, A=101
Thread ID=0, i=0, A=101
Thread ID=1, i=5, A=102
Thread ID=0, i=1, A=102
Thread ID=1, i=6, A=103
Thread ID=0, i=2, A=103
Thread ID=1, i=7, A=104
Thread ID=0, i=3, A=104
Global A : 104
Thread ID=0, i=0, A=105
Thread ID=1, i=4, A=105
Thread ID=0, i=1, A=106
Thread ID=1, i=5, A=106
Thread ID=0, i=2, A=107
Thread ID=1, i=6, A=107
Thread ID=0, i=3, A=108
Thread ID=1, i=7, A=108
Global A : 108
```

可以看出，第二个并行区域是在第一个并行区域的基础上继续递增的；每一个线程都有自己的全局私有变量。另外，从在并行区域外打印的“Globa A”的值可以看出，这个值总是前面的 thread 0 的结果，因为退出并行区域后，只有 master 线程运行。

如果去掉#pragma omp threadprivate(A)，程序的执行结果如下：

```
Thread ID=0, i=0, A=101
Thread ID=1, i=4, A=102
Thread ID=0, i=1, A=103
Thread ID=1, i=5, A=104
Thread ID=0, i=2, A=105
Thread ID=1, i=6, A=106
Thread ID=0, i=3, A=107
Thread ID=1, i=7, A=108
Global A : 108
Thread ID=0, i=0, A=109
Thread ID=1, i=4, A=110
Thread ID=0, i=1, A=111
Thread ID=1, i=5, A=112
Thread ID=0, i=2, A=113
Thread ID=1, i=6, A=114
Thread ID=0, i=3, A=115
Thread ID=1, i=7, A=116
Global A : 116
```

threadprivate 指令也有自己的一些子句。另外，对于 threadprivate 指令和 lastprivate 子句，如果使用的是 C++的类，对于类的构造函数也会有一些限制。

6. default 子句

default 子句用来指定并行区域内变量的属性。格式如下：

```
default(shared | none)
```

使用 shared 时，默认情况下，传入并行区域内的同名变量被当作共享变量来处理，不会产生线程私有副本，除非使用 private 等子句来指定某些变量为私有的才会产生副本。

如果使用 none 作为参数，那么线程中用到的变量必须显式指定是共享的（使用 share 子句）还是私有的（使用 private 子句），除了那些有明确定义的除外（比如循环并行区域的循环迭代变量只能是私有的）。

如果一个并行区域，没有使用 default 子句，默认为 default(shared)。

【例 6-21】default 子句。

```
#include"stdafx.h"
#include"omp.h"
#include <Windows.h>
#define COUNT 10
int main(int argc,char*argv[]){
    int sum=0;
    int i=0;
    omp_set_num_threads(2);
    #pragma omp parallel for default(none) shared(sum)
        for(i=0;i<=COUNT;i++){
            sum=sum+i;
        }
    printf("i=%d,sum=%d\n",i,sum);
    system("pause");
    return 0;
}
```

程序执行结果：

```
i=0,sum=55
```

如果使用 default(none)，而没有 share(sum)子句，那么编译会报错“没有给 sum 指定数据共享属性”。而 i 是有明确的含义的——循环控制变量，i 的属性只能为私有，编译不会为变量 i 报错。

但是，如果把 default(none)和 share(sum)子句都去掉，对 sum 没有任何影响。

也就是说，同时加上 default(none)和 share(sum)子句，或者同时去掉 default(none)和 share(sum)子句，或者只写 default(shared)，sum 都为 shared 属性。

7. shared 子句

shared 子句用来声明一个或多个变量是共享变量。格式如下：

```
shared(list)
```

需要注意的是，在并行区域内使用共享变量时，如果存在写操作，必须对共享变量加以保护，否则不要轻易使用共享变量，尽量将共享变量的访问转化为私有变量的访问。另外，循环迭代变量在循环构造区域里是私有的，声明在循环构造区域内的自动变量都是私有的。

8. copyin 子句

copyin 子句用来将主线程中 threadprivate 变量的值复制到执行并行区域的各个线程的 threadprivate 变量中，从而使得线程组内的子线程都拥有和主线程同样的初始值，便于线程访问主线程中的变量值。格式如下：

```
copyin(list)
```

在使用了 copyin 后，所有线程的 threadprivate 类型的副本变量都会与主线程的副本变量进行一次“同步”。copyin 中的参数必须被声明成 threadprivate 的，对于类类型的变量，必须带有明确的复制赋值操作符。

【例 6-22】copyin 子句。

```
#include"stdafx.h"
#include"omp.h"
#include <Windows.h>
int A=100;
#pragma omp threadprivate(A)
int main(int argc,char*argv[]){
    omp_set_num_threads(2);
    #pragma omp parallel //对于第一个并行区域，默认含有 copyin 的功能
    {
        printf("Initial A=%d\n",A);
        A=omp_get_thread_num();
    }
    printf("Global A:%d\n",A);
    #pragma omp parallel copyin(A)
    {
        printf("Initial A=%d\n",A);
        A=omp_get_thread_num();
    }
    printf("Global A:%d\n",A);
    #pragma omp parallel  //无 copyin
    {
        printf("Initial A=%d\n",A);  //与第一个共享区同一线程共享同一个 A
        A=omp_get_thread_num();
    }
    printf("Global A:%d\n",A);
    system("pause");
    return 0;
}
```

程序执行结果：

```
Initial A=100
Initial A=100
Global A:0
Initial A=0
Initial A=0
Global A:0
Initial A=0
Initial A=1
Global A:0
```

对于第一个并行区域，默认含有 copyin 的功能（比如上面的例子前面的 A 的输出都是 100）。copyin 的一个可能需要用到的情况是，如果程序中有多个并行区域，每个线程希望保存一个私有的全局变量，但是其中某一个并行区域执行前，希望与主线程的值相同，就可以利用 copyin 进行赋值。

9. copyprivate 子句

copyprivate 子句提供了一种机制，用一个私有变量将一个值从一个线程广播到执行同一并行

区域的其他线程。格式如下：

```
copyprivate(list)
```

copyprivate 可以用于 single 指令的子句中，在一个 single 块的结尾处完成广播操作。copyprivate 可以对 private/firstprivate 和 threadprivate 子句中的变量进行操作，但是当使用 single 构造时，copyprivate 的变量不能用于 private 和 firstprivate 子句中。

【例 6-23】copyprivate 子句。

```
#include "stdafx.h"
#include"omp.h"
#include<Windows.h>
int counter=0;
#pragma omp threadprivate(counter)
int increment_counter(){
   counter++;
   return(counter);
}
int main(){
   omp_set_num_threads(4);
   #pragma omp parallel
   {
      int count;
      #pragma omp single copyprivate(counter)
      {
         counter=50;
      }
      count=increment_counter();
      printf("ThreadId:%ld,count=%ld\n",omp_get_thread_num(),count);
   }
   system("pause");
   return 0;
}
```

程序执行结果：

```
ThreadId:2,count=51
ThreadId:0,count=51
ThreadId:1,count=51
ThreadId:3,count=51
```

如果没有使用 copyprivate 子句，则执行结果为：

```
ThreadId:3,count=1
ThreadId:0,count=51
ThreadId:2,count=1
ThreadId:1,count=1
```

可以看出，使用 copyprivate 子句后，single 指令给 counter 赋的值被广播到了其他线程里，但没有使用 copyprivate 子句时，只有一个线程获得了 single 指令的赋值，其他线程没有获得赋值。

10. reduction 子句

reduction 子句为变量指定一个操作符，每个线程都会创建 reduction 变量的私有副本，在 OpenMP 区域结束处，将使用各个线程私有复制的值通过指定的操作符进行迭代运算，并赋值给原来的变量。格式如下：

```
reduction(operator:list)
```

表 6-3 列出了可以用于 reduction 子句的一些操作符以及对应私有变量默认的初始值，私有变

量的实际初始值依赖于 redtucion 变量的数据类型。

表 6-3　reduction 操作中各种操作符号对应复制变量的默认初始值

操　作　符	数 据 类 型	默认初始值
+	整数、浮点	0
*	整数、浮点	1
-	整数、浮点	0
&	整数	~0
|	整数	0
^	整数	0
&&	整数	1
||	整数	0

下面的程序中，sum 是共享的，采用 reduction 之后，每个线程根据 reduction(+:sum)算出自己的 sum，然后再将每个线程的 sum 加起来。

【例 6-24】 reduction 子句。

```
#include"stdafx.h"
#include"omp.h"
#include <Windows.h>
int main(int argc,char*argv[]){
    omp_set_num_threads(2);
    int sum=0;
    printf("Before: sum=%d\n",sum);
    int i=0;
    #pragma omp parallel for reduction(+:sum)
    for(i=0;i<10;i++)
    {
        sum=sum+i;
        printf("Thread ID %d: sum=%d\n",omp_get_thread_num(),sum);
    }
    printf("After: sum=%d\n",sum);
    system("pause");
    return 0;
}
```

程序执行结果：

```
Before: sum=0
Thread ID 0: sum=0
Thread ID 1: sum=5
Thread ID 0: sum=1
Thread ID 1: sum=11
Thread ID 0: sum=3
Thread ID 1: sum=18
Thread ID 0: sum=6
Thread ID 1: sum=26
Thread ID 0: sum=10
Thread ID 1: sum=35
After: sum=45
```

可以看出，第一个线程 sum 的值依次为 0、1、3、6、10；第二个线程 sum 的值依次为 5、11、18、26、35；最后 10+35=45。

如果将其中 reduction 声明去掉，在并行区域内不加锁保护就直接对共享变量进行写操作，两个线程对共享的 sum 进行操作时会引发数据竞争。例如计算步骤可能如下：

```
第一个线程 sum=0; 第二个线程 sum=5
第一个线程 sum=1+5=6; 第二个线程 sum=6+6=12
第一个线程 sum=2+12=14; 第二个线程 sum=7+14=21
第一个线程 sum=3+21=24; 第二个线程 sum=8+21=29
//在第一个线程没有将 sum 更改为 24 时，第二个线程读取了 sum 的值
第一个线程 sum=4+29=33; 第二个线程 sum=9+33=42  //导致结果错误
```

共享数据作为 private、firstprivate、lastprivate、threadprivate、reduction 子句的参数进入并行区域后，就变成私有线程了，不需要加锁保护。

6.3　运行时库函数

OpenMP 标准定义了一系列的 API——运行时库函数，实现的功能包括查询线程/处理器数量，设置要使用的线程数；实现锁的函数（信号量）；可移植的计时函数；执行环境的设置（如是否动态线程，是否嵌套并行等）。包含的头文件是 omp.h。注意，有些内容是依赖于编译器实现的，如动态线程等。

6.3.1　基本函数

1．omp_set_num_threads()

设置一个并行区域使用的线程数。此函数只能在串行代码部分调用。

2．omp_get_num_threads()

获取当前并行区域内同一个线程组内的线程数。在串行代码中调用，返回值为 1。

3．omp_get_thread_num()

获取线程在线程组内的 ID——线程号，返回值在 0～omp_get_num_threads()-1 之间。OpenMP 中的线程 ID 是从 0 开始计数的，主线程（master thread）的 ID 为 0。

4．omp_get_max_threads()

获取利用 omp_get_num_threads()能得到的最大的线程数。可以在串行或并行区域调用，通常这个最大数由 omp_set_num_threads()或 OMP_NUM_THREADS 环境变量决定。

5．omp_get_thread_limit()

获取一个程序的最大可用线程数量。OpenMP 3.0 新增的函数，参考 OMP_THREAD_LIMIT 环境变量。

6．omp_get_num_procs()

获取程序可用的最大处理器数目，返回运行本线程的多处理机的处理器个数。

7．omp_in_parallel()

判断代码段是否处于并行区域中。如果是，返回非 0 值，否则，返回 0。

8．omp_set_dynamic()

设置允许动态线程。

9．omp_get_dynamic()

获取是否允许动态线程。

10．omp_set_nested()

设置允许嵌套并行。

11．omp_get_nested()

获取是否允许嵌套并行。

12．omp_get_wtime()

获取 wall clock time，返回一个 double 的数，表示从过去的某一时刻经历的时间，一般用于成对出现，进行时间比较。此函数得到的时间是相对于线程的，也就是每一个线程都有自己的时间。需要 OpenMP 2.0 以上支持。

13．omp_get_wtick()

得到 clock ticks 的秒数，OpenMP 2.0 以上支持。

以上就是一些基本的 OpenMP 提供的库函数，对于 OpenMP，其核心在于指导性注释（即编译器指令）的使用。这些库函数和接下来的环境变量都用于进行一些辅助的功能设置。

6.3.2　运行时库函数的互斥锁支持

除了前面所述的 critical 与 atomic 编译指导语句，OpenMP 还通过一系列的库函数支持更加细致的互斥锁操作，方便使用者满足特定的同步要求。表 6-4 列出了由 OpenMP 库函数提供的互斥锁函数。

表 6-4　互斥锁函数

函 数 名 称	描　　述
void omp_init_lock(omp_lock_t *)	初始化一个互斥锁
void omp_destroy_lock(omp_lock_t*)	结束一个互斥锁的使用并释放内存
void omp_set_lock(omp_lock_t *)	获得一个互斥锁
void omp_unset_lock(omp_lock_t *)	释放一个互斥锁
int omp_test_lock(omp_lock_t *)	试图获得一个互斥锁，并在成功时返回真（true），失败时返回假（false）

上述函数的使用比一般的编译指导语句更加灵活。编译指导语句进行的互斥锁支持只能放置在一段代码之前，作用在这段代码之上。使用运行库函数的互斥锁支持例程则可以将函数置于程序员所需的任意位置。程序员必须自己保证在调用相应锁操作之后释放相应的锁，否则就会造成多线程程序的死锁。

另外，运行库函数还支持嵌套的锁机制。因为在某些情况下，例如进行递归函数调用的时候，同一个线程需要获得一个互斥锁多次。如果互斥锁不支持嵌套调用，在同一个互斥锁上调用两次获得锁的操作而中间没有释放锁的操作，将会造成线程死锁。因此，在 OpenMP 里支持同一个线程对锁的嵌套调用。嵌套调用同一个锁必须使用表 6-5 所示的特殊的嵌套锁操作。嵌套锁操作的库函数与上述锁操作类似，不同的地方是在每一个函数都包含了 nest。

表 6-5　特殊的嵌套锁

函数名称	描　述
void omp_init_nest_lock(omp_lock_t *)	初始化一个嵌套互斥锁
void omp_destroy_nest_lock(omp_lock_t*)	结束一个嵌套互斥锁的使用并释放内存
void omp_set_nest_lock(omp_lock_t *)	获得一个嵌套互斥锁
void omp_unset_nest_lock(omp_lock_t *)	释放一个嵌套互斥锁
int omp_test_nest_lock(omp_lock_t *)	试图获得一个嵌套互斥锁，并在成功时返回真（true），失败时返回假（false）

下面的一个简单例子说明了如何使用锁机制来控制对一个计数器的访问。

【例 6-25】使用锁机制来控制对一个计数器的访问。

```
#include "stdafx.h"
#include "omp.h"
#include <Windows.h>
omp_lock_t lock;
int counter=0;
void inc_counter(){
    printf("thread id=%d\n",omp_get_thread_num());
    for(int i=0;i<1000;i++){
        omp_set_nest_lock(&lock);
        counter++;
        omp_unset_nest_lock(&lock);
    }
}

void dec_counter(){
    printf("thread id=%d\n",omp_get_thread_num());
    for(int i=0;i<1000;i++){
        omp_set_nest_lock(&lock);
        counter--;
        omp_unset_nest_lock(&lock);
    }
}

int main(int argc,char*argv[]){
    omp_init_nest_lock(&lock);
    omp_set_num_threads(4);
    #pragma omp parallel sections
    {
        #pragma omp section
            inc_counter();
        #pragma omp section
            dec_counter();
    }
    omp_destroy_nest_lock(&lock);
    printf("counter=%d\n",counter);
    system("pause");
    return 0;
}
```

可以看到，这里有一个线程不断地增加计数器的值，而另外一个线程不断地减少计数器的值，因此需要同步的操作。这里使用了嵌套型的锁函数，改成普通的锁函数的效果是一样的。但是在某些情况下，如果一个线程必须要同时加锁两次，则只能使用嵌套型的锁函数。

6.4　环 境 变 量

OpenMP 中主要的环境变量包括 OMP_SCHEDULE、OMP_NUM_THREADS、OMP_DYNAMIC 和 OMP_NESTED。

OMP_SCHEDULE 用来指定 DO 循环的调度方式，可以取任何合法的调度类型（不能为 RUNTIME，因为这没有意义）与调度块大小（调度块必须为正整数，也可以省略）。如果调度块大小参数被省略，那么除了 STATIC 类型外，其他的调度类型都会假设这个参数为 1，而对于 STATIC 调度类型，它将把循环的各个迭代尽可能均匀地分配到各个处理器上。

OMP_NUM_THREADS 用来设置 OpenMP 程序运行时工作线程的数目，它必须是一个正整数。不设置时，默认值与 OpenMP 编译器的实现有关。程序中还可以通过调用 omp_set_num_threads()函数设置程序线程数，以及 parallel 指导语句的 num_threads 子句指明对应的 parallel 需要产生的线程数。当线程数动态调整开关 OMP_DYNAMIC 被打开时，这个环境变量给出的是程序中最大线程数。

OMP_DYNAMIC 称为线程数动态调整开关。当它的值为 true 时，在执行 parallel 时，运行时库会根据系统资源状况动态调整工作线程数目。当为 false 时，这种动态调整被关闭。可以用 omp_set_dynamic()函数在程序中设置这个开关。这个变量的默认值与 OpenMP 编译器的实现有关。

OMP_NESTED 是控制嵌套并行性的开关。当它的值为 true 时，允许嵌套并行性，当为 false 时，嵌套的并行块被当作串行部分执行。默认值为 false。

6.5　实　　例

6.5.1　求和

1. 串行程序

【例 6-26】求和串行程序。

```
#include "stdafx.h"
#include "windows.h"
#include <stdio.h>
#include <time.h>
int _tmain(int argc, _TCHAR* argv[]){
    long long sum=0;
    clock_t t1=clock();
    for(long i=1;i<=1000000000;i+=1){
        sum=sum+i;
    }
    clock_t t2=clock();
    printf("sum=%lld\n",sum);
    printf("serial time=%d\n",(t2-t1));
    system("pause");
```

```
    return 0;
}
```

程序执行结果：

```
sum=500000000500000000
serial time=1125
```

2. 并行区域方法

【例 6-27】并行求和并行区域方法。

```
#include "stdafx.h"
#include <time.h>
#include <windows.h>
#include <omp.h>
#define NUM_THREADS 2
int _tmain(int argc, _TCHAR* argv[]){
    omp_set_num_threads(NUM_THREADS);
    long long sum=0;
    long long sumtmp[NUM_THREADS];
    clock_t t1=clock();
    #pragma omp parallel
    {
        long i;
        long id=omp_get_thread_num();
        long long temp=0l;
        for (i=id; i<=1000000000; i=i+NUM_THREADS){
            temp+=i;
        }
        sumtmp[id]=temp;
    }

    for(long i=0;i<NUM_THREADS;i++){
    sum+=sumtmp[i];
    }
    clock_t t2=clock();
    printf("sum=%lld\n",sum);
    printf("parallel time=%d\n",(t2-t1));
    sum=0;
    t1=clock();
    for(long i=1;i<=1000000000;i+=1){
    sum=sum+i;
    }
    t2=clock();
    printf("sum=%lld\n",sum);
    printf("serial time=%d\n",(t2-t1));
    system("pause");
    return 0;
}
```

程序执行结果：

```
sum=500000000500000000
parallel time=718
sum=500000000500000000
```

```
serial time=1125
```

相对加速比为 1125 / 718 = 1.57。

3. for 指令

【例 6-28】for 指令并行求和。

```
#include "stdafx.h"
#include <stdio.h>
#include <time.h>
#include <stdlib.h>
#include <omp.h>
#define NUM_THREADS 2
int _tmain(int argc, _TCHAR* argv[]){
    omp_set_num_threads(NUM_THREADS);
    long long sum=0;
    long long sumtmp[NUM_THREADS];
    clock_t t1=clock();
    #pragma omp parallel
    {
        long i;
        long id=omp_get_thread_num();
        long long temp=0l;
        #pragma omp for
        for (i=1;i<=1000000000; i++){
            temp+=i;
        }
        sumtmp[id]=temp;
    }
    for(long i=0;i<NUM_THREADS;i++){
      sum+=sumtmp[i];
    }
    clock_t t2=clock();
    printf("sum=%lld\n",sum);
    printf("parallel time=%d\n",(t2-t1));
    sum=0;
    t1=clock();
    for(long i=1;i<=1000000000;i+=1){
    sum=sum+i;
    }
    t2=clock();
    printf("sum=%lld\n",sum);
    printf("serial time=%d\n",(t2-t1));
    system("pause");
    return 0;
}
```

程序执行结果：

```
sum=500000000500000000
parallel time=578
sum=500000000500000000
serial time=1125
```

相对加速比为 1125 / 578 = 1.95。

4. reduction 子句

【例 6-29】 reduction 子句并行求和。

```
#include "stdafx.h"
#include <omp.h>
#include <Windows.h>
#include "time.h"
#define NUM_THREADS 2
int _tmain(int argc, _TCHAR* argv[]){
    clock_t t1=clock();
    omp_set_num_threads(NUM_THREADS);
    long long sum=0;
    #pragma omp parallel for reduction(+:sum)
    for ( long i=1;i<=1000000000;i+=1){
        sum=sum+i;
    }
    clock_t t2=clock();
    printf("sum=%lld\n",sum);
    printf("parallel time=%d\n",(t2-t1));
    t1=clock();
    sum=0;
    for ( long i=1;i<=1000000000;i+=1){
        sum=sum+i;
    }
    t2=clock();
    printf("sum=%lld\n",sum);
    printf("serail time=%d\n",(t2-t1));
    system("pause");
    return 0;
}
```

程序执行结果：

```
sum=500000000500000000
parallel time=578
sum=500000000500000000
serail time=1141
```

相对加速比为 1141 / 578 = 1.97。

5. 临界区

reduction 很方便，但它只支持一些基本操作，比如+、-、*、&、|、&&、||等。有些情况下，既要避免资源竞争，但涉及的操作又超出了 reduction 的能力范围，这就要用到 OpenMP 的临界区 critical。

【例 6-30】 临界区并行求和。

```
#include "stdafx.h"
#include <time.h>
#include <omp.h>
#include <Windows.h>
#define NUM_THREADS 2
int _tmain(int argc, _TCHAR* argv[]){
    clock_t t1, t2;
```

```
    omp_set_num_threads(NUM_THREADS);
    t1=clock();
    long long sum=0;
    #pragma omp parallel
    {
        long id=omp_get_thread_num();
        long i;
        long long sumtmp=0;
      for (i=id+1;i<=1000000000;i=i+NUM_THREADS){
         sumtmp=sumtmp+i;
      }
      #pragma omp critical
      sum=sum + sumtmp;
    }
    t2=clock();
    printf("sum=%lld\n",sum);
    printf("parallel time: %d\n",t2-t1);
    t1=clock();
    sum=0;
    for(long i=1;i<=1000000000;i+=1){
        sum=sum+i;
    }
    t2=clock();
    printf("sum=%lld\n",sum);
    printf("serail time=%d\n",(t2-t1));
    system("pause");
    return 0;
}
```

程序执行结果：

```
sum=500000000500000000
parallel time: 718
sum=500000000500000000
serail time=1141
```

相对加速比为 1141 / 718 = 1.59。

6.5.2 数值积分

1. 串行程序

【例 6-31】数值积分串行程序。

```
#include "stdafx.h"
#include <windows.h>
#include <time.h>
static long num_steps=100000000;
double step,pi;
clock_t t1,t2;
int _tmain(int argc, _TCHAR* argv[]){
    int i;
    double x,sum=0.0;
    step=1.0/(double) num_steps;
```

```
    t1=clock();
    for(i=0; i< num_steps;i++){
      x=(i+0.5)*step;
      sum=sum+4.0/(1.0+x*x);
    }
    pi=step*sum;
    t2=clock();
    printf("Pi=%12.9f\n",pi);
    printf("serial time : %d\n",t2-t1);
    system("pause");
    return 0;
}
```

程序执行结果：

```
Pi=3.141592654
serial time : 766
```

2. 并行区域方法

【例 6-32】并行数值积分并行区域方法。

```
#include "stdafx.h"
#include <windows.h>
#include <time.h>
#include <omp.h>
static long num_steps=100000000;
double step;
#define NUM_THREADS 2
int _tmain(int argc, _TCHAR* argv[]){
    clock_t t1, t2;
    double pi=0.0,sum[NUM_THREADS],sum2=0.0;
    step=1.0/(double) num_steps;
    omp_set_num_threads(NUM_THREADS);
    t1=clock();
    #pragma omp parallel
    {
      double x;
      int i;
      int id=omp_get_thread_num();
      for(i=id,sum[id]=0.0;i<num_steps;i=i+NUM_THREADS){
        x=(i+0.5)*step;
        sum[id]+=4.0/(1.0+x*x);
      }
    }
    for(int i=0;i<NUM_THREADS;i++){
      pi+=sum[i]*step;
    }
    t2=clock();
    printf("PI=%.15f\n",pi);
    printf("parallel time: %d\n", t2-t1);
    double x;
    t1=clock();
    for(int i=0;i<num_steps;i++){
```

```
        x=(i+0.5)*step;
        sum2=sum2 + 4.0/(1.0+x*x);
    }
    pi=step*sum2;
    t2=clock();
    printf("PI=%.15f\n",pi);
    printf("serial time : %d\n",t2-t1);
    system("pause");
    return 0;
}
```

程序执行结果：

```
PI=3.141592653590022
parallel time: 391
PI=3.141592653590426
serial time : 765
```

相对加速比为 765 / 391=1.96。

3. for 指令

【例 6-33】 for 指令并行数值积分。

```
#include "stdafx.h"
#include <windows.h>
#include <time.h>
#include <omp.h>
static long num_steps=100000000;
double step;
#define NUM_THREADS 2
int _tmain(int argc, _TCHAR*argv[]){
    int i;
    clock_t t1,t2;
    double pi, sum[NUM_THREADS],sum2=0.0;
    step=1.0/(double) num_steps;
    omp_set_num_threads(NUM_THREADS);
    t1=clock();
    #pragma omp parallel
    {
        double x;
        int id;
        id=omp_get_thread_num();
        sum[id]=0;
        #pragma omp for
        for(i=0;i<num_steps;i++){
            x=(i+0.5)*step;
            sum[id]+=4.0/(1.0+x*x);
        }
    }
    for(i=0, pi=0.0;i<NUM_THREADS;i++)
        pi+= sum[i]*step;
    t2=clock();
    printf("pi=%.15f\n",pi);
    printf("parallel time: %d\n",t2-t1);
```

```
    double x;
    t1=clock();
    for(int i=0; i<num_steps; i++){
      x=(i+0.5)*step;
      sum2=sum2+4.0/(1.0+x*x);
    }
    pi=step*sum2;
    t2=clock();
    printf("PI=%.15f\n",pi);
    printf("serial time : %d\n",t2-t1);
    system("pause");
    return 0;
}
```

程序执行结果：

```
pi=3.141592653589910
parallel time: 406
PI=3.141592653590426
serial time : 766
```

相对加速比为 766/406=1.89。

4．reduction 子句

【例 6-34】 reduction 子句并行数值积分。

```
#include "stdafx.h"
#include <stdio.h>
#include <time.h>
#include <windows.h>
#include <omp.h>
static long num_steps=100000000;
double step;
#define NUM_THREADS 2
int _tmain(int argc, _TCHAR* argv[]){
    int i;
    clock_t t1,t2;
    double x, pi,sum=0.0;
    step=1.0/(double) num_steps;
    omp_set_num_threads(NUM_THREADS);
    t1=clock();
    #pragma omp parallel for reduction(+:sum) private(x)
    for(i=0;i<num_steps;i++){
      x=(i+0.5)*step;
      sum=sum+4.0/(1.0+x*x);
    }
    pi=step*sum;
    t2=clock();
    printf("pi=%.15f\n",pi);
    printf("parallel time: %d\n", t2-t1);
    t1=clock();
    sum=0;
    for(int i=0; i<num_steps; i++){
      x=(i+0.5)*step;
```

```
      sum=sum+4.0/(1.0+x*x);
    }
    pi=step*sum;
    t2=clock();
    printf("PI=%.15f\n",pi);
    printf("serial time : %d\n",t2-t1);
    system("pause");
    return 0;
}
```

程序执行结果：

```
pi=3.141592653589910
parallel time: 406
PI=3.141592653590426
serial time : 766
```

相对加速比为 766 / 406=1.89。

5. 临界区

【例 6-35】临界区并行数值积分。

```
#include "stdafx.h"
#include <time.h>
#include <windows.h>
#include <omp.h>
static long num_steps=100000000;
double step;
#define NUM_THREADS 2
int _tmain(int argc, _TCHAR* argv[]){
    int i;
    clock_t t1,t2;
    double x, sum, pi=0.0;
    step=1.0/(double) num_steps;
    omp_set_num_threads(NUM_THREADS);
    t1=clock();
    #pragma omp parallel private (i,x,sum)
    {
        int id=omp_get_thread_num();
        for(i=id,sum=0.0;i< num_steps;i=i+NUM_THREADS){
            x=(i+0.5)*step;
            sum+=4.0/(1.0+x*x);
        }

        #pragma omp critical
            pi+=sum*step;
    }
    t2=clock();
    printf("pi=%.15f\n",pi);
    printf("parallel time: %d\n",t2-t1);
    t1=clock();
    sum=0;
    for(int i=0; i< num_steps;i++){
      x=(i+0.5)*step;
```

```
        sum=sum+4.0/(1.0+x*x);
    }
    pi=step*sum;
    t2=clock();
    printf("PI=%.15f\n",pi);
    printf("serial time : %d\n",t2-t1);
    system("pause");
    return 0;
}
```

程序执行结果：

```
pi=3.141592653590022
parallel time: 406
PI=3.141592653590426
serial time : 766
```

相对加速比为 766 / 406=1.89。

6.6 OpenMP 多线程程序性能分析

影响 OpenMP 多线程程序性能的因素主要有：程序中并行部分所占用的比率、并行化带来的额外开销、负载均衡、局部性、线程同步带来的开销。

根据 Amdahl 定律，程序并行部分的比率非常重要。如果并行部分的比率非常小，那么并行部分的加速比再大，对结果的影响也是非常小的。因此，根据 Amdahl 定律，应当尽量提高程序中并行部分的比率。为了提高并行化代码在应用程序中的比率，一般需要根据应用程序的特点来确定。对于不同的应用程序有不同的并行化方法，有时需要采用特殊的算法才能够获得令人满意的并行化代码比率。

在局部性方面，编程时需要考虑到高速缓存的作用，充分利用高速缓存，从而使效率得到提高。缓存工作的原则，就是“引用的局部性”，可以分为时间局部性和空间局部性。空间局部性是指 CPU 在某一时刻需要某个数据，那么很可能下一步就需要其附近的数据；时间局部性是指当某个数据被访问过一次之后，过不了多久时间就会被再一次访问。对于应用程序而言，不管是指令流还是数据流都会出现引用的局部性现象。如果考虑局部性的假设，即程序在继续执行的过程中，继续访问同样的或者相邻的数据的可能性要比随机访问其他数据的可能性要大；那么，在实际的运行过程中，高速缓存将缓存最近刚刚访问过的数据及代码，以及这些数据与代码相邻的数据与代码。从程序代码上来考虑，设计者通常应尽量避免出现程序的跳跃和分支，让 CPU 可以不中断地处理大块连续数据。游戏、模拟和多媒体软件通常都是这样设计的，以小段代码连续处理大块数据。不过在办公软件中，情况就不一样了：改动字体，改变格式，保存文档，都需要程序代码不同部分起作用，而用到的指令通常都不会在一个连续的区域中，于是 CPU 就不得不在内存中不断跳来跳去寻找需要的代码；这也就意味着对于办公软件而言，需要较大的缓存来读入大多数经常使用的代码，把它们放在一个连续的区域中；如果缓存足够大，所有的代码都可以放入，也就可以获得较高的效率。

6.6.1 并行额外开销

并行化会带来额外的负担，因此，从效率上考虑，并不是所有的程序都应当并行化。特别是对于小程序来说，并行化带来的效率不足以弥补并行化本身带来的运行负担，勉强进行并行化就会得不偿失。

同时，OpenMP 获得应用程序多线程并行化的能力，需要一定的程序库的支持，库中代码的运行必然会带来一定的开销。在某些情况下，并行化之后的运行效率反而比不上串行执行的效率。这里有很大一部分原因是使用 OpenMP 并行化之后，OpenMP 本身引入的开销。因此，只有并行执行代码段负担足够大，而引入的 OpenMP 本身的开销又足够小时，引入并行化操作才能够加速程序的执行。

在 6.5 节的求和程序中，如果改为从 1 求和到 1 000 或者从 1 求和到 10 000，通过以微秒的方式得到串行程序和并行程序的执行时间，可以发现，串行执行的效率要比并行执行的效率高。这主要是由于循环的规模比较小，使用并行化带来的效果无法抵消并行化的额外负担。但是，在程序没有修改的情况下，从 1 求和到 1 000 000 000；计算量比较大，并行效果较好。并行化带来的效率提高大大超过了相应的负担，基本上两个核心都能够得到独立的计算。

【例 6-36】并行额外开销。

```
#include "stdafx.h"
#include <omp.h>
#include <Windows.h>
#include "time.h"
#define NUM_THREADS 2
int _tmain(int argc, _TCHAR* argv[]){
omp_set_num_threads(NUM_THREADS);
long long sum=0;
    LARGE_INTEGER start;
    LARGE_INTEGER end ;
    LARGE_INTEGER frequency;
    if(!QueryPerformanceFrequency(&frequency)) return -1;
    QueryPerformanceCounter(&start);      //开始计时
    #pragma omp parallel for reduction(+:sum)
    for( long i=1;i<=1000000000;i+=1){
        sum=sum+i;
    }
    QueryPerformanceCounter(&end);        //结束计时
    printf("sum=%lld\n",sum);
    printf("parallel time=%f\n", (double)(end.QuadPart - start.QuadPart)/
                                 (double)frequency.QuadPart);

    sum=0;
    QueryPerformanceCounter(&start);      //开始计时
    for(long i=1;i<=1000000000;i+=1){
        sum=sum+i;
    }
    QueryPerformanceCounter(&end);        //结束计时
    printf("sum=%lld\n",sum);
    printf("serail time=%f\n", (double)(end.QuadPart - start.QuadPart)/
    (double)frequency.QuadPart);
    system("pause");
    return 0;
}
```

求 1 到 1 000 的和，某次执行结果：

```
sum=500500
parallel time=0.000736
sum=500500
serail time=0.000001
```

求 1 到 10 000 的和，某次执行结果：

```
sum=50005000
parallel time=0.000580
sum=50005000
serail time=0.000012
```

求 1 到 1 000 000 000 的和，某次执行结果：

```
sum=500000000500000000
parallel time=0.597242
sum=500000000500000000
serail time=1.169316
```

从这个例子可以看出，在编写并行化程序时，应尽量使程序真正工作的负载超过并行化的负担，每个线程负担的工作要足够多，这样并行化之后效率才会提高。

6.6.2 线程同步带来的开销

多线程程序相对于串行程序的一个固有特点就是，线程间可能存在同步开销，多个线程同步时会带来一定的同步开销。有的同步开销是不可避免的，但是不合适的同步机制或者算法会带来运行效率的急剧下降。多线程应用程序开发时，要考虑同步的必要性，消除不必要的同步，或者调整同步的顺序，从而提升性能。

在下例中，某些情况下使用同步不当，会造成性能的损失。此时，需要考虑一些新的算法或者构造新的程序执行流程，以便降低同步带来的开销。

【例 6-37】同步开销。

```
#include "stdafx.h"
#include <time.h>
#include <omp.h>
#include <Windows.h>
#define NUM_THREADS 2
int _tmain(int argc, _TCHAR* argv[]){
    clock_t t1, t2;
    long i;
    omp_set_num_threads(NUM_THREADS);
    long long sum=0;
    t1=clock();
    for(i=1;i<=1000000000;i++)
        sum+=i;
    t2=clock();
    printf("sum=%lld serial execution count=%d\n",sum,t2-t1);

    sum=0;
    t1=clock();
    #pragma omp parallel for
    for(i=1;i<=1000000000;i++)
```

```
        #pragma omp critical
        sum+=i;
    t2=clock();
    printf("sum=%lld parallel with critical count=%d\n",sum,t2-t1);
    sum=0;
    t1=clock();
    #pragma omp parallel for reduction (+:sum)
    for(i=1;i<=1000000000;i++)
        sum+=i;
    t2=clock();
    printf ("sum=%lld parallel with reduction count=%d\n",sum,t2-t1);
    system("pause");
    return 0;
}
```

程序的某次执行结果：

```
sum=500000000500000000 serial execution count=1187
sum=500000000500000000 parallel with critical count=75547
sum=500000000500000000 parallel with reduction count=578
```

在上述程序中，第一个循环是串行执行的。

第二个循环是在第一个循环的基础上加上了并行化的支持，但是为了消除数据冲突，将 sum+=1 的操作定义为了临界区。因此，该指令在执行时将增加加锁、开锁的开销。虽然结果正确，但是由于过多的加锁、开锁的开销，负担沉重，实际产生的程序运行行为是串行的，运行效率低下。

第三个循环才是在 OpenMP 环境中正确使用的方式，既利用了多线程并行执行提高了效率，又避免了同步带来的额外开销。

6.6.3 负载均衡

一个 OpenMP 应用程序在执行过程中，有很多的同步点，线程只有在同步点进行同步之后才能够继续执行下面的代码。某一个线程在执行到同步点时，只有等待其他线程执行完毕才能够继续。此时，如果各线程间负载不均衡，就可能造成某些线程在执行过程中经常处于空闲状态；而另外一些线程则负担沉重，需要很长时间才能够完成任务。

所以，在使用 OpenMP 进行并行编程时，要注意线程之间的负载大致均衡，多个线程在大致相同的时间内完成工作，从而提高程序运行的效率。在 OpenMP 的运行时以及环境变量中对负载均衡的需求有一定的支持，例如可以划分执行的粒度，并通过动态调度的方法消除一定的负载均衡问题。

从下面的例子中，可以明显看出负载均衡对程序性能的影响。下面的程序有两个函数，分别具有不同的负担，轻负担的函数实际上就是一个空函数，而重负担的函数则用来求和。

【例 6-38】负载均衡。

```
#include "stdafx.h"
#include "omp.h"
#include <Windows.h>
#include <time.h>
#define NUM_THREADS 2
void smallwork(){
    printf("smallwork ThreadID %d\n", omp_get_thread_num());
```

```
}
void bigwork(){
    long long sum=0;
    for(long i=1;i<=1000000000;i++)
        sum+=i;
    printf("bigwork  ThreadID %d sum=%lld\n",omp_get_thread_num(),sum);
}
int _tmain(int argc, _TCHAR* argv[]){
    omp_set_num_threads(NUM_THREADS);
    clock_t t1, t2;
    t1=clock();
    #pragma omp parallel for
    for(int i=1;i<=4;i++){
        if(i<=2)
            smallwork();
        else
            bigwork();
    }
    t2=clock();
    printf("first time=%d\n\n",t2-t1);
    t1=clock();
    #pragma omp parallel for
    for(int i=1;i<=4;i++){
        if(i%2)
            smallwork();
        else
            bigwork();
    }
    t2=clock();
    printf("second time=%d\n",t2-t1);
    system("pause");
    return 0;
}
```

以下是程序的某次执行结果：

```
smallwork ThreadID 0
smallwork ThreadID 0
bigwork ThreadID 1 sum=500000000500000000
bigwork ThreadID 1 sum=500000000500000000
first time=2297
smallwork ThreadID 0
bigwork ThreadID 0 sum=500000000500000000
smallwork ThreadID 1
bigwork ThreadID 1 sum=500000000500000000
second time=1156
```

可以看到，两个循环的工作量是一样的，但是运行时间几乎相差了 2 倍。

在第一个循环中，由于步长是 1，OpenMP 运行时环境将前面 5 个循环分配给 0 号线程，将后面 5 个循环分配给 1 号线程。1 号线程需要运行的都是负担沉重的求和函数，而 0 号线程会很快执行完 5 个空函数，继续等待 1 号线程完成工作。

在第二个循环中，OpenMP 运行时环境仍然将前面 5 个循环分配给 0 号线程，将后面 5 个循环分配给 1 号线程，但是，负载的分配发生很大的变化，轻重负载被均衡地分配给两个线程，因此两个线程会在相当的时间内完成工作。通过负载均衡的办法，获得了执行效率的提高。

在循环并行化中，由于循环的次数在进入循环并行化的时候已经确定，因此，在具体的 OpenMP 库与运行时实现的时候，一般的做法是将循环次数平均分配到所有的线程当中。当然，有时候会引起一些性能的损失。在每一次循环的工作负担大致相当的情况下，这种按照循环次数平均的策略可能会获得最大的负载平衡，即各个线程完成的时间大致相当。但是，实际的程序可能每一次的循环工作负载不太一样，根据循环变量的不同，工作负载会有一个很大的波动。此时，这种通过静态平均的策略进行线程的调度就会引起负载的不均衡，有可能造成某些线程由于负载比较轻，早早地完成工作，而其他线程由于负载非常重，需要很长的时间才能完成工作。因此，OpenMP 除了静态调度策略外，支持了动态的调度策略。可以根据工作负载的轻重，将循环次数分成几个循环块，每一次一个线程只执行一个循环块。当某一个循环块执行结束的时候，通过调度，此线程可以获得下一个循环块。通过这种动态的方式可以获得负载平衡。

因此，针对不同的应用，OpenMP 可以通过 static、dynamic、guided、runtime 等子句来知道调度器采用合适的调度策略。环境变量 OMP_SCHEDULE 用来配置 runtime 类型的调度策略，即根据环境变量，runtime 子句可以采用不同调度策略。例如，当 OMP_SCHEDULE 设置为“dynamic,3”时，说明程序希望采用的调度策略是动态调度策略，并且循环块的次数为 3 次。

6.6.4 OpenMP 中的任务调度

OpenMP 中，任务调度主要用于并行的 for 循环中，当循环中每次迭代的计算量不相等时，如果简单地给各个线程分配相同次数的迭代，会造成各个线程计算负载不均衡，这会使得有些线程先执行完，有些后执行完，造成某些 CPU 核空闲，影响程序的性能。例如以下代码：

```
int i, j;
int a[100][100]={0};
for(i=0;i<100;i++){
    for(j=i;j<100;j++){
        a[i][j]=i*j;
    }
}
```

如果将最外层循环并行化，比如使用 4 个线程，如果给每个线程平均分配 25 次循环迭代计算，显然 i = 0 和 i = 99 的计算量相差了 100 倍，那么各个线程间可能出现较大的负载不平衡情况。为了解决这些问题，OpenMP 中提供了几种对 for 循环并行化的任务调度方案。

在 OpenMP 中，对 for 循环并行化的任务调度使用 schedule 子句来实现。

schedule 子句的使用格式如下：

```
schedule(type[,size])
```

schedule 有两个参数：type 和 size，其中 size 参数是可选的。

type 参数表示调度类型，有 static、dynamic、guided、runtime 共 4 种，见表 6-6。

表 6-6　OpenMP 的 4 种调度方案

调度类型	描述
static	将所有循环划分成大小相等的块，或在循环迭代次数不能整除线程数与块大小的乘积时划分成尽可能相等大小的块
dynamic	使用一个内部队列，当线程可用时，为其分配由块大小所指定的一定数量的循环迭代。线程完成分配后，将从任务队列头取出下一组迭代。块默认大小为 1（注：这种调度需要额外的开销）
guided	与 dynamic 类似，但块大小刚开始较大，然后逐渐减少，从而减少了线程用于访问任务队列的时间（chunk 可指定所使用的块大小的最小值，默认为 1）
runtime	在运行时使用 OMP_SCHEDULE 环境变量来确定使用上述 3 种调度策略中的某一种

这 4 种调度类型实际上只有 static、dynamic、guided 这 3 种调度方式，runtime 实际上是根据环境变量来选择前 3 种中的某种类型。

size 参数（可选）表示循环迭代次数，必须是整数。static、dynamic、guided 这 3 种调度方式都可以使用 size 参数，也可以不使用 size 参数。当 type 参数类型为 runtime 时，size 参数是非法的，即此时不需要使用 size 参数，否则编译器报错。

1. 静态调度（static）

当 parallel for 编译指导语句没有带 schedule 子句时，大部分系统中默认采用 static 调度方式，这种调度方式非常简单。假设有 *n* 次循环迭代，*t* 个线程，那么给每个线程静态分配大约 *n*/*t* 次迭代计算。大约的含义是因为 *n*/*t* 不一定是整数，因此实际分配的迭代次数可能存在差 1 的情况；如果指定了 size 参数，那么可能相差一个 size。

静态调度时可以不使用 size 参数，也可以使用 size 参数。

不使用 size 参数时，分配给每个线程的是 *n*/*t* 次连续的迭代，用法如下：

```
schedule(static)
```

例如以下代码：

```
#pragma omp parallel for schedule(static)
   for(i=0; i<COUNT; i++){
      printf("(1) i=%d,thread_id=%d\n",i,omp_get_thread_num());
}
```

线程数为 4，COUNT 为 12 时，程序执行结果如下：

```
(1) i=0, thread_id=0
(1) i=9, thread_id=3
(1) i=1, thread_id=0
(1) i=6, thread_id=2
(1) i=3, thread_id=1
(1) i=10, thread_id=3
(1) i=7, thread_id=2
(1) i=2, thread_id=0
(1) i=4, thread_id=1
(1) i=11, thread_id=3
(1) i=8, thread_id=2
(1) i=5, thread_id=1
```

结果整理如下：

```
(1) i=0, thread_id=0
```

```
(1) i=1, thread_id=0
(1) i=2, thread_id=0
(1) i=3, thread_id=1
(1) i=4, thread_id=1
(1) i=5, thread_id=1
(1) i=6, thread_id=2
(1) i=7, thread_id=2
(1) i=8, thread_id=2
(1) i=9, thread_id=3
(1) i=10, thread_id=3
(1) i=11, thread_id=3
```

可以看出，线程 0 得到了第 0、1、2 次连续迭代，线程 1 得到第 3、4、5 次连续迭代，线程 2 得到了第 6、7、8 次连续迭代，线程 3 得到第 9、10、11 次连续迭代。注意，由于多线程执行时序的随机性，每次执行时打印的结果顺序可能存在差别，后面的例子也一样。

使用 size 参数时，分配给每个线程的 size 次连续的迭代计算，用法如下：

```
schedule(static, size)
```

例如以下代码:

```
#pragma omp parallel for schedule(static,4)
   for(i=0;i<COUNT;i++ ){
      printf("(2) i=%d, thread_id=%d\n",i,omp_get_thread_num());
}
```

线程数为 4，COUNT 为 12 时，程序执行结果如下：

```
(2) i=4, thread_id=1
(2) i=0, thread_id=0
(2) i=8, thread_id=2
(2) i=5, thread_id=1
(2) i=1, thread_id=0
(2) i=9, thread_id=2
(2) i=6, thread_id=1
(2) i=2, thread_id=0
(2) i=10, thread_id=2
(2) i=7, thread_id=1
(2) i=3, thread_id=0
(2) i=11, thread_id=2
```

结果整理如下：

```
(2) i=0, thread_id=0
(2) i=1, thread_id=0
(2) i=2, thread_id=0
(2) i=3, thread_id=0
(2) i=4, thread_id=1
(2) i=5, thread_id=1
(2) i=6, thread_id=1
(2) i=7, thread_id=1
(2) i=8, thread_id=2
(2) i=9, thread_id=2
(2) i=10, thread_id=2
(2) i=11, thread_id=2
```

可以看出，第 0、1、2、3 次迭代分配给线程 0，第 4、5、6、7 次迭代分配给线程 1，第 8、

9、10、11 次迭代分配给线程 2，每个线程依次分配到 4 次连续的迭代计算。没有迭代分配给线程 3。

OpenMP 会给每个线程分配 size 次迭代计算。这个分配是静态的，“静态”体现在这个分配过程跟实际的运行是无关的，可以从逻辑上推断出哪几次迭代会在哪几个线程上运行。具体而言，对于一个 *N* 次迭代，使用 *M* 个线程，那么，[0,size-1]的 size 次的迭代是在第一个线程上运行，[size, size + size -1]是在第二个线程上运行，依次类推。那么，如果 *M* 太大，size 也很大，就可能出现很多个迭代在一个线程上运行，而某些线程不执行任何迭代。

需要说明的是，这个分配过程就是这样确定的，不会因为运行的情况改变。进入 OpenMP 后，假设有 *M* 个线程，这 *M* 个线程开始执行的时间不一定是一样的。这是由 OpenMP 去调度的，并不会因为某一个线程先被启动，而去改变 for 的迭代的分配，这就是静态的含义。

2．动态调度（dynamic）

动态调度是动态地将迭代分配到各个线程。

动态调度可以使用 size 参数，也可以不使用 size 参数，不使用 size 参数时是将迭代逐个地分配到各个线程，使用 size 参数时，每次分配给线程的迭代次数为指定的 size 次。

下面为使用动态调度不带 size 参数的例子：

```
#pragma omp parallel for schedule(dynamic)
   for(i=0;i<COUNT;i++){
       printf("(3)i=%d,thread_id=%d\n",i,omp_get_thread_num());
}
```

线程数为 4，COUNT 为 12 时，程序执行结果如下：

```
(3) i=0, thread_id=0
(3) i=1, thread_id=1
(3) i=2, thread_id=2
(3) i=3, thread_id=3
(3) i=4, thread_id=0
(3) i=5, thread_id=1
(3) i=6, thread_id=2
(3) i=7, thread_id=3
(3) i=8, thread_id=0
(3) i=9, thread_id=1
(3) i=10, thread_id=2
(3) i=11, thread_id=3
```

结果整理如下：

```
(3) i=0, thread_id=0
(3) i=1, thread_id=1
(3) i=2, thread_id=2
(3) i=3, thread_id=3
(3) i=4, thread_id=0
(3) i=5, thread_id=1
(3) i=6, thread_id=2
(3) i=7, thread_id=3
(3) i=8, thread_id=0
(3) i=9, thread_id=1
(3) i=10, thread_id=2
(3) i=11, thread_id=3
```

可以看出，第 0、4、8 次迭代被分配给了线程 0，第 1、5、9 次迭代分配给了线程 1，第 2、6、10 次迭代被分配给了线程 2，第 3、7、11 次迭代分配给了线程 3。每次分配的迭代次数为 1。

下面为动态调度使用 size 参数的例子：

```
#pragma omp parallel for schedule(dynamic,2)
   for(i=0; i<COUNT; i++){
       printf("(4) i=%d, thread_id=%d\n",i,omp_get_thread_num());
}
```

线程数为 4，COUNT 为 12 时，程序执行结果如下：

```
(4) i=0, thread_id=0
(4) i=4, thread_id=2
(4) i=2, thread_id=1
(4) i=1, thread_id=0
(4) i=6, thread_id=3
(4) i=5, thread_id=2
(4) i=3, thread_id=1
(4) i=8, thread_id=0
(4) i=7, thread_id=3
(4) i=10, thread_id=2
(4) i=9, thread_id=0
(4) i=11, thread_id=2
```

结果整理如下：

```
(4) i=0, thread_id=0
(4) i=1, thread_id=0
(4) i=2, thread_id=1
(4) i=3, thread_id=1
(4) i=4, thread_id=2
(4) i=5, thread_id=2
(4) i=6, thread_id=3
(4) i=7, thread_id=3
(4) i=8, thread_id=0
(4) i=9, thread_id=0
(4) i=10, thread_id=2
(4) i=11, thread_id=2
```

可以看出，第 0、1 次迭代和第 8、9 次迭代被分配给了线程 0，第 2、3 次迭代分配给了线程 1，第 4、5 次迭代和第 10、11 次迭代被分配给了线程 2，第 6、7 次迭代分配给了线程 3。每次分配的迭代次数为 2。

动态调度迭代的分配是依赖于运行状态进行动态确定的，所以哪个线程上将会运行哪些迭代是无法像静态一样事先预料的。对于 dynamic，没有 size 参数的情况下，每个线程按先执行完先分配的方式执行 1 次循环，比如，刚开始，线程 1 先启动，那么会为线程 1 分配一次循环开始去执行（i=0 的迭代）。然后，可能线程 2 启动了，那么为线程 2 分配一次循环去执行（i=1 的迭代），假设这时候线程 0 和线程 3 没有启动，而线程 1 的迭代已经执行完，可能会继续为线程 1 分配一次迭代，如果线程 0 或 3 先启动了，可能会为之分配一次迭代，直到把所有的迭代分配完。所以，动态分配的结果是无法事先知道的，因为无法知道哪一个线程会先启动，哪一个线程执行某一个迭代需要多久等，这些都取决于系统的资源、线程的调度等。

3. guided 调度

guided 调度是一种采用指导性的启发式自调度方法，类似于动态调度，但每次分配的循环次数不同。开始比较大，以后逐渐减小；即开始时每个线程会分配到较大的迭代块，之后分配到的迭代块会逐渐递减。

size 表示每次分配的迭代次数的最小值，由于每次分配的迭代次数会逐渐减少，减少到 size 时，将不再减少；迭代块的大小会按指数级下降到指定的 size 大小。

如果没有指定 size 参数，那么迭代块大小最小会降到 1。也就是说，如果不知道 size 的大小，那么默认 size 为 1，即一直减少到 1。

下面为 guided 调度不使用 size 参数的例子：

```
#pragma omp parallel for schedule(guided)
   for(i=0; i<COUNT;i++){
       printf("(5) i=%d,thread_id=%d\n",i,omp_get_thread_num());
}
```

线程数为 4，COUNT 为 12 时，程序执行结果如下：

```
(5) i=0, thread_id=0
(5) i=3, thread_id=1
(5) i=6, thread_id=2
(5) i=8, thread_id=3
(5) i=1, thread_id=0
(5) i=4, thread_id=1
(5) i=7, thread_id=2
(5) i=9, thread_id=3
(5) i=2, thread_id=0
(5) i=5, thread_id=1
(5) i=10, thread_id=2
(5) i=11, thread_id=3
```

结果整理如下：

```
(5) i=0, thread_id=0
(5) i=1, thread_id=0
(5) i=2, thread_id=0
(5) i=3, thread_id=1
(5) i=4, thread_id=1
(5) i=5, thread_id=1
(5) i=6, thread_id=2
(5) i=7, thread_id=2
(5) i=8, thread_id=3
(5) i=9, thread_id=3
(5) i=10, thread_id=2
(5) i=11, thread_id=3
```

可以看出，第 0、1、2 次迭代分配给了线程 0，第 3、4、5 次迭代分配给了线程 1，第 6、7 次迭代和第 10 次迭代分配给了线程 2，第 8、9 次迭代和第 11 次迭代分配给了线程 3。分配的迭代次数呈递减趋势，开始分配的迭代次数为 3，然后为 2 次，最后递减到 1 次。

下面为 guided 调度使用 size 参数的例子：

```
#pragma omp parallel for schedule(guided,2)
for(i=0; i<COUNT;i++){
```

```
    printf("(6) i=%d,thread_id=%d\n",i,omp_get_thread_num());
  }
```

线程数为 4，COUNT 为 12 时，程序执行结果如下：

```
(6) i=0, thread_id=0
(6) i=3, thread_id=1
(6) i=6, thread_id=3
(6) i=8, thread_id=2
(6) i=1, thread_id=0
(6) i=4, thread_id=1
(6) i=7, thread_id=3
(6) i=9, thread_id=2
(6) i=2, thread_id=0
(6) i=5, thread_id=1
(6) i=10, thread_id=3
(6) i=11, thread_id=3
```

结果整理如下：

```
(6) i=0, thread_id=0
(6) i=1, thread_id=0
(6) i=2, thread_id=0
(6) i=3, thread_id=1
(6) i=4, thread_id=1
(6) i=5, thread_id=1
(6) i=6, thread_id=3
(6) i=7, thread_id=3
(6) i=8, thread_id=2
(6) i=9, thread_id=2
(6) i=10, thread_id=3
(6) i=11, thread_id=3
```

第 0、1、2 次迭代被分配给线程 0，第 3、4、5 次迭代被分配给线程 1，第 6、7 次迭代和第 10、11 次迭代分配给线程 3，第 8、9 次迭代被分配给线程 2。分配的迭代次数呈递减趋势，开始是 3 次，后来递减到 2 次。

4. runtime 调度

runtime 调度并不是和前面 3 种调度方式类似的真实调度方式，它是在运行时根据环境变量 OMP_SCHEDULE 来确定调度类型，最终使用的调度类型仍然是上述 3 种调度方式中的某种。

例如在 UNIX 系统中，可以使用 setenv 命令来设置 OMP_SCHEDULE 环境变量：

```
setenv OMP_SCHEDULE "dynamic, 2"
```

上述命令设置调度类型为动态调度，动态调度的迭代次数为 2。

在 Windows 环境中，可以在“系统属性-高级-环境变量”对话框中设置环境变量。

习　　题

1. 设计统计素数个数或者完数个数或者自幂数个数的并行算法，并用 OpenMP 编程实现。

如果一个数恰好等于它的真因子之和，则称该数为“完全数”或者“完数”。第一个完全数是

6，它有约数 1、2、3、6，除去它本身 6 外，其余 3 个数相加，1+2+3=6。第二个完全数是 28，它有约数 1、2、4、7、14、28，除去它本身 28 外，其余 5 个数相加，1+2+4+7+14=28。

自幂数是指一个 n 位数，它的每个位上的数字的 n 次幂之和等于它本身。例如，3 位自幂数叫作水仙花数，是指一个 3 位数，它的每个数位上的数字的 3 次幂之和等于它本身。例如，$1^3+5^3+3^3=153$。

2. 设计并行排序算法，并用 OpenMP 编程实现。

3. 设计并行查找算法，并用 OpenMP 编程实现。

第 7 章　MPI 消息传递并行程序设计

学习目标

- 了解 MPI 消息传递接口以及 MPICH 实现;
- 掌握 MPI 编程基础;
- 掌握 MPI 点对点通信和主要的群集通信方法。

本章讲述基于 MPI 的消息传递并行程序设计。通过网络连接的计算机系统组成的集群就是典型的分布式内存多处理器系统，这种系统一般使用特定的消息传递库（如 MPI）来进行编程。MPI 是一种面向分布式内存的多进程并行编程技术，MPICH 是影响最大、用户最多的 MPI 实现方式。通过安装 MPICH 构建 MPI 编程环境，从而进行并行程序的开发。

7.1　消息传递接口

7.1.1　简介

消息传递接口（message passing interface，MPI）编程是基于消息传递的并行编程技术。与 OpenMP 相似，MPI 是一个编程接口标准，而不是一种具体的编程语言。

MPI 标准定义了一组可移植的编程接口，典型的实现包括 MPICH、LAM MPI 以及 Intel MPI。MPI 标准提供了统一的接口，在各种并行平台上被广泛支持，使得 MPI 程序具有良好的可移植性。目前，MPI 支持 Fortran、C/C++等编程语言，支持包括大多数的类 UNIX 系统以及 Windows 系统等多种平台。

7.1.2　MPI 程序特点

MPI 程序是基于消息传递的并行程序。与多线程、OpenMP 程序共享同一内存空间不同，消息传递是并行执行的各个进程具有自己独立的堆栈和代码段,作为互不相关的多个程序独立执行，进程之间的信息交互完全通过显式地调用通信函数来完成。消息传递的优点是灵活性更大，除了支持多核并行、SMP 并行之外，消息传递更容易实现多个结点间的并行处理；同时，这种进程独立性和显式消息传递使 MPI 标准更加复杂，基于 MPI 开发并行程序也比较复杂。

基于消息传递的并行程序可以划分为单程序多数据（single program multiple data，SPMD）和多程序多数据（mingle program multiple data，MPMD）两种形式。SPMD 使用一个程序来处理多个不同的数据集来达到并行的目的，并行执行的不同程序实例处于完全对等的位置。MPMD 程序使用不同的程序处理多个数据集，合作求解同一个问题。

SPMD 是 MPI 程序中最常用的并行模型，同样的程序 prog_a 可以运行在不同的处理核上，处理了不同的数据集，如图 7-1 所示。

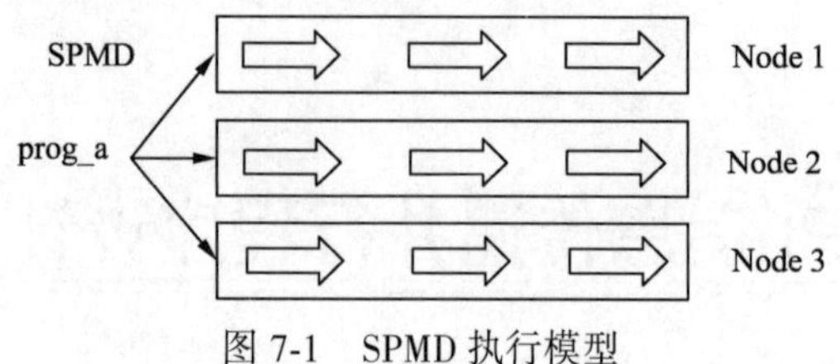

图 7-1　SPMD 执行模型

由于 SPMD 程序实际上是运行同样的一个程序，只不过处理不同的数据集，因此在 SPMD 程序中，每一个进程会有一个进程号（例如 rank）用来相互区别。在 SPMD 中，就用这个进程号来确定不同的任务。

每一个进程首先都读入数据，然后根据不同的进程号（rank 值）处理不同的数据。并行处理的过程中，数据被分割到不同的结点上。并行程序的数据处理完毕之后，通过消息传递的办法来收集数据处理的结果，最后由某个进程（一般为 0 号进程，也称根进程）将结果写入到磁盘。而 MPI 标准和实现提供了标准的通信接口及其相应的底层软件。

MPMD 程序有 3 种典型的执行模型：第一种是主从类型，由一个主程序 prog_a 控制整个程序的执行，并将不同的任务分配给多个从程序 prog_b 等进行工作，如图 7-2 所示；第二种是联合数据分析程序，大部分时间 prog_a、prog_b 和 prog_c 等多个不同的程序各自独立地完成自己的任务，并在特定的时候交换数据；并行程序进程间的耦合性最少，通信也少，更容易获得好的并行加速效果，如图 7-3 所示；第三种是流式的 MPMD 程序，prog_a、prog_b 和 prog_c 等多个程序的执行过程就像工厂里的流水线；对于一个任务而言是典型的串行执行，prog_a 处理后的输出给 prog_b 作为输入，prog_b 的输出再给 prog_c 作为输入；但执行大量的任务时，可以取得并行性，通过流水线获得性能加速，如图 7-4 所示。

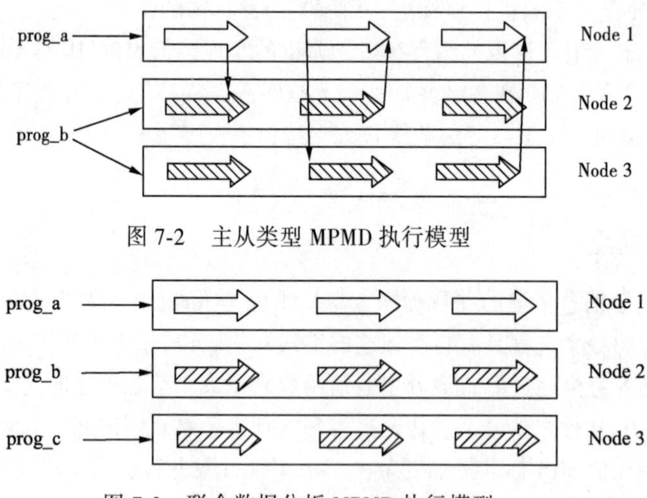

图 7-2　主从类型 MPMD 执行模型

图 7-3　联合数据分析 MPMD 执行模型

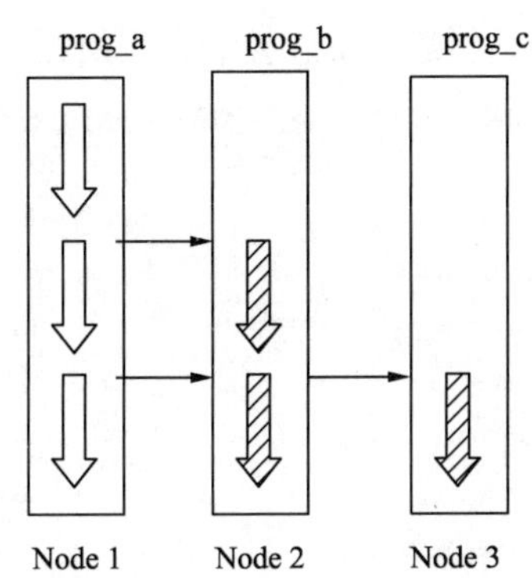

图 7-4　流水线 MPMD 执行模型

7.2　典型 MPI 实现——MPICH

7.2.1　简介

MPI 是一个标准，它不属于任何一个厂商，不依赖于某个操作系统，也不是一种并行编程语言。不同的厂商和组织遵循着这个标准推出各自的实现方式，而不同的实现方式也会有其不同的特点。

MPICH 是影响最大、用户最多的 MPI 实现方式。它是由美国的 Argonne 国家实验室开发的开放源码的 MPI 软件包，可以到 MPICH 官网下载。

MPICH 的特点在于：开放源码；与 MPI 标准同步发展；支持多程序多数据编程和异构集群系统；支持 C/C++、Fortran 的绑定；支持类 UNIX 和 Windows 平台；支持环境广泛，包括多核、SMP、集群和大规模并行计算系统；除此之外，MPICH 软件包中还集成了并行程序设计环境组件，包括并行性能可视化分析工具和性能测试工具等。

7.2.2　MPICH 的安装和配置

这一节将叙述如何在 Windows 上安装和配置自己的 MPICH-2 软件包。MPICH 为不同硬件平台提供了不同的 Windows 安装程序，可以到相应网址下载对应平台的软件包。

在 Windows 下面安装 MPICH-2 只需要执行相应的安装程序即可。

在安装的过程，基本上只需要单击下一步（Next）按钮即可，无须做其他的配置。安装过程需要注意的是进程管理器的密码配置，这个密码用来访问所有的 smpd 服务程序，因此需要长期保存下来，默认的访问密码是 behappy。另外，安装程序提示只能通过管理员才能够安装相应的程序，如果不是管理员组的成员是无法安装 MPICH-2 的。

默认的 MPICH-2 安装目录是 C:\Program Files\MPICH-2，子目录 include 包含了编程所需要的头文件；lib 包含了相应的程序库；bin 包含了 MPI 在 Windows 下面必需的运行程序，如 smpd.exe 进程管理程序，mpiexec.exe 启动 MPI 程序的运行。另外，运行时需要的动态链接库 dll 安装的默认目录是 Windows 的系统目录中 C:\Windows\System32，因此无须考虑运行路径问题。为避免不必要的麻烦，最好在所有的运行结点上都进行安装。

下面以 Microsoft Visual Studio 为例说明编写 MPI 程序的步骤。

（1）建立 Visual Studio 项目，创建 Win32 控制台应用程序即可，如图 7-5 所示。

图 7-5　生成默认 Win32 Cosole 项目

（2）将 MPICH2\include 加入包含文件目录中，配置选项在“属性页”→“配置属性”→“VC++ 目录”→“包含目录”对话框中，如图 7-6 所示。

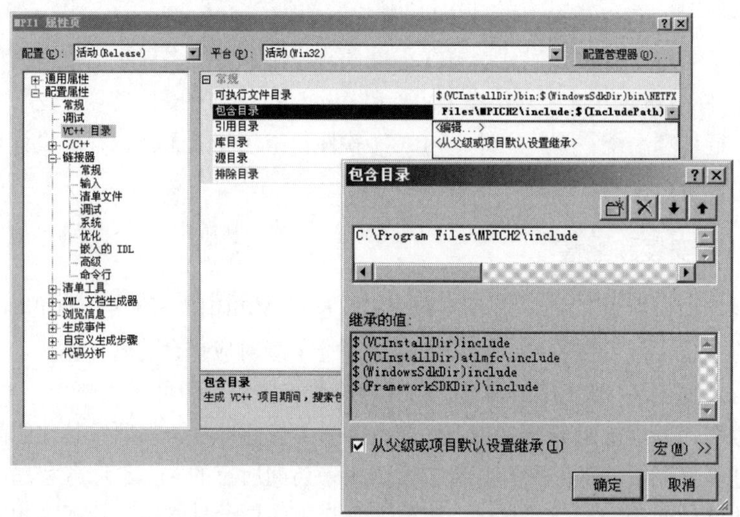

图 7-6　配置头文件目录（选择包含目录后选择具体路径）

（3）将 MPICH2\lib 加入库文件目录中，配置选项在“属性页”→“配置属性”→“VC++目录”→“库目录”对话框中，如图 7-7 所示。

（4）设置项目的属性，将 mpi.lib 加入链接库中（Visual Studio 有的版本中是 mpich.lib）。配置选项在项目的“属性页”→“配置属性”→“链接器”→“输入”→“附加依赖项”对话框中，如图 7-8 所示。

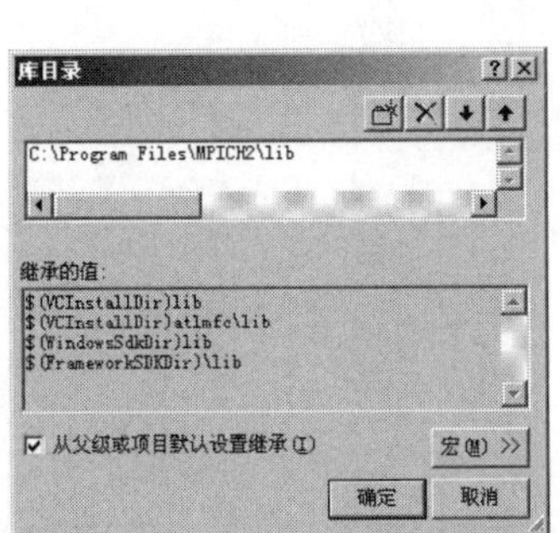

图 7-7　配置库文件目录（选择库目录后选择具体路径）

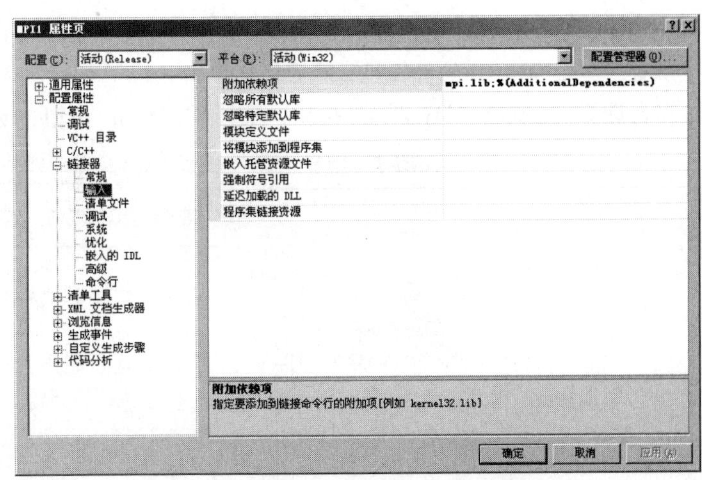

图 7-8　配置附加依赖项（程序链接库）

如果是 C 程序，此时就可以编译程序。但是，Visual Studio 默认生成的是 C++的应用程序，并且有预编译头（Precompiled Header）的支持。所以，在编写程序时需要采取一些特殊的手段来避免名字冲突，可以将 MPI 的头文件 mpi.h 放在预编译头文件 stdafx.h 的第一句。

```
#include "mpi.h"
#include <iostream>
#include <tchar.h>
#include <math.h>
```

现在可以在主程序文件中编写 MPI 程序，编译和连接生成可运行的应用程序。将生成的程序以及相应的动态链接库（dll，在默认安装下放置到 Windows 的系统目录中）复制到所有的运行结点机同名的目录下或者放在一个共享的目录中，然后按照下面的步骤运行 MPI 程序。

（1）选择“开始”→“程序”→MPICH2→wmpiregister.exe 命令，输入本机一个管理员身份的用户名的密码，而且必须设置密码，然后单击 Register 按钮，最后单击 OK 按钮，如图 7-9 和图 7-10 所示。

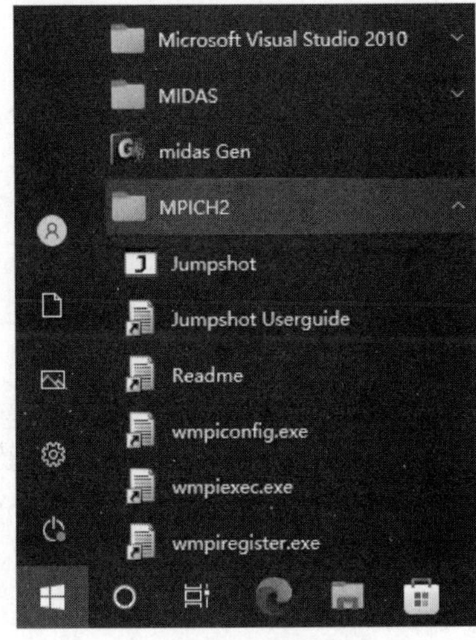

图 7-9　选择程序

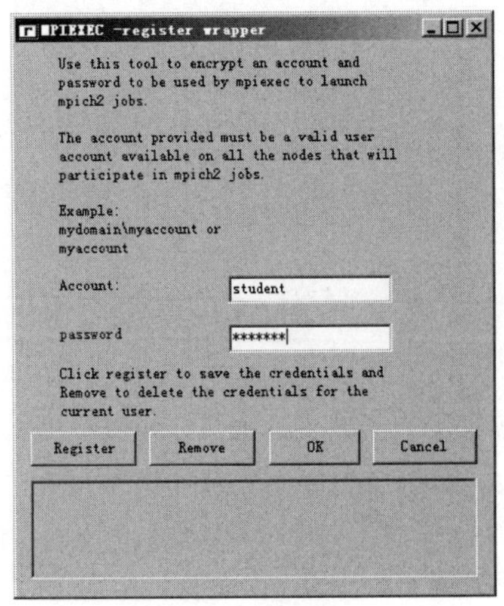

图 7-10　注册

（2）选择“开始”→“程序”→MPICH2→wmpicnfig.exe 命令，单击 Get Hosts 按钮获取集群中所有安装了 MPICH 的计算机，然后依次单击 Scan Hosts、Scan for Versions 按钮；如果使用集群中多台计算机，则单击 Apply All 按钮，否则单击 Apply 按钮；最后单击 OK 按钮，如图 7-11 所示。

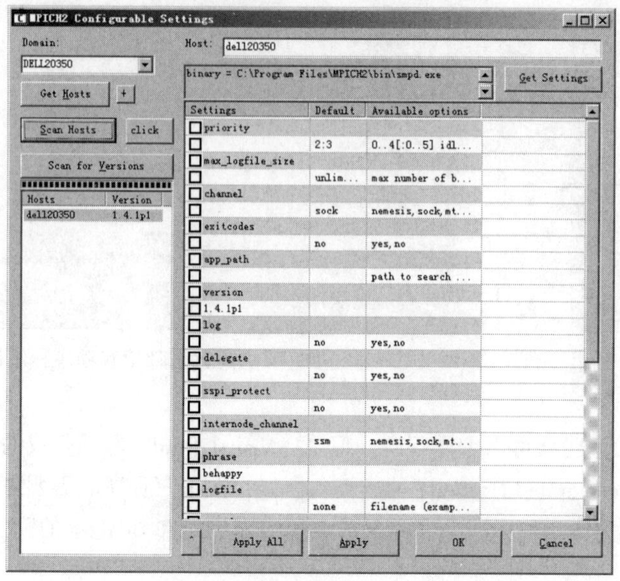

图 7-11　配置

（3）选择“开始”→“程序”→MPICH2→wmpiexec.exe 运行程序，在 Application 处选择要运行的可执行文件，例如 MPI1.exe，在 number of processes 处选择进程数，选中 run in separate window 复选框，最后单击 Execute 按钮，如图 7-12 所示。

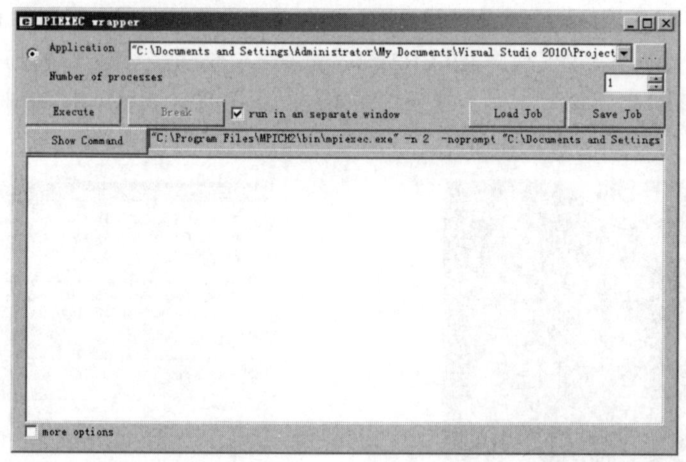

图 7-12　运行

如果要选择多台计算机运行 MPI 并行程序，可以在图 7-11 左上角处选择多台计算机，如图 7-13（a）所示。也可以选中图 7-12 左下角的 more options 复选框，在如图 7-13（b）所示扩展界面的 hosts 文本框中输入以空格分隔的多台计算机的名称。

程序运行时，如果出现如下错误提示：

```
Error: No smpd passphrase specified through the registry or .smpd file, exiting.
```

需要以管理员身份运行“命令行”，然后将工作目录设置为 MPICH 的安装目录下的 bin 目录（例如，C:\Program Files (x86)\MPICH2\bin），然后执行如下命令：

```
smpd -install -phrase behappy
```

会出现如下提示：

```
MPICH2 Process Manager, Argonne National Lab installed.
```

然后在系统菜单中重新运行 wmpicnfig.exe 命令。

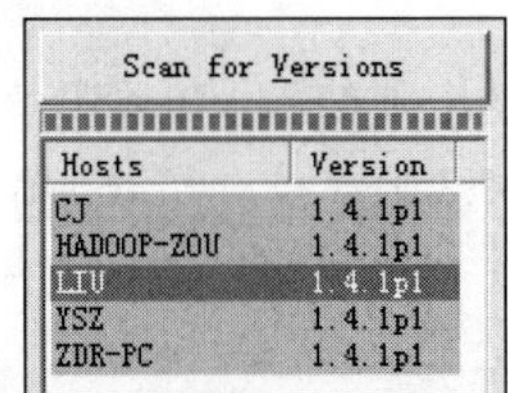

（a）选择多台计算机

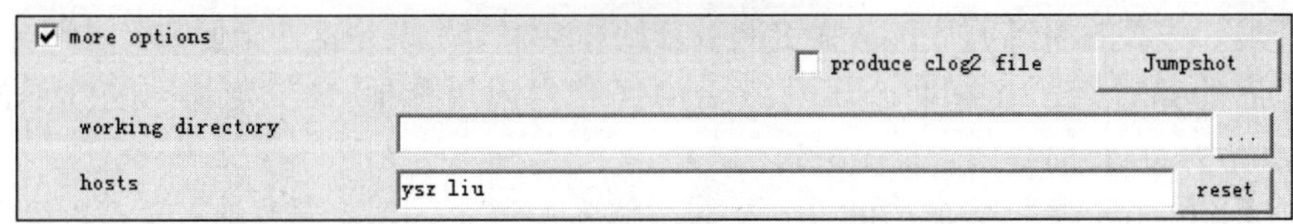

（b）输入多台计算机的名称

图 7-13　多台计算机运行 MPI 并行程序

7.3　MPI 编程基础

7.3.1　简单的 MPI 程序示例

下面是用 C 语言编写的 MPI 程序示例，程序输出“Hello Word!”。

【例 7-1】MPI 程序输出“Hello Word”。

```
#include "mpi.h"
#include <stdio.h>
#include <math.h>
void main(argc,argv)
int argc;
char *argv[];
{
   int myid, numprocs;
   int namelen;
   char processor_name[MPI_MAX_PROCESSOR_NAME];
   MPI_Init(&argc,&argv);
   MPI_Comm_rank(MPI_COMM_WORLD,&myid);
   MPI_Comm_size(MPI_COMM_WORLD,&numprocs);
   MPI_Get_processor_name(processor_name,&namelen);
   fprintf(stderr,"Hello World! Process %d of %d on %s\n",
                                       myid, numprocs, processor_name);
   MPI_Finalize();
}
```

程序运行结果：

```
Hello World! Process 1 of 4 on 20110629-1007
```

```
Hello World! Process 2 of 4 on 20110629-1007
Hello World! Process 3 of 4 on 20110629-1007
Hello World! Process 0 of 4 on 20110629-1007
```

在 MPI 程序运行的每个进程中分别打印各自的 MPI 进程号（0~3）和总进程数（4）。由于 4 个进程并行执行，程序中并没有限制哪个进程在前，哪个进程在后，所以输出的顺序是有变化的。

7.3.2 MPI 程序的 4 个基本函数

现在进一步分析上面的程序。首先，要使用 MPI 函数库，并在前面包含 mpi.h 文件。在主函数中，先声明变量，然后调用了 4 个 MPI 函数和一个 printf()函数。这 4 个 MPI 函数都是 MPI 最重要和最常用的函数。

1．MPI_Init()和 MPI_Finalize()

MPI_Init()用于初始化 MPI 执行环境，建立多个 MPI 进程之间的联系；MPI_Finalize()用于结束 MPI 执行环境。一般的 MPI 程序都会在主函数开始和结束分别调用这两个函数。这两个函数定义了 MPI 程序的并行区，在这两个函数定义的区域内调用其他 MPI 函数。MPI_Init()之前和 MPI_Finalize()之后执行的是串行程序语句。

C 语言的 MPI_Init()接口需要提供 argc 和 argv 参数；MPI_Finalize()函数则不需要提供任何参数。MPI_Init()和 MPI_Finalize()都返回整型值，标识函数是否调用成功。

2．MPI_Comm_rank()

MPI_Comm_rank()用于标识各个 MPI 进程，告诉调用该函数进程的当前进程号。返回整型的错误值，有两个函数参数：MPI_Comm 类型的通信域，标识参与计算的 MPI 进程组；整型指针，返回进程在相应进程组中的进程号（从 0 开始编号）。

3．MPI_Comm_size()

MPI_Comm_size()用于标识相应进程组中有多少个进程。返回整型的错误值，同时有两个函数参数：MPI_Comm 类型的通信域，标识参与计算的 MPI 进程组；整型指针，返回相应进程组中的进程数。

说明：通信域是 MPI_Comm 类型。一般是 MPI_COMM_WORLD，这个进程组是 MPI 实现预先定义好的进程组，指的是所有 MPI 进程所在的进程组。如果需要特殊的进程组，可通过 MPI_Comm 定义并通过其他 MPI 函数生成。

7.3.3 统计时间

编写并行程序的目的是提高程序运行性能。为了检验并行化效果，会用到统计时间的函数。MPI 提供了两个时间函数 MPI_Wtime()和 MPI_Wtick()。MPI_Wtime()函数返回一个双精度数，标识从过去的某点的时间到当前时间所消耗的时间秒数。而函数 MPI_Wtick()则返回 MPI_Wtime()结果的精度。

7.3.4 错误管理

MPI 在错误管理方面提供了丰富的接口函数，其中最简单的部分接口包括获取错误码的 status.MPI_ERROR 和终止 MPI 程序执行的函数 MPI_Abort()。MPI_Abort()的格式如下：

```
int MPI_Abort(MPI_Comm comm, int errorcode)
```

它使 comm 通信域的所有进程退出，返回 errorcode 给调用的环境。通信域 comm 中的任一进程调用此函数都能够达到退出程序的目的。

7.4　MPI 的点对点通信

7.4.1　点对点通信的例子

【例 7-2】点对点通信。

```
#include "mpi.h"
#include <stdio.h>
#include <string.h>
#define BUFLEN 512
int main(int argc, char *argv[]){
   int myid, numprocs, next, namelen;
   char buffer[BUFLEN];
   MPI_Status status;
   MPI_Init(&argc,&argv);
   MPI_Comm_size(MPI_COMM_WORLD,&numprocs);
   MPI_Comm_rank(MPI_COMM_WORLD,&myid);
   printf("Process %d of %d\n", myid, numprocs);
   memset(buffer,0, BUFLEN*sizeof(char));  //将buffer清空
   if(myid==numprocs-1)                    //告诉每一个进程号它们后一个进程号
     next=0;                               // next是多少
   else
     next=myid+1;                     // 最后一个进程号numprocs-1的下一个是0
   if(myid==0){
     strcpy(buffer,"hello there");    //将字符串hello there复制到buffer中
     printf("%d sending '%s' \n",myid,buffer);  //输出buffer内容
     fflush(stdout);                            //刷新
     MPI_Send(buffer, strlen(buffer)+1, MPI_CHAR, next, 99, MPI_COMM_WORLD);
     printf("%d receiving \n",myid);fflush(stdout);
     MPI_Recv(buffer,BUFLEN,MPI_CHAR,MPI_ANY_SOURCE,99,
                                MPI_COMM_WORLD, &status);
     printf("%d received '%s' \n",myid,buffer);fflush(stdout);
   }else{
     printf("%d receiving\n",myid);fflush(stdout);
     MPI_Recv(buffer, BUFLEN, MPI_CHAR, MPI_ANY_SOURCE, 99,
                                   MPI_COMM_WORLD, &status);
     printf("%d received '%s' \n",myid,buffer);fflush(stdout);
     MPI_Send(buffer, strlen(buffer)+1, MPI_CHAR, next, 99, MPI_COMM_WORLD);
     printf("%d sent '%s' \n",myid,buffer);fflush(stdout);
    }
     MPI_Finalize();
     return (0);
}
```

程序运行结果：

```
Process 0 of 2
0 sending 'hello there'
```

```
Process 1 of 2
1 receiving
1 received 'hello there'
1 sent 'hello there'
0 receiving
0 received 'hello there'
```

7.4.2 MPI_Send()函数

其标准形式如下：

```
int MPI_Send(buf,count,datatype,dest,tag,comm)
```

输入参数：buf，发送缓冲区的起始地址，可以是各种数组或结构的指针；count，整型，发送的数据个数，应为非负整数；datatype，发送数据的数据类型；dest，整型，目的进程号；tag，整型，消息标志；comm，MPI 进程组所在的通信域。

没有输出参数，返回错误码。

该函数向通信域 comm 中的 dest 进程发送数据。消息数据存放在 buf 中，类型是 datatype，个数是 count 个。消息的标志是 tag，用于将本进程向同一目的进程发送的其他消息区别开。

下面程序中语句：

```
MPI_Send(buffer, strlen(buffer)+1, MPI_CHAR, next, 99, MPI_COMM_WORLD);
```

就是在通信域 MPI_COMM_WORLD 中，向 next 号进程（对于 0 号进程来说就是 1 号进程），发送 buffer 中的全部数据，也就是 hello there，类型是 MPI_CHAR，标签是 99。注意，buffer 声明为 char 型，这里用的 datatype 要转化为 MPI_CHAR。MPI_CHAR 是 MPI 的预定义数据类型，它和常用的 C 数据类型 char 有一一对应的关系。

7.4.3 MPI_Recv()函数

其标准形式如下：

```
int MPI_Recv(buf, count, datatype, source, tag, comm, status)
```

输入参数：count，整型，最多可接收的数据的个数；datatype，接收数据的数据类型；source，整型，接收数据的来源，即发送数据进程的进程号；tag，整型，消息标识，应与相应的发送操作消息标识相同；comm，本消息接收进程和消息发送进程所在的通信域。

输出参数：buf，接收缓冲区的起始地址，可以是各种数组或结构的指针；status，MPI_Status 结构指针，返回状态信息。函数返回错误码。

下面程序中语句：

```
MPI_Recv(buffer, BUFLEN, MPI_CHAR, MPI_ANY_SOURCE, 99,
                                  MPI_COMM_WORLD, &status);
```

0 号进程从 MPI_COMM_WORLD 域中任意进程（MPI_ANY_SOURCE 表示接收任意源进程发来的消息）接收标签号为 99，而且不超过 512（前面定义了#define BUFLEN 512）个 MPI_CHAR 类型的数据，保存到 buffer 中。接收缓冲区 buf 的大小不能小于发送过来的有效消息长度，否则可能由于数组越界导致程序错误。

MPI_Recv()绝大多数的参数和 MPI_Send()相对应，有相同的意义。唯一的区别就是 MPI_Recv()里的一个参数 status。

7.4.4 消息管理七要素

点对点消息通信参数主要由 7 个参数组成：发送或者接收缓冲区（buf）、数据数量（count）、数据类型（datatype）、目标进程或者源进程（destination/source）、消息标签（tag）、通信域（comm）、消息状态（status，只在接收的函数中出现）。

MPI 程序中的消息传递可以看成日常的信件发送和接收。buf、count、datatype 类似于信件的内容，而 source/destination、tag、comm 类似于信件的信封，称为消息信封。

下面对其中的部分参数做进一步说明。

1. 消息数据类型

MPI 程序有严格的数据类型匹配要求：一是宿主语言的类型（C 或者 Fortran 数据类型）和通信操作所指定的类型相匹配；二是发送方和接收方的类型相匹配。对于需要发送和接收的连续的数据，MPI 都提供了预定义的基本数据类型，见表 7-1。

表 7-1　MPI 预定义数据类型与 C 数据类型的对应关系

MPI 预定义数据类型	相应的 C 数据类型
MPI_CHAR	signed char
MPI_SHORT	signed short int
MPI_INT	signed int
MPI_LONG	signed long int
MPI_UNSIGNED_CHAR	unsigned char
MPI_UNSIGNED_SHORT	unsigned short int
MPI_UNSIGNED	unsigned int
MPI_UNSIGNED_LONG	unsigned long int
MPI_FLOAT	float
MPI_DOUBLE	double
MPI_LONG_DOUBLE	long double
MPI_BYTE	无对应类型
MPI_PACKED	无对应类型

对于初学者来说，应尽可能保证发送和接收的数据类型完全一致。

MPI_BYTE 与 MPI_PACKED 两个数据类型并没有具体的 C 或者 Fortran 类型与其对应，可以与任何以字节为单位的消息相匹配。MPI_BYTE 是将消息内容不加修改地通过二进制字节流来传递的一种方法，而 MPI_PACKED 是为了将非连续的数据进行打包发送而提出的。经常与函数 MPI_Pack_size 和 MPI_Pack 联合使用。

MPI 还允许通过导出数据类型，将不连续的，甚至是不同类型的数据元素组合在一起。需要用户使用相应的构造函数来构造。

2. 消息标签

消息标签是程序在同一接收者的情况下，用于标识不同类型消息的一个整数。

进程 0：send(A, 32, 1); send(B, 16, 1);

进程 1：recv(X, 32, 0); recv(Y, 16, 0);

进程 0 试图把 A 的前 32 个字节传送给 X，把 B 的前 16 个字节传送给 Y。传送 B 的消息是后发送的，但是如果消息 B 先到达进程 1，就会被第一个 recv 语句接收在 X 中。

使用标签 TAG 则可以有效避免这个错误。

进程 0：send(A, 32, 1, tag1); send(B, 16, 1, tag2);

进程 1：recv (X, 32, 0, tag1); recv(Y, 16, 0, tag2)。

3. 通信域

通信域限定了消息传递的进程范围，一个通信域包含一个进程组及其上下文。一个进程组中，进程的个数 n 是有限的；n 个进程是按整数 0,1,…，n-1 进行编号的，一个进程在一个通信组中用它的编号进行标识。组的大小和进程号可以通过调用 MPI_Comm_size()函数和 MPI_Comm_rank()函数获得。

MPI 实现已经预先定义了两个进程组，MPI_COMM_SELF 只包含各个进程自己的进程组，MPI_COMM_WORLD 包含本次启动的所有 MPI 进程的进程组。同时，MPI 提供了通信组管理函数。

4. 状态字

状态字的主要功能是保存接收到的消息的状态。MPI_Status 的结构定义在 mpi.h 中。status 主要显示接收函数的各种错误状态。通过访问 status.MPI_SOURCE、status.MPI_TAG 和 status.MPI_ERROR 就可以得到发送数据进程号、发送数据使用的 tag，以及本接收操作返回的错误代码。

需要注意下面的问题：

（1）通信匹配：编写 MPI 程序时要关注消息管理要素的匹配关系。在相互通信的进程中，通信数据类型应匹配；消息标签、通信域应完全相同；发送进程号与接收进程号应一一对应；接收消息的缓冲区应不小于发送过来的消息的大小；在数据类型相同的条件下，接收数据数量应不小于发送数据数量。

（2）死锁：例 7-2 点对点通信的例子中，0 号进程和非 0 号进程走的分支不一样。如果去掉 else 分支，所有的进程都走进程 0 的执行语句，且都是先收后发。4 个进程的结果如下：

```
Process 0 of 4
0 receiving
Process 1 of 4
1 receiving
Process 2 of 4
2 receiving
Process 3 of 4
3 receiving
```

程序进入了停滞状态。所有的进程都在收到消息之后才能返回继续后面操作，没有收到正确的消息不会进行后面的发送。0、1、2、3 都是在 receiving 状态，而这时候没有进程发送消息，所有的进程都在等待其他进程发送的消息，这种状态称作“死锁”。

死锁的原因在于标准的 MPI_Recv()和 MPI_Send()属于阻塞操作。MPI_Send()或者 MPI_Recv()正确返回时，相应调用要求的通信操作已正确完成，即消息已成功发出或成功接收。该调用的缓冲区可用，发送操作缓冲区可以被其他的操作更新，接收操作缓冲区中的数据已经可以被完整地使用。

7.4.5 非阻塞通信

通信经常需要较长的时间，在阻塞通信还没有结束的时候处理器（核）只能等待，浪费了处理器的计算资源。非阻塞通信不必等到通信操作完全完成便可以返回，并交给特定的通信软硬件完成，从而可以实现计算与通信重叠。

但是，非阻塞通信调用返回时一般该通信操作还没有完成，所以非阻塞发送操作的发送缓冲区不能马上释放，必须等到发送完成后才能释放；同样接收缓冲区也要等到接收完成后才可使用。

非阻塞通信基本接口是 MPI_Isend()、MPI_Irecv()，还有检测单个通信是否完成的函数 MPI_Test() 与 MPI_Wait()。

```
int MPI_Isend(void *buf, int count, MPI_Datatype datatype, int dest, int tag,
                                     MPI_Comm comm, MPI_Request *request)
```

MPI_Isend()启动一个标准的非阻塞发送操作，它调用后会立即返回。但是，调用返回并不意味着消息已经成功发送，只表示该消息可以被发送。比阻塞发送 MPI_Send()多了一个 request 参数，类型为 MPI_Request 的指针。MPI_Request 是用来描述非阻塞通信状况的对象，查询这个对象可以知道与之相应的非阻塞发送是否完成。

```
int MPI_Irecv(void *buf, int count, MPI_Datatype datatype, int source, int tag,
                                     MPI_Comm comm, MPI_Request *request)
```

MPI_Irecv()启动一个标准的非阻塞接收操作，加入 request 参数描述非阻塞接收的完成情况，而 MPI_Irecv 中没有了 status 参数。

```
int MPI_Wait(MPI_Request *request, MPI_Status *status)
```

MPI_Wait()以非阻塞通信对象为输入参数，一直等到与该非阻塞通信对象相应的非阻塞通信完成后才返回，同时释放该阻塞通信对象。与该非阻塞通信完成有关的信息则放在返回的状态参数 status 中。

```
int MPI_Test(MPI_Request*request, int *flag, MPI_Status *status)
```

与 MPI_Wait()类似，MPI_Test()也以非阻塞通信对象为输入参数，但是它的返回不等到与非阻塞通信对象相联系的非阻塞通信结束。若在调用 MPI_Test()时该非阻塞通信已经结束，则它和 MPI_Wait()的效果完全相同，并置完成标志 flag=true；若在调用 MPI_Test()时该非阻塞通信还没有完成，则它不等待而直接返回，但是完成标志 flag=false，同时也不释放相应的非阻塞通信对象。

7.5　MPI 群集通信

MPI 还提供了群集通信，包含了一对多、多对一和多对多的进程通信模式，多个进程参与通信。点到点通信就像生活中的打电话或单独交谈，群集通信就像小组讨论等多人参与的交流活动。

7.5.1 一对多群集通信函数

1. 广播

广播是指从一个 root 进程向组内所有其他的进程发送一条消息，如图 7-14 所示。

```
int MPI_Bcast(void *buffer, int count, MPI_Datatype datatype, int root,
                                                 MPI_Comm comm)
```

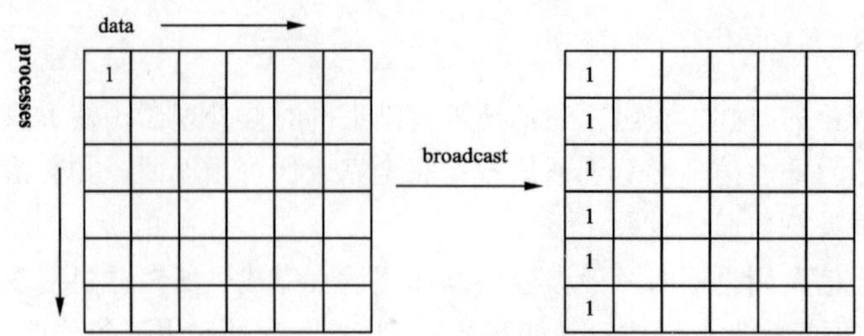

图 7-14　广播操作示意图

2. 播撒

root 进程向各个进程传递的消息，消息是可以不同的，如图 7-15 所示。

```
int MPI_Scatter(void *sendbuf, int sendcnt, MPI_Datatype sendtype, void *recvbuf,
                int recvcnt, MPI_Datatype recvtype, int root,MPI_ Comm comm)
```

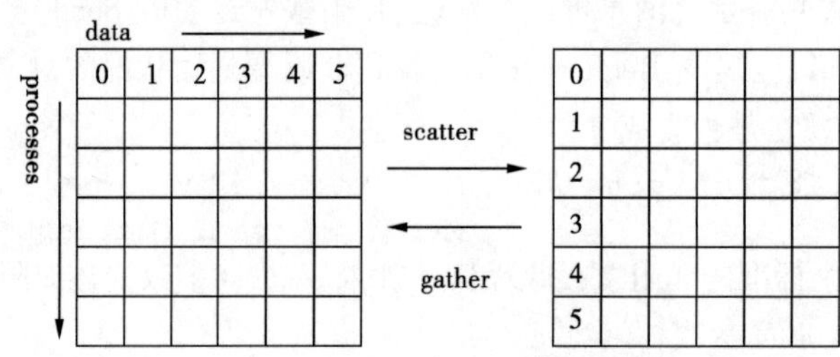

图 7-15　播撒与聚集操作示意图

对于所有非根进程，发送消息缓冲区被忽略。根进程中的发送数据元素个数 sendcnt 和发送数据类型 sendtype 必须和所有进程的接收数据元素个数 recvcnt 和接收数据类型 recvtype 相同。根进程发送元素个数指的是发送给每一个进程的数据元素的个数，而不是总的数据个数。这就意味着在每个进程和根进程之间发送的数据个数必须和接收的数据个数相等。此调用中的所有参数对根进程来说都是有意义的，而对于其他进程来说只有 recvbuf、recvcnt、recvtype、root 和 comm 是有意义的。参数 root 和 comm 在所有进程中都必须是一致的。

7.5.2　多对一群集通信函数

1. 聚集

root 进程从 n 个进程中的每一个进程接收各自的消息（包括 root 自己）。

```
int MPI_Gather(void *sendbuf, int sendcnt, MPI_Datatype sendtype,void *recvbuf,
               int recvcnt, MPI_Datatype recvtype,int root, MPI_Comm comm)
```

n 个消息按进程号排列存放在 root 进程的接收缓冲中。每个发送缓冲由三元组(sendbuf, sendcnt, sendtype)标识。所有非 root 进程忽略接收缓冲，对 root 进程发送缓冲由三元组(recvbuf, recvcnt, recvtype)标识。Gather 实际上执行的是与 Scatter 相反的操作。

【例 7-3】聚集函数 MPI_Gather()。

```
#include "stdafx.h"
#include "mpi.h"
#include <stdlib.h>
int main(int argc, char* argv[]){
   MPI_Comm comm=MPI_COMM_WORLD;
   int rank,size,i,num[100];
```

```
    MPI_Init(&argc,&argv);
    MPI_Comm_rank(comm,&rank);
    MPI_Comm_size(comm,&size);
    MPI_Gather(&rank,1,MPI_INT,num,1,MPI_INT,0,comm);
    /* 进程 0 从通信域中的所有进程收集数据并存储在数组 num 中 */
    if(rank==0){
        printf("Process 0 gather from other Process:\n");
        for(i=0;i<size;i++){
            printf("%4d",num[i]);
            if((i+1)%4==0)
                printf("\n");
        }
        printf("\n");
    }
    MPI_Finalize();
    return 0;
}
```

程序执行结果（8 个进程）：

```
Process 0 gather from other Process:
  0  1  2  3
  4  5  6  7
```

2．规约

规约操作格式如下：

```
int MPI_Reduce(void *sendbuf, void *recvbuf, int count, MPI_Datatype datatype,
                                          MPI_Op op, int root, MPI_Comm comm)
```

每个进程的待处理数据存放在 sendbuf 中，可以是标量也可以是向量。所有进程将这些值通过输入的操作子 op 计算为最终结果，并将其存入 root 进程的 recvbuf。数据项的数据类型在 Datatype 域中定义。常用规约操作见表 7-2。

表 7-2　常用规约操作

规 约 类 型	操　　作	允许的数据类型
MPI_MAX	求最大值	integer、float
MPI_MIN	求最小值	integer、float
MPI_SUM	求和	integer、float
MPI_PROD	求积	integer、float
MPI_LAND	逻辑与	integer
MPI_LOR	逻辑或	integer
MPI_XLOR	逻辑异或	integer
MPI_BAND	按位与	integer、MPI_BYTE
MPI_BOR	按位或	integer、MPI_BYTE
MPI_BXOR	按位异或	integer、MPI_BYTE
MPI_MAXLOC	最大值且相应位置	float、double、long double
MPI_MINLOC	最小值且相应位置	float、double、long double

7.5.3　多对多群集通信函数

1．扩展的聚集和播撒操作

每个进程都收集到其他所有进程的消息，如图 7-16 所示。

```
int MPI_Allgather(void *sendbuf, int sendcount, MPI_Datatype sendtype,
            void *recvbuf, int recvcount, MPI_Datatype recvtype,MPI_Comm comm)
```

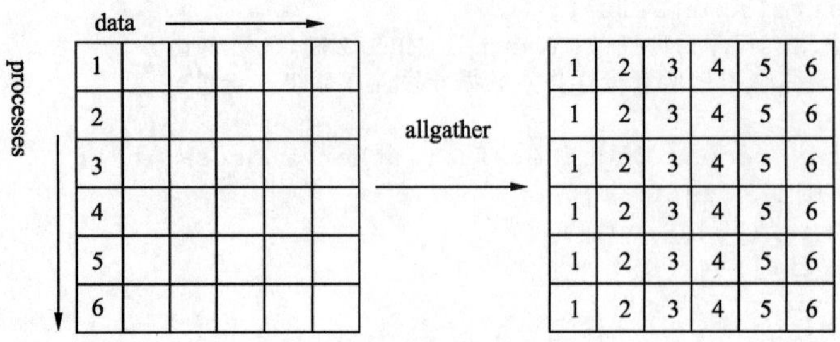

图 7-16　扩展的聚集和播撒操作示意图

它相当于每一个进程都执行了 MPI_Gather()。执行完 MPI_Gather()后，所有进程的接收缓冲区的内容都是相同的，也就是说每个进程给所有进程都发送了一个相同的消息。

2．全局交换

MPI_Allgather()每个进程发一个相同的消息给所有的进程，而 MPI_Alltoall()散发给不同进程的消息是不同的。因此，它的发送缓冲区也是一个数组，如图 7-17 所示。

```
int MPI_Alltoall(void *sendbuf, int sendcount, MPI_Datatype sendtype,
            void *recvbuf, int recvcount, MPI_Datatype recvtype, MPI_Comm comm)
```

MPI_Alltoall()的每个进程可以向每个接收者发送数目不同的数据，第 i 个进程发送的第 j 块数据将被第 j 个进程接收并存放在其接收消息缓冲区 recvbuf 的第 i 块，每个进程的 sendcount 和 sendtype 的类型必须和所有其他进程的 recvcount 和 recvtype 相同，在每个进程和根进程之间发送的数据量必须和接收的数据量相等。

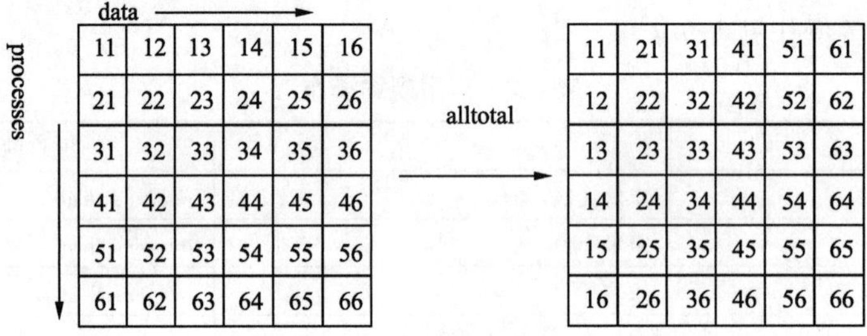

图 7-17　全局交换操作示意图

3．扫描

用于对分布于组中的数据做前置归约操作。

```
int MPI_Scan(void *sendbuf, void *recvbuf, int count, MPI_Datatype datatype,
                                        MPI_Op op, MPI_Comm comm)
```

此操作将序列号为 0, …, i（包括 i）的进程发送缓冲区的归约结果存入序列号为 i 的进程接收消息缓冲区中。这种操作支持的类型、语义以及对发送及接收缓冲区的限制和规约相同。与规约相比，扫描 Scan 操作省去了 root，因为扫描是将部分值组合成 n 个最终值，并存放在 n 个进程的 recvbuf 中。具体的扫描操作由 op 定义。

7.5.4　同步函数

只有当所有的进程都调用了这个函数后才一起继续往下执行。

```
int MPI_Barrier(MPI_Comm comm)
```

这个函数像一道路障。在操作中，通信子 comm 中的所有进程相互同步，即它们相互等待，直到所有进程都执行了它们各自的 MPI_Barrier()函数，然后再接着开始执行后续的代码。同步函数是并行程序中控制执行顺序的有效手段。

```
printf("myid=%d,the value of a=%d",myid,a);
MPI_Barrier(comm);
   a=…
```

可以保证在 a 被重新赋值前的结果能够全部打印出来。

7.6　实　　例

7.6.1　求和

【例 7-4】MPI 并行求和。

```
#include "stdafx.h"
#include "mpi.h"
#include <stdio.h>
#include <math.h>
double f(double a){    /* 定义函数 f(x) */
    return (4.0/(1.0 + a*a));
}
void main(int argc, char *argv[]){
    int done=0, n, myid, numprocs, i;
    double mypi, pi, sum;
    double startwtime, endwtime;
    int namelen;
    char processor_name[MPI_MAX_PROCESSOR_NAME];
    MPI_Init(&argc,&argv);
    MPI_Comm_size(MPI_COMM_WORLD,&numprocs);
    MPI_Comm_rank(MPI_COMM_WORLD,&myid);
    MPI_Get_processor_name(processor_name,&namelen);
    fprintf(stderr,"Process %d on %s\n",myid, processor_name);
    fflush(stderr);
     n=0;
     while(!done){
        if(myid==0){
           printf("输入一个数字不超过: (0 退出) ");fflush(stdout);
        scanf_s("%d",&n);
        startwtime=MPI_Wtime();
        }
        MPI_Bcast(&n,1,MPI_INT,0,MPI_COMM_WORLD); /*将 n 值广播出去*/
        if (n==0)
            done=1;
        else{
            sum=0.0;
            for(i=myid+1; i<=n; i+=numprocs){
                sum+=i;
            }
```

```
            mypi=sum;                              /*各个进程并行计算得到的部分和*/
            MPI_Reduce(&mypi,&pi,1,MPI_DOUBLE,MPI_SUM,0,MPI_COMM_WORLD);
            if(myid==0){
               /*执行累加的号进程将近似值打印出来*/
               printf("结果%.16f\n", pi);
               endwtime=MPI_Wtime();
            printf("时间=%f\n", endwtime-startwtime);
            }
        }
    }
    MPI_Finalize();
}
```

一个处理器上的运行结果：

```
Process 0 on 20110629-1007
输入一个数字不超过100000000：(0 退出) 100000000
结果 5000000050000000.0000000000000000
时间 = 0.113769
```

两个处理器上（双核）的运行结果：

```
Process 1 on 20110629-1007
Process 0 on 20110629-1007
输入一个数字不超过100000000：(0 退出) 100000000;
结果 5000000050000000.0000000000000000;
时间=0.060137;
```

相对加速比为 0.113769 / 0.060137=1.85。

7.6.2 数值积分

主从模式并行程序：积分法求解 π，应用了广播和规约。

【例 7-5】MPI 并行求数值积分。

```
#include "stdafx.h"
#include <iostream>
#include "mpi.h"
#include <stdio.h>
#include <math.h>
#include <windows.h>
using namespace std;
double f(double x){/*定义函数 f(x)*/
    return(4.0/(1.0+x*x));
}
void main(int argc,char *argv[]){
    MPI_Comm comm=MPI_COMM_WORLD;
    int n=0,rank,size,i;
    double PIDT=3.141592653589793238462643;
    double mypi,pi,h,sum,x;
    double startwtime, endwtime;
    MPI_Init(&argc,&argv); //初始化 mpi,并行程序开始执行
    MPI_Comm_size(MPI_COMM_WORLD,&size);
    MPI_Comm_rank(MPI_COMM_WORLD,&rank);
    if(rank==0){
        printf("Please give N=");
```

```
        fflush(stdout);
        scanf("%d",&n);
        startwtime=MPI_Wtime();
    }
    MPI_Bcast(&n,1,MPI_INT,0,comm);
    h=1.0/(double) n;
    sum=0.0;
    for(i=rank+1;i<=n;i+=size){
    /*每一个进程计算一部分矩形的面积,若进程总数为 size,
    各个进程分别计算矩形块
                0 进程 1  5  9 13 ... 97
                1 进程 2  6 10 14 ... 98
                2 进程 3  7 11 15 ... 99
                3 进程 4  8 12 16 ... 100
    */
        x=h*((double)i-0.5);
        sum+=f(x);
    }
    mypi=h*sum;
    MPI_Reduce(&mypi,&pi,1,MPI_DOUBLE,MPI_SUM,0,comm);
    if(rank==0){
        printf("pi is %.16f\n",pi);
        printf("Error is %.16f\n",fabs(pi-PIDT));
        endwtime=MPI_Wtime();
        printf("wall clock time=%f\n", endwtime-startwtime);
    }
    MPI_Finalize();    //结束 mpi
}
```

程序运行结果：

（1）一个进程：

```
Please give N=100000000
pi is 3.1415926535904264
Error is 0.0000000000006333
wall clock time=0.811293
```

（2）两个进程：

```
Please give N=100000000
pi is 3.1415926535900223
Error is 0.0000000000002292
wall clock time=0.417275
```

相对加速比为 0.811293 / 0.417275 = 1.94。

习　题

1. 设计统计问题（素数、完数、水仙花数）并行算法，并用 MPI 编程实现。
2. 设计并行排序算法，并用 MPI 编程实现。
3. 设计并行查找算法，并用 MPI 编程实现。

第 8 章　Java 多线程并行程序设计

学习目标

- 了解 Java 线程的相关知识;
- 掌握 Java Runnable 接口与 Thread 类实现多线程的方法;
- 了解 Java 解决线程同步与死锁的方法。

一个程序执行时，从头至尾只有一条线索，称为单线程。如果程序具有多条线索同时运作，同时存在几个执行体，按几条不同的执行线索共同工作，则称为多线程。例如，服务器可能需要同时处理多个客户机的请求等。Java 语言的一个重要功能特点就是内置对多线程的支持，它使得编程人员可以很方便地开发出具有多线程功能，能同时处理多个任务的、功能强大的应用程序。

8.1　线　　程

8.1.1　基本概念

程序从代码加载、执行到执行完毕是一个完整的动态执行过程，这个过程称为进程。这个过程也是进程本身从产生、发展到消亡的过程。单进程程序的特点是每个程序都有一个入口、一个出口以及一个顺序执行的序列，在程序执行过程中的任何指定时间，都只有一个单独的执行点。在操作系统中，能同时运行多个程序（任务），称为多进程（多任务）。同一段程序也可以被多次加载到系统的不同内存区域分别执行，形成不同的进程。每个进程都有独立的代码和数据空间，进程切换的开销较大。

一个进程在其执行过程中，可以形成多条执行线索，每条线索称为一个线程。那么，一个进程在其执行过程中，可以产生多个线程。线程是比进程小的执行单位，一个线程是一个程序内部的顺序控制流。多线程就是在同一应用程序中，有多个顺序流同时执行。每个线程也有它自身的产生、存在和消亡的过程，也是一个动态的概念。一个单独的线程也有一个入口、一个出口和一个顺序执行的序列。但是线程并不是程序，它本身并不能运行，必须在程序中运行。线程间可以共享相同的内存单元（包括代码与数据），并利用这些共享单元来实现数据交换、实时通信与必要的同步操作。线程切换的开销较小。

Java 中的线程可以认为由三部分组成：①虚拟的 CPU，封装在 java.lang.Thread 类中；②CPU 所执行的代码，传递给 Thread 类；③CPU 所处理的数据，传递给 Thread 类。

Java 通过线程有效地实现了多个任务的并发执行。在一个 Java 程序的执行过程中，通常总是有许多的线程在运行，因此熟悉 Java 在线程方面的使用就变得十分必要。

多线程的程序能更好地表述和解决现实世界的具体问题，是计算机应用开发和程序设计的一个必然发展趋势。很多程序语言需要利用外部的线程软件包来实现多线程，而 Java 语言则内在支持多线程，它的所有类都是在多线程的思想下定义的。

8.1.2　线程的状态与生命周期

每个 Java 程序都有一个默认的主线程，对于 Application，主线程是 main()方法执行的线索；对于 Applet，主线程指挥浏览器加载并执行 Java 小程序。要想实现多线程，必须在主线程中创建新的线程对象。

Java 语言使用 Thread 类及其子类的对象来表示线程，线程与进程一样是一个动态的概念，所以它也像进程一样有一个从产生到消亡的生命周期。在一个线程的生命周期中，它总处于某一种状态中。线程的状态表示了线程正在进行的活动以及在这段时间内线程能完成的任务。图 8-1 所示为一个 Java 线程所具有的不同状态。

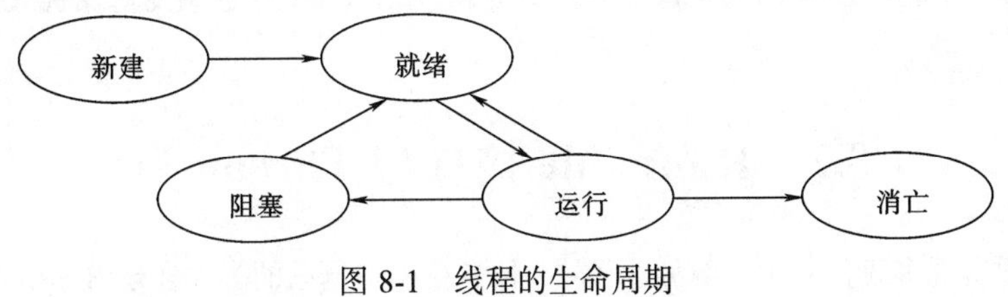

图 8-1　线程的生命周期

（1）新建：当一个 Thread 类或其子类的对象被声明并创建时，新生的线程对象处于新建状态。此时，它已经有了相应的内存空间和其他资源，并已被初始化。处于这种状态时只能启动或终止该线程，其他操作都会失败，并且会引起非法状态处理。

（2）就绪：处于新建状态的线程被启动后，将进入线程队列排队等待 CPU 时间片，此时它已具备了运行的条件，一旦轮到它来享用 CPU 资源时，就可脱离创建它的主线程独立开始自己的生命周期。另外，原来处于阻塞状态的线程被解除阻塞后也将进入就绪状态。

（3）运行：当就绪状态的线程被调度并获得处理器资源时，便进入运行状态。每个 Thread 类及其子类的对象都有一个重要的 run()方法，当线程对象被调度执行时，它将自动调用本对象的 run()方法，从第一句开始依次执行。run()方法定义了这一类线程的操作和功能。

（4）阻塞：一个正在执行的线程如果在某些特殊情况下，如被人为挂起或需要执行费时的输入/输出操作时，将让出 CPU 并暂时中止自己的执行，进入阻塞状态。阻塞时它不能进入排队队列，只有当引起阻塞的原因被消除时，线程才可以转入就绪状态，重新进入线程队列中排队等待 CPU 资源，以便从原来终止处开始继续运行。

（5）消亡：处于消亡状态的线程不具有继续运行的能力。线程消亡的原因有两个：一个是正常运行的线程完成了它的全部工作，即执行完了 run()方法的最后一条语句并退出；另一个是线程被提前强制性地终止，如通过执行 stop()方法或 destroy()终止线程。

线程在各个状态之间的转化及线程生命周期的演进是由系统运行的状况、同时存在的其他线程和线程本身的算法所共同决定的。在创建和使用线程时应注意利用线程的方法宏观地控制这个过程。

8.1.3 线程调度与优先级

处于就绪状态的线程首先进入就绪队列排队等候处理器资源，同一时刻在就绪队列中的线程可能有多个，它们各自任务的轻重缓急程度不同，例如用于屏幕显示的线程需要尽快地被执行，而用来收集内存碎片的垃圾回收线程则不那么紧急，可以等到处理器较空闲时再执行。为了体现上述差别，使工作安排得更加合理，多线程系统会给每个线程自动分配一个线程的优先级，任务较紧急重要的线程，其优先级就较高；相反则较低。在线程排队时，优先级高的线程可以排在较前的位置，能优先享用到处理器资源；而优先级较低的线程则只能等到排在它前面的高优先级线程执行完毕之后才能获得处理器资源。对于优先级相同的线程，则遵循队列“先进先出”的原则，即先进入就绪状态排队的线程被优先分配到处理器资源，随后才为后进入队列的线程服务。

当一个在就绪队列中排队的线程被分配到处理器资源而进入运行状态之后，这个线程就称为被“调度”或被线程调度管理器选中。线程调度管理器负责管理线程排队和处理器在线程间的分配，一般都配有一个精心设计的线程调度算法。在 Java 系统中，线程调度依据优先级基础上的“先到先服务”原则。

8.2 Runnable 接口与 Thread 类

Java 中编程实现多线程应用有两种途径：一种是在用户自己的类中实现 Runnable 接口；另一种是创建用户自己的线程子类。无论哪种方法，都需要使用到 Java 基础类库中的 Thread 类及其方法。

8.2.1 Runnable 接口

Runnable 接口只有一个方法 run(),所有实现 Runnable 接口的用户类都必须具体实现这个 run()方法，为它书写方法体并定义具体操作。Runnable 接口中的这个 run()方法是一个较特殊的方法，可以被运行系统自动识别和执行。具体地说，当线程被调度并转入运行状态时，它所执行的就是 run()方法中规定的操作。所以，一个实现了 Runnable 接口的类实际上定义了一个主线程之外的新线程的操作，而定义新线程的操作和执行流程，是实现多线程应用的最主要和最基本的工作之一。

8.2.2 Thread 类

Thread 类在包 java.lang 中定义，综合了 Java 程序中一个线程需要拥有的属性和方法。

1. 构造函数

Thread 类的构造函数有多个，所对应的操作有如下 3 种：

格式：`public Thread();`

说明：这个方法创建一个系统线程类的对象。

格式：`public Thread(Runnable target);`

说明：这个方法在上一个构造函数完成的操作——创建线程对象的基础之上，利用参数对象实现了 Runnable 接口的 target 对象中所定义的 run()方法来初始化或覆盖新创建的线程对象的 run()方法。

格式：`public Thread(String ThreadName);`

说明：这个方法在第一个构造函数工作的基础上，为所创建的线程对象指定了一个字符串名称供以后使用。

它们都是下面形式的缩写：

格式：`public Thread(ThreadGroup group,Runable target,String name);`

说明：group 指明该线程所属的线程组，target 是执行线程体的目标对象，它必须实现接口 Runnable，name 为线程名。

其他的构造函数如下：

```
public Thread(Runable target,String name);
public Thread(ThreadGroup group,Runable target);
public Thread(ThreadGroup group,String name);
```

利用构造函数创建新线程对象之后，这个对象中的有关数据被初始化，从而进入线程的生命周期的第一个状态——新建状态。

2．线程优先级

Thread 类有 3 个有关线程优先级的静态常量：MIN_PRIORITY、MAX_PRIORITY、NORM_PRIORITY。其中，MIN_PRIORITY 代表最小优先级，通常为 1；MAX_PRIORITY 代表最高优先级，通常为 10；NORM_PRIORITY 代表普通优先级，默认数值为 5。

对应一个新建线程，系统会遵循如下原则为其指定优先级：

（1）新建线程将继承创建它的父线程的优先级。父线程是指执行创建新线程对象语句的线程，它可能是程序的主线程，也可能是某一个用户自定义的线程。

（2）一般情况下，主线程具有普通优先级。

另外，用户可以通过调用 Thread 类的方法 setPriority()来修改系统自动设置的线程优先级，使之符合程序的特定需要。还可以通过方法 getPriority()来得到线程的优先级。格式如下：

```
int getPriority();
void SetPriority(int newPriority);
```

3．其他主要方法

（1）启动线程的 start()方法：start()方法将启动线程对象，使之从新建状态转入就绪状态并进入就绪队列排队。

（2）定义线程操作的 run()方法：Thread 类的 run()方法与 Runnable 接口中的 run()方法的功能和作用相同，都用来定义线程对象被调度之后所执行的操作，都是系统自动调用而用户程序不得引用的方法。系统的 Thread 类中，run()方法没有具体内容，所以用户程序需要创建自己的 Thread 类的子类，并定义新的 run()方法来覆盖原来的 run()方法。

（3）使线程暂时休眠的 sleep()方法：线程的调度执行是按照其优先级的高低顺序进行的，当高级线程未完成，即未死亡时，低级线程没有机会获得处理器。有时，优先级高的线程需要优先级低的线程做一些工作来配合，或者优先级高的线程需要完成一些费时的操作，此时优先级高的线程应该让出处理器，使优先级低的线程有机会执行。为达到这个目的，优先级高的线程可以在它的 run()方法中调用 sleep()方法来使自己放弃处理器资源，休眠一段时间。休眠时间的长短由 sleep()方法的参数决定：

格式：`sleep(int millsecond);`

说明：millsecond 是以毫秒为单位的休眠时间。

格式：`sleep(int millsecond,int nanosecond);`

说明：nanosecond 是以纳秒为单位的休眠时间。总休眠时间为 millsecond+nanosecond。

（4）线程的暂停的方法 suspend()和恢复的方法 resume()：通过调用 suspend()方法使线程暂时由运行状态切换到阻塞状态，此线程要想再回到运行状态，必须由其他线程调用 resume()方法重新进入就绪队列排队。

（5）中止线程的 stop()方法：程序中需要强制终止某线程的生命周期时可以使用 stop()方法。stop()方法可以由线程在自己的 run()方法中调用，也可以由其他线程在其执行过程中调用。

（6）判断线程是否未消亡的 isAlive()方法：在调用 stop()方法终止一个线程之前，最好先用 isAlive()方法检查一下该线程是否仍然存活，中止不存在的线程可能会造成系统错误。

（7）yield()方法：对正在执行的线程，若就绪队列中有与当前线程同优先级的排队线程，则当前线程让出 CPU 控制权，移到队尾；若队列中没有同优先级的线程，则忽略此方法。

（8）join()方法：等待该线程终止。等待调用 join()方法的线程结束，再继续执行。若无此句，main()方法可能会执行完毕，导致结果不可预测。

下面分类总结一下上述方法：

- 启动线程方法：start()。
- 线程执行控制方法：stop()、suspend()、resume()、isAlive()、join()。
- 调度控制方法：sleep(10)、yield()。

8.3 多线程的实现

如前所述，在程序中实现多线程有两种途径：实现 Runnable 接口或创建 Thread 类的子类。无论采用哪种途径，程序员可以控制的关键性操作有两个：

（1）定义用户线程的操作，即定义用户线程的 run()方法。

（2）在适当时候建立用户线程实例。

下面就分别探讨两条不同途径是如何分别完成这两个关键性操作的。

8.3.1 创建 Thread 类的子类

使用这种方法实现多线程时，用户程序需要创建自己的 Thread 类的子类，并在子类中重新定义自己的 run()方法，这个 run()方法中包含了用户线程的操作。这样在用户程序需要建立自己的线程时，只需要创建一个已定义好的 Thread 子类的实例即可。

【例 8-1】 用创建 Thread 子类的方法实现多线程。

本例包括两个类，SimpleThread 中定义了一个 Thread 类，TwoThreadsTest 中创建了两个线程，使这两个线程并行执行。通过本例，可以体会到多个线程之间的执行以及调度的随机性，有时可以利用这种随机性决定一些事情。

```
class SimpleThread extends Thread{
    public SimpleThread(String str){
        super(str);
    }
    public void run(){
        for (int i=0; i<10; i++){
            System.out.println(i+" "+getName());
```

```
            try{
                sleep((int)(Math.random()*1000));
            } catch (InterruptedException e){}
        }
        System.out.println("DONE!"+getName());
    }
}
public class TwoThreadsTest{
    public static void main(String[] args){
        SimpleThread s1=new SimpleThread("Beijing");
        s1.start();
        SimpleThread s2=new SimpleThread("Shanghai");
        s2.start();
    }
}
```

程序执行结果：

```
0 Beijing
0 Shanghai
1 Beijing
1 Shanghai
2 Shanghai
2 Beijing
3 Shanghai
3 Beijing
4 Shanghai
5 Shanghai
4 Beijing
6 Shanghai
7 Shanghai
5 Beijing
8 Shanghai
6 Beijing
9 Shanghai
7 Beijing
DONE! Shanghai
8 Beijing
9 Beijing
DONE! Beijing
```

SimpleThread.java 通过继承 Thread 类定义了一个新的线程 SimpleThread，通过 SimpleThread 的具有一个 String 类型的构造函数，可以创建一个以 String 来命名的线程。在 run()方法中，定义了每个 SimpleThread 线程，即每个 SimpleThread 类的实例要执行的语句。本例中，run()方法的方法体是一个循环 10 次的循环体，每次循环中线程都会输出一串字符串来表明本线程的线程名，并且通过 sleep()方法休眠一段时间。10 次循环完成后，线程输出最后的结束字符串。TwoThreadsTest.java 是一个应用程序，用来检测刚才创建的线程类。在 main()方法中，通过 new 算符创建了两个 SimpleThread 类的实例，即两个线程。然后，分别调用这两个线程的 start()方法启动这两个线程，启动后它们并行执行。但是，在具体某一个时间，到底执行的是哪一个线程，完全由调度来决定。尽管调度策略是一定的，但在每次执行程序时，计算机的状态并不确定，所以每次执行时，调度的结果完全是随机的，两个线程的每次打印也是随机的，而且每次程序执行时，两个线程谁先结束也是随机的。需要注意的是，本例中通过 main()方法启动两个线程，main()方法本身也要得到执行的一个线索，称为主线程。所以，本例中有 3 个线索即 3 个线程在并行执行。

【例 8-2】Thread 类的常用方法。

```
public class JoinThread extends Thread{
    public static int n=0;
    static synchronized void inc(){
        n++;
    }
    public void run(){
        for(int i=0;i<10;i++)
            try{
                inc();
                sleep(3);  // 为了使运行结果更随机，延迟 3  ms
            } catch (Exception e){
            }
    }
    public static void main(String[] args) throws Exception{
        Thread threads[]=new Thread[100];
        for(int i=0;i<threads.length;i++)    // 建立 100 个线程
            threads[i]=new JoinThread();
        for(int i=0;i<threads.length;i++)    // 运行刚才建立的 100 个线程
            threads[i].start();
        for(int i=0;i<threads.length;i++)    // 100 个线程都执行完后继续
            threads[i].join();
        System.out.println("n="+JoinThread.n);
    }
}
```

程序执行结果：

```
n=1000
```

无论在什么样的运行环境下运行上面的程序，都会得到相同的结果：n=1000。这充分说明了这 100 个线程肯定是都执行完了，因此，n 一定会等于 1000。

如果去掉语句

```
for(int i=0; i<threads.length;i++)
    threads[i].join();
```

程序执行结果：

```
n=267（或者其他随机数）
```

从上面的结果可以肯定，这 100 个线程并未都执行完就将 n 输出了。

join()方法的功能就是使异步执行的线程变成同步执行。也就是说，当调用线程实例的 start()方法后，这个方法会立即返回，如果在调用 start()方法后需要使用一个由这个线程计算得到的值，就必须使用 join()方法。如果不使用 join()方法，就不能保证当执行到 start()方法后面的某条语句时，这个线程一定会执行完。而使用 join()方法后，直到这个线程退出，程序才会往下执行。

创建用户自定义的 Thread 子类的途径虽然简便易用，但是要求必须有一个以 Thread 为父类的用户子类，假设用户子类需要有另一个父类，例如 Applet 父类，则根据 Java 单重继承的原则，上述途径就不可行了。这时，可以考虑使用实现 Runnable 接口的方法。

8.3.2 实现 Runnable 接口

已经有了一个父类的用户类可以通过实现 Runnable 接口的方法来定义用户线程的操作。Runnable 接口只有一个方法 run()，实现这个接口，就必须要定义 run()方法的具体内容，用户新建线程的操作也由这个方法来决定。定义好 run()方法之后，当用户程序需要建立新线程时，只要以这个实现了 run()方法的类为参数创建系统类 Thread 的对象，就可以继承用户实现的 run()方法。

【例 8-3】用实现 Runnable 接口的方法实现多线程。

```
class MyThread implements Runnable{
    private String name;
    public MyThread(String name){
        this.name=name;
    }
    public void run(){
        for(int i=0;i<3;i++){
            System.out.println("线程开始: "+this.name+", i="+i);
        }
    }
}
public class ThreadDemo{
    public static void main(String[] args){
        MyThread mt1=new MyThread("线程 a");
        MyThread mt2=new MyThread("线程 b");
        Thread t1=new Thread(mt1);
        t1.start();
        Thread t2=new Thread(mt2);
        t2.start();
    }
}
```

程序执行结果：

```
线程开始: 线程 a, i=0
线程开始: 线程 b, i=0
线程开始: 线程 a, i=1
线程开始: 线程 b, i=1
线程开始: 线程 a, i=2
线程开始: 线程 b, i=2
```

在使用 Runnable 定义的子类中没有 start()方法，只有 Thread 类中才有。Thread 类有一个构造函数：

```
public Thread(Runnable targer)
```

此构造函数的参数是 Runnable 的子类实例，也就是说，可以通过 Thread 类来启动 Runnable 实现的多线程。

8.3.3 两种方法的比较

在具体应用中，采用哪种方法来构造线程体要视情况而定。通常，当一个线程已经继承了另一个类时，就应该用第二种方法来构造，即实现 Runnable 接口。在实际开发中，一个多线程的操作很少使用 Thread 类，而是通过 Runnable 接口实现。

直接继承 Thread 类的方法的缺点是不能再从其他类继承。优点是编写简单，可以直接操纵线程。例如，可以直接使用 sleep()等方法，但使用 Runnable 接口时需要在前指定具体线程。

与继承 Thread 类相比，实现 Runnable 接口有如下优点：①避免了继承的局限，一个类可以继承多个接口；②适合于资源的共享。

【例 8-4】用创建 Thread 子类的方法实现多线程，实现卖票功能。

```
class MyThread1 extends Thread{
    private int ticket=10;
    public void run(){
        for(int i=0;i<20;i++){
            if(this.ticket>0){
                System.out.println("i="+i+" 卖票: ticket "+this.ticket--);
            }
        }
    }
}
public class ThreadTicket{
    public static void main(String[] args){
        MyThread1 mt1=new MyThread1();
        MyThread1 mt2=new MyThread1();
        MyThread1 mt3=new MyThread1();
        mt1.start();
        mt2.start();
        mt3.start();
    }
}
```

程序执行结果：

```
i=0 卖票: ticket 10
i=0 卖票: ticket 10
i=0 卖票: ticket 10
i=1 卖票: ticket 9
i=1 卖票: ticket 9
i=1 卖票: ticket 9
i=2 卖票: ticket 8
i=2 卖票: ticket 8
i=2 卖票: ticket 8
i=3 卖票: ticket 7
i=3 卖票: ticket 7
i=3 卖票: ticket 7
i=4 卖票: ticket 6
i=4 卖票: ticket 6
i=4 卖票: ticket 6
i=5 卖票: ticket 5
i=5 卖票: ticket 5
i=5 卖票: ticket 5
i=6 卖票: ticket 4
i=6 卖票: ticket 4
i=6 卖票: ticket 4
i=7 卖票: ticket 3
i=7 卖票: ticket 3
i=7 卖票: ticket 3
i=8 卖票: ticket 2
```

```
i=8 卖票: ticket 2
i=8 卖票: ticket 2
i=9 卖票: ticket 1
i=9 卖票: ticket 1
i=9 卖票: ticket 1
```

每个线程都各卖了 10 张，共卖了 30 张票。每个线程都卖自己的票，没有达到资源共享。

【例 8-5】用实现 Runnable 接口的方法实现多线程，实现卖票功能。

```
class MyThread2 implements Runnable{
   private int ticket=10;
   public void run(){
      for(int i=0;i<20;i++){
         if(this.ticket>0){
            System.out.println("i="+i+" 卖票: ticket "+this.ticket--);
         }
      }
   }
}
public class RunnableTicket{
   public static void main(String[] args){
      MyThread2 mt=new MyThread2();
      Thread t1=new Thread(mt);
      t1.start();
      Thread t2=new Thread(mt);
      t2.start();
      Thread t3=new Thread(mt);
      t3.start();
   }
}
```

程序的某次执行结果：

```
i=0 卖票: ticket 10
i=0 卖票: ticket 9
i=1 卖票: ticket 8
i=1 卖票: ticket 7
i=0 卖票: ticket 6
i=2 卖票: ticket 5
i=2 卖票: ticket 4
i=1 卖票: ticket 3
i=3 卖票: ticket 2
i=3 卖票: ticket 1
```

程序的另一次执行结果：

```
i=0 卖票: ticket 10
i=0 卖票: ticket 9
i=1 卖票: ticket 8
i=1 卖票: ticket 7
i=2 卖票: ticket 6
i=2 卖票: ticket 5
i=3 卖票: ticket 4
i=0 卖票: ticket 3
i=3 卖票: ticket 2
i=4 卖票: ticket 1
```

用 Runnable 就可以实现资源共享。虽然上面的程序中有 3 个线程，但是一共卖了 10 张票，也就是说使用 Runnable 实现多线程可以达到资源共享目标。RunnableTicket 类中使用了同一个 mt。然而，在 Thread 中就不可以，假如 Thread 中用同一个实例化对象 mt，就会出现异常。

8.4　线程的同步与死锁

定义 run()方法和创建线程实例是在程序中实现多线程的基本操作。实际上，作为多线程程序，更重要的是要有全局观念，要考虑到与其他同时存在的线程的协调和配合，并在 run()方法中采取措施来具体实现这种协调和配合。很多情况下，一个线程必须与其他线程合作才能共同完成任务，另外一些场合中，若线程之间配合不好会造成系统的严重错误；线程同步是前者的典型例子，而线程死锁则是产生后者的常见原因。

8.4.1　线程同步

线程对内存的共享，是线程区别于进程的一个重要特点，线程间也常常会利用这个特点来传递信息。然而某些情况下，假如处理不当，这种对相同内存空间的共享可能会造成程序运行的不确定性和其他错误。

例如，设某存款账户 X 附有两张 ATM 卡 I 和 J（无透支功能），分别交给不同的人（例如不同的家庭成员）A 和 B 使用，假设 X 户头上还结余 1 000 元。通过 ATM 卡从该卡所对应的存款账户中取款的操作步骤如下：

第一步　查看户头结余。

第二步　（1）若结余大于取款额：①则取款；②并修改户头余额。

（2）否则，取款失败并给出相关信息。

假设某时刻持卡人 A 持 I 卡欲取款 500 元，启动了一个线程 AA 来完成上述的取款操作，并执行到了第二步(1)中①的取款步骤；恰在此时，持卡人 B 持 J 卡欲取款 800 元，启动了另一个线程 BB 调用取款方法欲完成相同的操作，且执行到了第一步来检查户头的结余；由于 A 启动的线程 AA 尚未来得及修改同一个户头的余款，B 启动的线程 BB 将看到户头中尚有 1 000 元的结余，于是流程进入第二步(1)中①的取款……线程间配合不好的错误就此产生。

可以看出，上述错误产生的原因是由于线程在执行某特定操作的若干步骤中间，不能够独占相关的资源，被其他操作打断或干扰造成的。要预防类似情况的发生，必须保证线程在一个完整操作的所有步骤的执行过程中，都独占相关资源而不被打断，这就是线程的同步。

线程同步的基本思想是避免多个线程对同一资源的访问，这个资源既可以是一个对象，也可以是一个方法或一段代码。对于表明了被同步的资源，Java 中引入了一个类似于进程信号量的机制：管程（monitor）。每个被同步资源都对应一个管程，首先占用这个资源的线程同时拥有了该资源的管程，在它完成操作释放管程之前，其他欲访问同一资源的线程只能排队等候管程，从而实现了线程对资源的独占。上面的取款例子中，只要把 ATM 卡的取款方法定义为同步资源，则当 A 持卡取款时，在其操作线程 AA 未完成之前，BB 线程调用取款方法的请求将被暂时挂起，直至 AA 的取款操作执行完毕，户头余额也修改好了，才轮到 BB 线程调用取款方法，此时它将被告知，户头余额不足 800 元，而不会产生最初的错误。

Java 使用 synchronized 关键字来标志被同步的资源。凡是被 synchronized 关键字修饰的方法或代码段，系统在运行时都会分配给它一个管程，并保证同一个时刻，只有一个线程在享用这份资源。上面的取款方法就可以通过 synchronized 关键字标志为同步资源。

除了保证数据的一致性，线程同步还能帮助必须共同工作的线程互相协调好工作步调。著名的生产者-消费者的问题就是一个典型的例子：假设只有一个公共单元空间，生产者和消费者都使用它，生产者定期将产出的产品放在这个公共空间中，消费者则定期从中取走新产出的产品。设生产过程由生产线程控制，消费过程由消费线程控制，则这两个线程之间需要严格、良好地同步，即应遵循“生产-消费-生产-消费……”的执行顺序；若同步不好，如执行顺序变为“生产-生产-消费”，则第一次生产出的产品在消费者来不及取走时就被紧接着的第二次生产出的产品挤出了公共空间；若执行顺序变为“生产-消费-消费”，则在生产线程没来得及生产出新产品时，消费线程就试图再次取产品，此时公共空间是空的，消费过程受阻。

Java 中为处理好上述线程间的同步问题，专门设计了 wait()和 notify()两个方法：

格式：
```
public final void wait();
public final void notify();
```

说明：wait()和 notify()都是不能被重载的方法，并且只能在同步方法中被调用。执行 wait()方法将使当前正在执行的线程暂时挂起，从执行状态退到阻塞状态，同时使该线程放弃它所占用的资源管程。放弃管程是 wait()方法的一大特点，同样是使线程阻塞的 sleep()方法，虽然放弃了处理器的使用权，却不会交出资源管程的控制权。当有多个线程等待访问某同步资源时，它们会在该资源的管程队列中排队等候。wait()方法将暂时让出管程以便其他线程有机会占用资源，而被 wait()方法挂起的线程将在管程队列中排队等候 notify()方法唤醒它。在生产者-消费者的例子中，公共空间是被同步的资源，当一个消费者线程启动时，它自动占用公共空间管程，若消费者发现公共空间为空，则它需要首先放弃公共空间管程，以便生产者占用并向里面放入消费者所需的新产品，这个必需的操作就由 wait()来完成。

notify()方法的作用是从管程队列中选择优先级最高的一个被挂起的线程，唤醒它，使它占用该管程及相关的资源。例如上面例子中，当生产者线程向公共单元中放入一个新产品的时候，它用 notify()方法唤醒早先被 wait()方法挂起的消费者线程，通知它可以取产品了，并结束当前生产者线程。被唤醒的消费者线程则从 wait()的下一句开始继续执行原线程。

【例 8-6】基于 Java 的 PV 操作实现线程同步。

```
public class PV1{
   public static void main(String[] args){
      T1 t1=new T1();
      T2 t2=new T2();
      t1.start();
      t2.start();
   }
}
class T1 extends Thread{
   public void run(){
      System.out.println("M...");
      Global.condition.P();
      System.out.println("N...");
   }
}
```

```
class T2 extends Thread{
    public void run(){
        System.out.println("X...");
        Global.condition.V();
        System.out.println("Y...");
    }
}

//全局对象
class Global{
    public static Semaphore condition=new Semaphore(0);
}
//信号量
class Semaphore{
    public int value;
    public Semaphore(int value){
      super();
      this.value=value;
    }
    //P操作
    public synchronized final void P(){
        value--;
        if(value<0){
            try{
                this.wait();
            } catch (InterruptedException e){
                e.printStackTrace();
            }
        }
    }
    //V操作
    public synchronized final void V(){
        value++;
        if(value<=0){
           this.notify();
        }
    }
}
```

程序的某次执行结果：

```
M...
X...
Y...
N...
```

【例 8-7】基于 Java 的 PV 操作实现线程互斥。

```
public class PV2{
    public static void main(String[] args){
        T1 t1=new T1();
        T2 t2=new T2();
        t1.start();
```

```
        t2.start();
    }
}
class T1 extends Thread{
    public void run(){
        Global.naps();
        Global.mutex.P();
        Global.buffer++;
        System.out.println("T1 buffer="+Global.buffer);
        Global.mutex.V();
    }
}
class T2 extends Thread{
    public void run(){
        Global.naps();
        Global.mutex.P();
        Global.buffer--;
        System.out.println("T2 buffer="+Global.buffer);
        Global.mutex.V();
    }
}
//全局对象
class Global{
    public static Semaphore mutex=new Semaphore(1); //互斥信号量
    public static int buffer=0;    //共享资源
    //随机等待
    public static void naps(){
        try{
            Thread.sleep((int)(2000*Math.random()));
            //Thread.sleep((int)(2000));
        }catch(InterruptedException e){
            e.printStackTrace();
        }
    }
}
//信号量
class Semaphore{
    public int value;
    public Semaphore(int value){
        super();
        this.value=value;
    }

    //P 操作
    public synchronized final void P(){
        value--;
        if(value<0){
            try{
                this.wait();
            } catch (InterruptedException e){
```

```
                e.printStackTrace();
            }
        }
    }
    //V 操作
    public synchronized final void V(){
        value++;
        if(value<=0){
            this.notify();
        }
    }
}
```

程序的某次执行结果：

```
T1 buffer=1
T2 buffer=0
```

【例 8-8】生产者-消费者问题。

```
class CubbyHole{
    private int seq;                       //数据
    private boolean available=false;   //条件变量
    public synchronized int get(){
        while(available==false){
            try{
                wait( );
            }catch(InterruptedException e){
            }
        }
        available=false;
        notify( );
        return seq;
    }
    public synchronized void put(int value){
        while(available==true){
            try{
                wait( );
            }catch( InterruptedException e){
            }
        }
        seq=value;
        available=true;
        notify( );
    }
}
class Producer extends Thread{
    private CubbyHole cubbyhole;
    private int number;
    public Producer(CubbyHole c,int number){
        cubbyhole=c;
        this.number=number;
    }
```

```
    public void run(){
        for(int i=0;i<10;i++){    //共产生 10 个
            cubbyhole.put(i);
            System.out.println("Producer #"+this.number+"put:"+i);
            try{
                sleep((int)(Math.random()*100));
            } catch (InterruptedException e){
            }
        }
    }
}
class Consumer extends Thread{
    private CubbyHole cubbyhole;
    private int number;
    public Consumer(CubbyHole c, int number){
        cubbyhole=c;
        this.number=number;
    }
    public void run(){
        int value=0;
        for(int i=0; i<10; i++){    //不间断地连续消费 10 个
            value=cubbyhole.get();
            System.out.println("Consumer #"+this.number+"got:"+value);
        }
    }
}
class ProducerConsumerTest{
    public static void main(String[] args){
        CubbyHole c=new CubbyHole();    //共享数据对象
        Producer p1=new Producer(c, 1);
        Consumer c1=new Consumer(c, 1);
        p1.start();
        c1.start();
    }
}
```

程序执行结果:

```
Producer #1 put: 0
Consumer #1 got: 0
Producer #1 put: 1
Consumer #1 got: 1
Producer #1 put: 2
Consumer #1 got: 2
Producer #1 put: 3
Consumer #1 got: 3
Producer #1 put: 4
Consumer #1 got: 4
Producer #1 put: 5
Consumer #1 got: 5
Producer #1 put: 6
Consumer #1 got: 6
Producer #1 put: 7
```

```
Consumer #1 got: 7
Producer #1 put: 8
Consumer #1 got: 8
Producer #1 put: 9
Consumer #1 got: 9
```

本例中，有两个继承自 Thread 类的线程子类：Producer——生产者，其作用是产生数据（存数据）；Consumer——消费者，其作用是消费数据（取数据）。另外，CubbyHole 类中定义了共享资源，即共享数据单元，以及操作这个数据区的两个同步方法 put(int value)方法和 int get()方法，分别用于数据的存、取。最后创建了一个主类用于测试生产者和消费者线程，主类中创建共享数据对象，并启动两个线程。程序执行结果是，生产者线程和消费者线程严格地轮流执行，获得了线程间的协调执行。

8.4.2 线程死锁

从前面的内容可以看出，对于共享资源的互斥性操作，可以使程序得到正确的运行。但是，同时对于共享资源的互斥性操作，却又引发了一个不利现象，同步不当可能会引发线程的死锁。线程死锁通常是这样造成的：若干线程各自分别占用某资源管程，又同时需要对方的资源，即不同的线程分别占用对方需要的同步资源不放弃，都在等待对方放弃自己需要的同步资源，结果造成相互无限制地等待对方放弃资源，谁也不能执行下去。在生产者-消费者的例子中，若消费者在得不到新产品时不放弃公共空间，则生产者线程无法放入新产品。两个线程都进行不下去，只能互相无限制地等待下去，形成死锁。

还有一个经典的有关死锁的例子，就是哲学家问题。一个圆桌前围坐着 5 个哲学家，每个哲学家面前摆放着他的晚餐，每两个哲学家之间有一个叉子，即对于每一个哲学家，他左面有且仅有一个叉子，他右面也有且仅有一个叉子。因为他们是哲学家，所以他们每个人要么思考问题，要么先拿起左面的叉子，再拿起右面的叉子来开始吃饭。这时共有 5 个线程，每个线程所做的方法分别是：拿起左面的叉子、拿起右面的叉子、吃饭。由于每个叉子都是两个人共享的，这就涉及一个共享资源的问题。大部分情况下，不会这 5 个哲学家都想吃饭，可能只有一两个哲学家想吃，这时候没有问题。但是，如果 5 个哲学家都想吃饭，这时他们同时都想拿起左面的叉子，然后再去取右面的叉子时，会发现右面的叉子已经被别人取走了，这时就等待右面的叉子，这样会一直永远地等待下去，就形成了死锁。

死锁是我们希望避免的问题，现在已经提出了许多专门的算法、原则来解决死锁问题，但是这些专门的算法、原则都不能完全保证没有死锁现象出现。所以在编程时，要尽量消除自己的应用程序能够引起死锁的原因。引起死锁的原因就是对同步资源进行互斥操作，所以为避免死锁，在设计使用多线程时应尽量小心谨慎，只在确实需要的时候才使用多线程和线程同步，并且应使同步资源尽量少。

8.5 实 例

8.5.1 求和

【例 8-9】继承 Thread 类实现求和的 Java 多线程并行程序。

```
public class And extends Thread{
```

```
    private  long start;
    private  long end;
    private  long sum=0;
    public And(long start, long end){
        super();
        this.start=start;
        this.end=end;
    }
    public void run(){
        for(long i=start;i<=end;i+=2)
            sum+=i;
    }
    public long sum(){
        for(long i=start;i<=end;i++)
            sum+=i;
        return sum;
    }
    public long getSum(){
        return sum;
    }
    public static void main(String[] args) throws InterruptedException {
        And thread1=new And(1, 1000000000);
        And thread2=new And(2, 1000000000);
        long startTime=System.currentTimeMillis();
        thread1.start();
        thread2.start();
        thread1.join();
        thread2.join();
        long endTime=System.currentTimeMillis();
        System.out.println("并行结果="+(thread1.getSum()+thread2.getSum()));
        System.out.println("并行时间="+(endTime-startTime));
        startTime=System.currentTimeMillis();
        And serial=new And(1, 1000000000);
        long sum=serial.sum();
        endTime=System.currentTimeMillis();
        System.out.println("串行结果="+sum);
        System.out.println("串行时间="+(endTime-startTime));
    }
}
```

程序执行结果：

```
并行结果=500000000500000000
并行时间=2016
串行结果=500000000500000000
串行时间=3969
```

相对加速比为 3969 / 2016 = 1.97。

【例 8-10】使用 Runnable 接口实现求和的 Java 多线程并行程序。

```
public class And2 {
    public static void main(String[] args) throws InterruptedException{
        work work1=new work(1, 1000000000);
```

```
        work work2=new work(2, 1000000000);
        Thread thread1=new Thread(work1);
        Thread thread2=new Thread(work2);
        long startTime=System.currentTimeMillis();
        thread1.start();
        thread2.start();
        thread1.join();
        thread2.join();
        long endTime=System.currentTimeMillis();
        System.out.println("并行结果="+(work1.getSum()+work2.getSum()));
        System.out.println("并行时间="+(endTime-startTime));
        startTime=System.currentTimeMillis();
        work work=new work(1, 1000000000);
        long sum=work.sum();
        endTime=System.currentTimeMillis();
        System.out.println("串行结果="+sum);
        System.out.println("串行时间="+(endTime-startTime));
    }
}
class work implements Runnable{
    private  long start;
    private  long end;
    private  long sum=0;
    public work(long start, long end){
        super();
        this.start=start;
        this.end=end;
    }
    public void run(){
        for(long i=start;i<=end;i+=2)
            sum+=i;
    }
    public long sum(){
        for(long i=start;i<=end;i++)
            sum+=i;
        return sum;
    }
    public long getSum(){
        return sum;
    }
}
```

程序执行结果：

```
并行结果=500000000500000000
并行时间=2500
串行结果=500000000500000000
串行时间=4625
```

相对加速比为 4625 / 2500 = 1.85。

8.5.2 数值积分

【例 8-11】继承 Thread 类实现数值积分的 Java 多线程并行程序。

```
public class PI_Thread{
    public static void main(String[] args) throws InterruptedException{
        long startTime, endTime;
        double step=1.0/100000000;
        work work1=new work(1, 100000000);
        work work2=new work(2, 100000000);
        startTime=System.currentTimeMillis();
        work1.start();
        work2.start();
        work1.join();
        work2.join();
        endTime=System.currentTimeMillis();
        System.out.println("PI="+(work1.getSum()+work2.getSum())*step);
        System.out.println("Thread 求 PI 并行时间: "+(endTime-startTime));
        startTime=System.currentTimeMillis();
        work work3=new work(1, 100000000);
        double pi=work3.GetPI();
        endTime=System.currentTimeMillis();
        System.out.println("PI="+pi*step);
        System.out.println("求 PI 串行时间: "+(endTime-startTime));
    }
}
class work extends Thread{
    private long start;
    private long end;
    private double sum;
    private double step;
    private long num_steps=100000000;
    public work(long start,long end){
        super();
        this.start=start;
        this.end=end;
}
    public void run(){
        double x=0;
        step=1.0/(double)num_steps;
        for(long i=start; i<=end; i+=2){
            x=(i+0.5)*step;
            sum=sum +4.0/(1.0+(x*x));
        }
    }
    public double GetPI(){
        double x=0;
        step=1.0/(double)num_steps;
        for(long i=start;i<=end;i++){
            x=(i+0.5)*step;
            sum=sum+4.0/(1.0+(x*x));
```

```
        }
        return sum;
    }
    public double getSum(){
        return sum;
    }
}
```

程序执行结果：

```
PI=3.1415926335900224
Thread求PI并行时间：1500
PI=3.1415926335904265
求PI串行时间：2859
```

相对加速比为 2859 / 1500 = 1.91。

【例 8-12】使用 Runnable 接口实现数值积分的 Java 多线程并行程序。

```
public class PI_Runnable{
    public static void main(String[] args) throws InterruptedException{
        long startTime, endTime;
        double step=1.0/100000000;
        work work1=new work(1, 100000000);
        work work2=new work(2, 100000000);
        Thread thread1=new Thread(work1);
        Thread thread2=new Thread(work2);
        startTime=System.currentTimeMillis();
        thread1.start();
        thread2.start();
        thread1.join();
        thread2.join();
        endTime=System.currentTimeMillis();
        System.out.println("PI="+(work1.getSum()+work2.getSum())*step);
        System.out.println("Runnable求PI并行时间："+(endTime-startTime));
        startTime=System.currentTimeMillis();
        work work3=new work(1, 100000000);
        double pi=work3.GetPI();
        endTime=System.currentTimeMillis();
        System.out.println("PI="+pi*step);
        System.out.println("求PI串行时间："+(endTime-startTime));
    }
}
class work implements java.lang.Runnable{
    private long start;
    private long end;
    private double sum;
    private double step;
    private long num_steps=100000000;
    public work(long start,long end){
        super();
        this.start=start;
        this.end=end;
    }
```

```
    public void run(){
        double x=0;
        step=1.0/(double)num_steps;
        for(long i=start;i<=end;i+=2){
            x=(i+0.5)*step;
            sum=sum+4.0/(1.0+(x*x));
        }
    }
    public double GetPI(){
        double x=0;
        step=1.0/(double)num_steps;
        for(long i=start;i<=end;i++){
            x=(i+0.5)*step;
            sum=sum+4.0/(1.0+(x*x));
        }
        return sum;
    }
    public double getSum(){
        return sum;
    }
}
```

程序执行结果：

```
PI=3.1415926335900224
Runnable 求 PI 并行时间: 1453
PI=3.1415926335904265
求 PI 串行时间: 2829
```

相对加速比为 2829/1453 = 1.95。

习　题

1. 设计统计问题（素数、完数、水仙花数）并行算法，并用 Java 编程实现。
2. 设计并行排序算法，并用 Java 编程实现。
3. 设计并行查找算法，并用 Java 编程实现。
4. 用 Java 编程实现一个 PV 操作问题。

第 9 章　Python 并行程序设计

学习目标

- 了解 Python 多线程；
- 掌握 Python 多进程并行程序设计；
- 理解 Python GPU 并行程序设计及其应用。

本章讲述基于 Python 的并行程序设计。Python 使用多线程不能真正达到并行处理，所以 Python 一般通过多进程和 GPU 实现并行计算。

9.1　Python 多线程

在 Python 中使用多线程时，由于 Python 的全局解释器锁（global interpreter lock，GIL）的存在，多个线程无法真正并行执行。GIL 是 Python 解释器中的一个机制，它保证同一时刻只有一个线程可以执行 Python 字节码，即同一时刻只有一个线程可以占用 CPU。这意味着，即使使用多线程创建了多个线程，这些线程也只能在同一时刻依次执行，而不能真正地并行处理。

GIL 的存在是由于 Python 的内存管理机制。Python 的内存管理是基于引用计数的，即 Python 解释器会记录每个对象被引用的次数，当一个对象的引用计数为 0 时，解释器会将其回收。由于 Python 解释器的线程安全性设计存在问题，如果不加锁就会出现多个线程同时对同一个对象进行引用计数的情况，从而导致内存管理出现问题。为了解决这个问题，Python 引入了 GIL 机制，保证同一时刻只有一个线程能够执行 Python 字节码，从而避免了多个线程同时对同一对象进行引用计数的问题。

虽然 GIL 机制可以保证 Python 的内存管理安全，但它也带来了很大的性能问题。由于同一时刻只能有一个线程执行 Python 字节码，多线程无法真正并行执行，从而限制了 Python 在多核 CPU 上的性能表现。

因此，如果需要实现真正的并行处理，可以考虑使用多进程来代替多线程。在多进程中，每个进程都有自己独立的解释器和内存管理机制，不会受到 GIL 的限制，因此可以实现真正的并行处理。不过，多进程的创建、操作和通信成本比较高，需要考虑进程间通信和数据共享的问题，因此在实际使用时需要根据具体情况进行权衡和选择。

9.2　Python 多进程并行程序设计

9.2.1　Process 类实现并行

Python 中的多进程是通过 multiprocessing 包来实现的，可以利用 multiprocessing.Process 类创建一个进程对象。

1. Process 类的方法

（1）构造方法。Process 类的构造方法格式如下：

```
Process([group [,target [,name [,args [,kwargs]]]]])
```

第一个参数 group 是线程组，第二个参数 target 是要执行的方法，第三个参数 name 是进程名，第四个参数 args/kwargs 是要传入方法的参数。

（2）属性：

- daemon：Process 进程对象的守护进程是通过设置 daemon 属性来完成的。
- name：进程名字。
- pid：进程号。

（3）实例方法：

- is_alive()：返回进程是否在运行，bool 类型。
- join([timeout])：阻塞当前上下文环境的进程，直到调用此方法的进程终止或到达指定的 timeout（可选参数）。
- start()：进程准备就绪，等待 CPU 调度。
- run()：strat()调用 run()方法，如果实例进程未指定传入 target，star()执行默认的 run()方法。
- terminate()：不管任务是否完成，立即停止工作进程。

2. Python 多进程实现方法

（1）第一种方法：Python 多进程的第一种实现方法是通过类继承的方法来实现的。

下面的代码开启了三个子进程去执行函数，同时打印，实现了真正的并行操作，就是多个 CPU 同时执行任务。

【例 9-1】 Python 多进程的第一种实现方法。

```
from multiprocessing import Process
class MyProcess(Process):      #继承 Process 类
    def __init__(self,name):
        super(MyProcess,self).__init__()
        self.name=name
    def run(self):
        print('测试%s 多进程'%self.name)
if __name__ == '__main__':
    process_list=[]
    for i in range(3):             #开启三个子进程
        p=MyProcess('Python')   #实例化进程对象
        p.start()
        process_list.append(p)
    for i in process_list:
```

```
        p.join()
    print('结束测试')
```

程序执行结果：

```
测试 Python 多进程
测试 Python 多进程
测试 Python 多进程
结束测试
```

进程是 Python 中最小的资源分配单元，也就是进程中间的数据，内存是不共享的。每启动一个进程，都要独立分配资源和复制访问的数据，进程的启动和销毁的代价比较大，所以在实际中使用多进程，要根据服务器的配置来设置。

（2）第二种方法：Python 多进程的第二种实现方法是通过创建一个 Process 对象，然后调用它的 start() 方法来生成进程。例如：

```
from multiprocessing import Process
def f(name):
    print('hello', name)
if __name__ == '__main__':
    p=Process(target=f, args=('bob',))
    p.start()
    p.join()
```

程序执行结果：

```
hello bob
```

下面的代码可以显示所涉及的各个进程 ID。

```
from multiprocessing import Process
import os
def info(title):
    print(title)
    print('module name:', __name__)
    print('parent process:', os.getppid())
    print('process id:', os.getpid())
def f(name):
    info('function f')
    print('hello', name)
if __name__ == '__main__':
    info('main line')
    p=Process(target=f, args=('bob',))
    p.start()
    p.join()
```

程序执行结果：

```
main line
module name: __main__
parent process: 8440
process id: 3884
function f
module name: __mp_main__
parent process: 3884
process id: 6444
hello bob
```

【例 9-2】下面的程序开启了三个子进程执行函数。

```
from multiprocessing import Process
def fun1(name):
    print('测试%s 多进程' %name)
if __name__=='__main__。':
    process_list=[]
    for i in range(3):  #开启三个子进程执行 fun1()函数
        p=Process(target=fun1,args=('Python',)) #实例化进程对象
        p.start()
        process_list.append(p)
    for i in process_list:
        p.join()
    print('结束测试')
```

程序执行结果：

```
测试 Python 多进程
测试 Python 多进程
测试 Python 多进程
结束测试
```

效果和例 9-1 第一种实现方法一样。

9.2.2　Python 多进程的通信

进程是系统独立调度和分配系统资源（CPU、内存）的基本单位，进程之间是相互独立的，每启动一个新的进程相当于把数据进行了一次克隆，子进程里的数据修改无法影响到主进程中的数据，不同子进程之间的数据也不能共享。Python 也提供了多种方法实现了多进程中间的通信和数据共享（可以修改一份数据）。multiprocessing 支持进程之间的两种通信通道。

1．进程队列（Queue）

Queue 在 Python 多进程中，其实就是进程之间的数据管道，实现进程通信。队列是线程和进程安全的。例如：

```
from multiprocessing import Process, Queue
def f(q):
    q.put([42, None, 'hello'])
if __name__ == '__main__':
    q=Queue()
    p=Process(target=f, args=(q,))
    p.start()
    print(q.get())    # prints "[42, None, 'hello']"
    p.join()
```

程序执行结果：

```
[42, None, 'hello']
```

【例 9-3】主进程中通过 Queue 获取多个子进程中 put 的数据，实现进程间的通信。

```
from multiprocessing import Process,Queue
def fun1(q,i):
    print('子进程%s 开始 put 数据' %i)
    q.put('我是%s 通过 Queue 通信' %i)
if__name__ == '__main__':
    q=Queue()
```

```
    process_list=[]
    for i in range(2):
        p=Process(target=fun1,args=(q,i,))
        #注意 args 里面要把 q 对象传给要执行的方法，这样子进程才能和主进程用 Queue 来通信
        p.start()
        process_list.append(p)
    for i in process_list:
        p.join()
    print('主进程获取 Queue 数据')
    print(q.get())
    print(q.get())
    print('结束测试')
```

程序执行结果：

```
子进程 0 开始 put 数据
子进程 1 开始 put 数据
主进程获取 Queue 数据
我是 0 通过 Queue 通信
我是 1 通过 Queue 通信
结束测试
```

2. 管道（Pipe）

Pipe 和 Queue 的作用大致差不多，也是实现进程间的通信。Pipe() 函数返回一个由管道连接的连接对象，默认情况下是双工（双向）。

例如，下面的程序子进程给主进程发送数据。

```
from multiprocessing import Process, Pipe
def f(conn):
    conn.send([42,None,'hello'])
    conn.close()
if __name__=='__main__':
    parent_conn, child_conn = Pipe()
    p=Process(target=f, args=(child_conn,))
    p.start()
    print(parent_conn.recv())   # prints "[42, None, 'hello']"
    p.join()
```

程序执行结果：

```
[42, None, 'hello']
```

返回的两个连接对象 Pipe() 表示管道的两端。每个连接对象都有 send() 和 recv() 方法（相互之间的）。注意，如果两个进程（或线程）同时尝试读取或写入管道的 同一 端，则管道中的数据可能会损坏。当然，在不同进程中同时使用管道的不同端的情况下不存在损坏的风险。

【例 9-4】主进程和子进程相互发送消息。

```
from multiprocessing import Process, Pipe
def fun1(conn):
    print('子进程发送消息')
    conn.send('你好主进程')
    print('子进程接收消息')
    print(conn.recv())
    conn.close()
if __name__=='__main__':
```

```
    conn1, conn2=Pipe() #关键点，Pipe 实例化生成一个双向管
    p=Process(target=fun1, args=(conn2,)) #conn2 传给子进程
    p.start()
    print('主进程接收消息')
    print(conn1.recv())
    print('主进程发送消息')
    conn1.send("你好子进程")
    p.join()
    print('结束测试')
```

程序执行结果：

```
主进程接收消息
子进程发送消息
子进程接收消息
你好主进程
主进程发送消息
你好子进程
结束测试
```

9.2.3　Python 多进程的数据共享

Queue 和 Pipe 只是实现了数据交互，并没实现数据共享，即没有实现一个进程去更改另一个进程的数据。

在进行并行编程时，应尽量避免使用共享状态。使用多个进程时尤其如此。但是，如果确实需要使用一些共享数据，那么 multiprocessing 提供了两种方法。

1．共享内存

可以使用 Value 或 Array 将数据存储在共享内存映射中。例如：

```
from multiprocessing import Process, Value, Array
def f(n, a):
    n.value=3.1415927
    for i in range(len(a)):
        a[i]=-a[i]
if __name__=='__main__':
    num=Value('d',0.0)
    arr=Array('i',range(10))
    p=Process(target=f, args=(num, arr))
    p.start()
    p.join()
    print(num.value)
    print(arr[:])
```

程序执行结果：

```
3.1415927
[0, -1, -2, -3, -4, -5, -6, -7, -8, -9]
```

创建 num 和 arr 时使用的 'd' 和 'i' 参数是 Array 模块使用类型的 typecode（元素类型代码）：'d' 表示双精度浮点数，'i' 表示有符号整数。这些共享对象将是进程和线程安全的。

为了更灵活地使用共享内存，可以使用 multiprocessing.sharedctypes 模块，该模块支持创建从共享内存分配的任意 ctypes 对象。

2. 服务进程

由 Manager() 返回的管理器对象控制一个服务进程，该进程保存 Python 对象并允许其他进程使用代理操作它们。

Manager() 返回的管理器支持类型：list、dict、Namespace、Lock、RLock、Semaphore、BoundedSemaphore、Condition、Event、Barrier、Queue、Value 和 Array。例如：

```
from multiprocessing import Process, Manager
def f(d,l):
    d[1]='1'
    d['2']=2
    d[0.25]=None
    l.reverse()
if __name__ == '__main__':
    with Manager() as manager:
        d=manager.dict()
        l=manager.list(range(10))
        p=Process(target=f, args=(d,l))
        p.start()
        p.join()
        print(d)
        print(l)
```

程序执行结果：

```
{1: '1', '2': 2, 0.25: None}
[9, 8, 7, 6, 5, 4, 3, 2, 1, 0]
```

使用服务进程的管理器比使用共享内存对象更灵活，因为它们可以支持任意对象类型。此外，单个管理器可以通过网络由不同计算机上的进程共享。但是，它们比使用共享内存慢。

【例 9-5】主进程定义了一个字典和一个列表。在子进程中，可以添加和修改字典的内容，在列表中插入新的数据，实现进程间的数据共享，就可以共同修改同一份数据。

```
from multiprocessing import Process, Manager
def fun1(dic,lis,index):
    dic[index]='a'
    dic['2']='b'
    lis.append(index)    #[0,1,2,0,1,2,3,4,5]
    #print(l)

if __name__=='__main__':
    with Manager() as manager:
        dic=manager.dict()     #注意字典的声明方式，不能直接通过{}来定义
        l=manager.list(range(3))#[0,1,2]
        process_list=[]
        for i in range(6):
            p=Process(target=fun1, args=(dic,l,i))
            p.start()
            process_list.append(p)
        for res in process_list:
            res.join()
        print(dic)
        print(l)
```

程序执行结果：

```
{0: 'a', '2': 'b', 1: 'a', 2: 'a', 3: 'a', 5: 'a', 4: 'a'}
[0, 1, 2, 0, 1, 2, 3, 5, 4]
```

9.2.4　进程间同步

multiprocessing 包含来自 threading 的所有同步原语的等价物。例如，可以使用锁来确保一次只有一个进程打印到标准输出：

```
from multiprocessing import Process, Lock
def f(l,i):
    l.acquire()
    try:
        print('hello world',i)
    finally:
        l.release()
if __name__=='__main__':
    lock=Lock()
    for num in range(5):
        Process(target=f, args=(lock, num)).start()
```

程序执行结果：

```
hello world 0
hello world 1
hello world 2
hello world 3
hello world 4
```

不使用锁的情况下，来自于多进程的输出很容易产生混淆。

9.2.5　进程池

进程池内部维护一个进程序列，就是固定有几个进程可以使用。当使用时，则去进程池中获取一个进程。如果进程池序列中没有可供使用的进程，程序就会等待，直到进程池中有可用进程为止。

Pool 类表示一个工作进程池。它具有允许以几种不同方式将任务分配到工作进程的方法。注意，进程池的方法只能由创建它的进程使用。

1．进程池同步与异步

进程池中有两个方法：

（1）apply()：同步，一般不使用。

（2）apply_async()：异步。

```
from multiprocessing import Process, Pool
import os, time, random
def fun1(name):
    print('Run task %s (%s)...'%(name,os.getpid()))
    start=time.time()
    time.sleep(random.random()*3)
    end=time.time()
    print('Task %s runs %0.2f seconds.'%(name, (end - start)))
if __name__=='__main__':
```

```
    pool=Pool(3) #创建一个 5 个进程的进程池
    for i in range(6):
        pool.apply_async(func=fun1, args=(i,))
    pool.close()
    pool.join()
    print('结束测试')
```

程序执行结果：

```
Run task 0 (5980)...
Run task 1 (10264)...
Run task 2 (10816)...
Task 1 runs 1.86 seconds.
Run task 3 (10264)...
Task 0 runs 2.13 seconds.
Run task 4 (5980)...
Task 4 runs 0.05 seconds.
Run task 5 (5980)...
Task 2 runs 2.56 seconds.
Task 3 runs 1.78 seconds.
Task 5 runs 2.96 seconds.
结束测试
```

对 Pool 对象调用 join()方法会等待所有子进程执行完毕，调用 join()之前必须先调用 close()，调用 close()之后就不能继续添加新的进程。

2．进程池 map()方法

Pool 对象提供了一种快捷的方法，赋予函数并行化处理一系列输入值的能力，可以将输入数据分配给不同进程处理（数据并行）。下面的例子演示了在模块中定义此类函数的常见做法，以便子进程可以成功导入该模块。下面的数据并行的例子使用了 map()函数。

```
from multiprocessing import Pool
def f(x):
    return x*x
if __name__ == '__main__':
    with Pool(5) as p:
        print(p.map(f,[1,2,3]))
```

程序执行结果：

```
[1, 4, 9]
```

map()方法并不支持手动线程管理，反而使得相关的 debug 工作也变得异常简单。

map()方法在爬虫的领域里也可以使用，比如多个 URL 的内容爬取，可以把 URL 放入元组里，然后传给执行函数。

【例 9-6】进程池 map()方法示例。

```
from multiprocessing import Pool,TimeoutError
import time
import os
def f(x):
    return x*x
if __name__=='__main__':
    # 启动 4 个进程
    with Pool(processes=4) as pool:
```

```
        # 打印"[0,1,4,...,81]"
        print(pool.map(f, range(10)))
        # 以任意顺序打印相同的数字
        for i in pool.imap_unordered(f, range(10)):
           print(i)
        # 异步计算 "f(20)"
        res=pool.apply_async(f, (20,))        # 在一个进程中执行
        print(res.get(timeout=1))             # 打印 "400"
        # 异步计算 "os.getpid()"
        res=pool.apply_async(os.getpid, ()) # 在一个进程中执行
        print(res.get(timeout=1))             # 打印改进程的 ID
        # 异步启动多个计算可能使用更多进程
        multiple_results=[pool.apply_async(os.getpid, ()) for i in range(4)]
        print([res.get(timeout=1) for res in multiple_results])
        # 每个进程休眠 10s
        res=pool.apply_async(time.sleep, (10,))
        try:
           print(res.get(timeout=1))
        except TimeoutError:
           print("We lacked patience and got a multiprocessing.TimeoutError")
        print("For the moment, the pool remains available for more work")
    # 退出'with'块，进程池半闭
    print("Now the pool is closed and no longer available")
```

程序执行结果：

```
[0, 1, 4, 9, 16, 25, 36, 49, 64, 81]
0
1
4
9
16
25
36
49
64
81
400
11164
[11164, 11164, 11164, 11164]
We lacked patience and got a multiprocessing.TimeoutError
For the moment, the pool remains available for more work
Now the pool is closed and no longer available
```

9.2.6 实例

【例 9-7】运用 Python 多进程实现并行求和方法一。

```
import time  #导入时间包
from multiprocessing import Process #导入进程包
from multiprocessing import Manager #导入多进程管理器包
def sum_range(start, end):
#累加求和函数，start 为累加起始数字，end 为累加结束数字，result 为一个线性表用于归并结果
```

```
    total=0                          #初始化总和为 0
    for i in range(start, end):      #从 start 到 end 的循环
        total+=i                     #累加
    return total                     #返回结果
class MyProcess(Process):
    def __init__ (self,st,end,result):
        self.st=st
        self.end=end
        self.result=result
        # 注意：一定要调用父类的初始化函数，否则无法创建进程
        super().__init__ ()
    def run(self)->None:             #run
        total=0                      #初始化总和为 0
        for i in range(self.st, self.end):     #从 start 到 end 的循环
            total+=i                 #累加
        self.result.append(total)              #向线性表添加累加和
if __name__=='__main__':             #主程序入口
    start_time=time.time()           #记录初始时间
    manager=Manager()                #实例化多进程管理器类，得到多进程管理器对象
    result=manager.list()
#初始化共享线性表对象，由于每个进程只会得到主进程变量的复制，直接使用线性表子进程的数据将
#无法回传给主进程
#从 0 累加到 100000000 可分解成从 1 累加到 50000000 与从 50000001 累加到 100000000，最后
#将结果相加即可
    t1=MyProcess(1,50000001,result) #创建进程 1 从 1 累加到 50000000
    t2=MyProcess(50000001,100000001,result)
    #创建进程 2 从 5000001 累加到 100000000
    t1.start()                       #执行进程 1
    t2.start()                       #执行进程 2
    t1.join()                        #等待进程 1 结束
    t2.join()                        #等待进程 2 结束
    total=sum(result)                #对返回结果进行求和
    end_time=time.time()             #计算结束时间
    print("并行总和为:",total)                            #输出结果
    print("并行用时:",end_time-start_time,"秒")           #输出运行时间
    start_time=time.time()                                #记录初始时间
    total=sum_range(1,100000001)                          #从 0 累加到 100000000
    end_time=time.time()                                  #计算结束时间
    print("串行总和为:",total)                            #输出结果
    print("串行用时:",end_time - start_time,"秒")         #输出运行时间
```

程序执行结果：

```
并行总和为: 5000000050000000
并行用时: 4.360249280929565 秒
串行总和为: 5000000050000000
串行用时: 8.63849401473999 秒
```

【例 9-8】运用 Python 多进程实现并行求和方法二。

```
import time                             #导入时间包
import multiprocessing                  #导入多进程包
from multiprocessing import Manager     #导入多进程管理器包
```

```
def sum_range(start, end, result):
#累加求和函数，start 为累加起始数字，end 为累加结束数字，result 为一个线性表用于归并结果
    total=0                          #初始化总和为 0
    for i in range(start, end):      #从 start 到 end 的循环
        total+=i                     #累加
    result.append(total)             #向线性表添加累加和
if __name__ == '__main__':           #主进程入口
    start_time=time.time()           #记录初始时间
    manager=Manager()                #实例化多进程管理器类，得到多进程管理器对象
    result=manager.list()
#初始化共享线性表对象，由于每个进程只会得到主进程变量的复制，直接使用线性表子进程的数据将
#无法回传给主进程

#从 0 累加到 100000000 可分解成从 1 累加到 50000000 与从 50000001 累加到 100000000，最后
#将结果相加即可
    t1=multiprocessing.Process(target=sum_range,args=(1, 50000001,result))
    #创建进程 1 从 1 累加到 50000000
    t2=multiprocessing.Process(target=sum_range,args=(50000001,  100000001,
result))
    #创建进程 2 从 50000001 累加到 1000000000
    t1.start()                    #执行进程 1
    t2.start()                    #执行进程 2
    t1.join()                     #等待进程 1 结束
    t2.join()                     #等待进程 2 结束
    total=sum(result)             #对返回结果进行求和
    end_time=time.time()          #计算结束时间
    print("并行总和为:", total)                                 #输出结果
    print("并行用时:", end_time-start_time, "秒")              #输出运行时间
    start_time=time.time()                                     #记录初始时间
    result=[]                                                  #创建线性表，用于返回结果
    sum_range(1,100000001,result)                              #从 0 累加到 100000000
    end_time=time.time()                                       #计算结束时间
    print("串行总和为:", result[0])                             #输出结果
    print("串行用时:", end_time - start_time, "秒")            #输出运行时间
```

程序执行结果：

```
并行总和为: 5000000050000000
并行用时: 4.3532490730285645 秒
串行总和为: 5000000050000000
串行用时: 6.961398124694824 秒
```

【例 9-9】运用 Python 进程池实现并行求和。

```
import time                          #导入时间包
from concurrent import futures       #导入并行管理器包

def sum_range(start, end):
#累加求和函数，start 为累加起始数字，end 为累加结束数字，result 为一个线性表用于归并结果
    total=0                          #初始化总和为 0
    for i in range(start, end):      #从 start 到 end 的循环
        total+=i                     #累加
    return total                     #返回结果
```

```
if __name__=='__main__':                    #主进程入口
    start_time=time.time()                  #记录初始时间
    #从 0 累加到 100000000 可分解成从 1 累加到 50000000 与从 50000001 累加到 100000000，
    #最后将结果相加即可
    with futures.ProcessPoolExecutor(2) as executor:     #创建进程池
        task1=executor.submit(sum_range,1,50000001)
        #任务 1 异步提交到线程池，任务 1 将立即执行并且不阻塞主进程
        task2=executor.submit(sum_range,50000001,100000001)
        #任务 2 异步提交到线程池，任务 2 将立即执行并且不阻塞主进程
    result=[task1.result(), task2.result()]
    #等待任务 1 与任务 2 结束并将结果返回到线性表
    total=sum(result)                       #归并求和
    end_time=time.time()                    #记录结束时间
    print("并行总和为:", total)             #输出结果
    print("并行用时:", end_time-start_time, "秒")   #输出运行时间
    start_time=time.time()                  #记录初始时间
    result=sum_range(1,100000001)           #从 0 累加到 100000000，并返回累加结果
    end_time=time.time()                    #记录结束时间
    print("串行总和为:", result)            #输出结果
    print("串行用时:", end_time-start_time, "秒")   #输出运行时间
```

程序执行结果：

```
并行总和为: 5000000050000000
并行用时: 4.623264312744141 秒
串行总和为: 5000000050000000
串行用时: 6.961398363113403 秒
```

9.3 Python GPU 并行程序设计

9.3.1 概述

Python 的 torch 包里包括了用于多维张量的数据结构，并定义了对于它们的数学计算。此外，这个包也提供了多种有效的张量及任意类型的并行化用法，以及其他有用的方法。这个包对应于 CUDA，允许用户在 NVIDIA GPU（运算能力>=3.0）上运行张量计算。

torch 包可以用来构建和训练神经网络，它是一个基于 Python 的科学计算库，支持 GPU 加速的张量计算和深度学习。使用 torch 包可以轻松使用常见的神经网络结构，包括卷积神经网络（CNN）、循环神经网络（RNN）和全连接神经网络（FCN）等，以实现计算机视觉和自然语言处理等任务。它还提供了强大的数据加载和预处理功能，以及用于训练和评估模型的 API。

常用的类和模块如下：

（1）torch.Tensor：Tensor 类是 PyTorch 库中最重要的类，它代表了一个多维数组。

（2）torch.nn：这是一个神经网络模块，用于构建和训练神经网络。

（3）torch.optim：提供了各种优化算法，如 SGD、Adam、RMSProp 等，用于训练神经网络。

（4）torch.autograd：自动求导模块，可以计算 Tensors 上的所有梯度。

（5）torch.utils.data：提供了一系列数据加载和处理函数。

（6）torch.nn.functional：提供了神经网络中常用的激活函数、损失函数等。

如果只安装 torch，可以使用下面的命令：

```
pip install torch==2.0.0 torchvision==0.15.1 torchaudio==2.0.1
```

如果要 shiyong GPU，就要安装 CUDA。如图 9-1 所示，先查看本机 GPU 对应的 cuda 版本，然后按照下面的命令安装 torch 和 CUDA。

```
conda install pytorch==2.0.0 torchvision==0.15.0 torchaudio==2.0.0 pytorch-cuda=11.7 -c pytorch -c nvidia
```

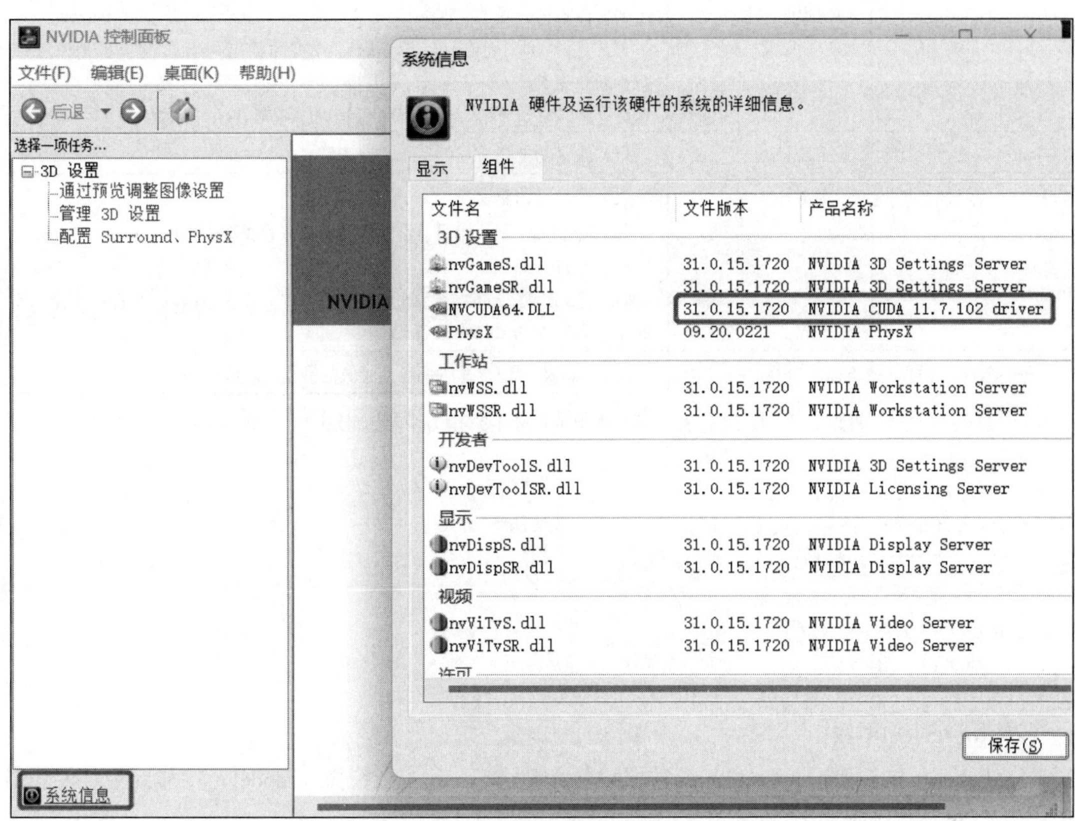

图 9-1　查看本机 GPU 对应的 CUDA 版本

9.3.2　常用函数

1．torch.arange()函数

函数原型如下：

```
arange(start=0,end,step=1,*,out=None,dtype=None,layout=torch.strided,
device=None,requires_grad=False)->Tensor
```

返回大小为 $\left\lceil \frac{\text{end}-\text{start}}{\text{step}} \right\rceil$ 的一维张量，其值介于区间[start,end)，以 step 为步长等间隔取值。参数说明见表 9-1。

表 9-1　参数说明

参　数	类　型	说　明
start	Number	起始值，默认值：0
end	Number	结束值

续表

参　数	类　型	说　明
step	Number	步长，默认值：1
out	Tensor	输出张量
dtype	torch.dtype	期望的返回张量的数据类型。 如果是 None，则使用全局默认值。如果未给出 dtype，则从其他输入参数推断数据类型。如果 start、end 或 stop 中的任何一个是浮点数，则 dtype 被推断为默认值，参见 get_default_dtype()。否则，dtype 被推断为 torch.int64
layout	torch.layout	返回张量的期望布局(layout)，默认值 torch.strided
device	torch.device	返回张量的期望设备。 如果是 None，则使用当前设备作为默认张量类型，参见 torch.set_default_tensor_type()。 对于 CPU 类型的张量，则 device 是 CPU，若是 CUDA 类型的张量，则 device 是当前的 CUDA 设备
requires_grad	bool	autograd 是否记录返回张量上所做的操作，默认值 False

下面的代码分别默认以 0 为起点、默认间隔为 1、指定间隔 0.5。

```
import torch
print(torch.arange(5))              #默认以 0 为起点
print(torch.arange(1, 4))           #默认间隔为 1
print(torch.arange(1, 2.5, 0.5))    #指定间隔 0.5
```

程序执行结果：

```
tensor([0,1,2,3,4])
tensor([1,2,3])
tensor([1.0000,1.5000,2.0000])
```

2．to(device)函数

在 Pytorch 中，使用 to(device)函数可以将张量（Tensor）或模型（Model）转移到指定的设备上，如 CPU、GPU 或 TPU。

其语法为：

```
tensor.to(device)
model.to(device)
```

其中，device 可以是字符串或 torch.device 类型的对象，表示要转移的设备。例如：

```
device=torch.device("cuda:0" if torch.cuda.is_available() else "cpu")
tensor.to(device)
model.to(device)
```

上述代码中，如果当前计算机支持 GPU，则将 tensor 和 model 移动到第一个可用的 GPU 上，否则移动到 CPU 上。

to(device)函数可以应用于多种情况，下面分别介绍。

（1）将 Tensor 移动到指定设备上。在深度学习中，通常使用 Tensor 表示输入数据、模型参数和输出结果等。如果数据集比较大或模型比较复杂，使用 GPU 加速可以大幅提升计算速度。例如，下面的代码将一个大小为(10000, 10000)的 Tensor 移动到 GPU 上：

```
data=torch.randn(10000, 10000)
device=torch.device("cuda:0" if torch.cuda.is_available() else "cpu")
data=data.to(device)
```

（2）将 Model 移动到指定设备上。在训练深度学习模型时，通常使用 GPU 加速计算。如果模型比较大或训练数据比较多，GPU 加速可以大幅提升训练速度。例如，下面的代码将一个简单的神经网络模型移动到 GPU 上：

```
class Net(nn.Module):
    def __init__(self):
        super(Net, self).__init__()
        self.fc1=nn.Linear(784,256)
        self.fc2=nn.Linear(256,128)
        self.fc3=nn.Linear(128,10)
    def forward(self, x):
        x=F.relu(self.fc1(x))
        x=F.relu(self.fc2(x))
        x=self.fc3(x)
        return x
    device = torch.device("cuda:0" if torch.cuda.is_available() else "cpu")
    net = Net().to(device)
```

（3）将 Batch 数据移动到指定设备上。在训练深度学习模型时，通常采用 Mini-Batch 训练的方式。如果将整个 Batch（批次）都移动到 GPU 上，可能会导致 GPU 内存不足。因此，可以在每个 Batch 内部将数据移动到 GPU 上，执行计算后再移回 CPU。例如，下面的代码展示了如何在每个 Batch 内部将数据移动到 GPU 上：

```
for i,(inputs, labels) in enumerate(train_loader):
    inputs, labels=inputs.to(device),labels.to(device)
    optimizer.zero_grad()
    outputs=net(inputs)
    loss=criterion(outputs, labels)
    loss.backward()
    optimizer.step()
```

（4）将模型的输出结果移动到指定设备上。在使用深度学习模型进行推理时，通常将输入数据移动到 GPU 上，并将输出结果移回 CPU。例如，下面的代码展示了如何将模型的输出结果移动到 CPU 上：

```
inputs=torch.randn(1, 3, 224, 224)
device=torch.device("cuda:0" if torch.cuda.is_available() else "cpu")
model=torchvision.models.resnet18(pretrained=True)
model=model.to(device)
inputs=inputs.to(device)
outputs=model(inputs)
outputs=outputs.to("cpu")
```

在使用 to(device)函数时，需要注意以下事项：

（1）确认设备是否可用。在使用 GPU 加速计算时，需要确认当前计算机是否支持 GPU，并且需要安装相应的驱动程序和 CUDA 库。可以使用如下代码检查 GPU 是否可用：

```
if torch.cuda.is_available():
    device=torch.device("cuda:0")
    print("Using GPU")
else:
    device=torch.device("cpu")
    print("Using CPU")
```

（2）确认设备类型和编号。在使用多个 GPU 时，需要指定设备类型和编号。例如，如果有两个 GPU，可以使用如下代码指定使用第二个 GPU：

```
device=torch.device("cuda:1")
```

（3）确认数据类型是否匹配。在进行数据转移时，需要确保数据类型一致。例如，如果将 float 类型的 Tensor 转移到 GPU 上，则需要确保 GPU 支持 float 类型。如果不匹配，则会出现类型错误。

3. torch.sum()函数

函数原型如下：

```
torch.sum(input,dim,keepdim=False,*,dtype=None)→Tensor
```

返回 input 张量中所有元素的总和。

- input：输入的张量。
- dim：求和的维度，如果 dim=1，则按行求和；如果 dim=0，则按列求和；如果为 None，则对整个张量求和；默认值为 None。
- keepdim：默认为 False；若 keepdim=True，则返回的 Tensor 除 dim 之外的维度与 input 相同。
- dtype：返回张量的所需数据类型。如果指定，则在执行操作之前将输入张量强制转换为 dtype，这对于防止数据类型溢出很有用，可选值有 float32、float64、int32 等。默认值：无。

例如，给定一个张量 a，可以使用 torch.sum() 函数计算出张量 a 中所有元素的和：

```
import torch
a=torch.tensor([[1,2],[3,4]])
b=torch.sum(a)
print(b)
```

程序执行结果：

```
tensor(10)
```

在上面的例子中，首先定义了一个形状为 (2, 2) 的张量，并将其存储到变量 a 中，然后使用 torch.sum() 函数计算出 a 中所有元素的和，最终得到 tensor(10)。

此外，还可以通过设置 dim 的值来求解沿着张量的某一个维度的和。

例如，dim=0 的程序如下：

```
import torch
x=torch.arange(0, 12).view(3, 4)
print(x)
y=torch.sum(x, dim=0)
print(y)
```

程序执行结果如下：

```
tensor([[ 0,1,2,3],
        [ 4,5,6,7],
        [ 8,9,10,11]])
tensor([12,15,18,21])
```

dim=1 的程序如下：

```
import torch
x=torch.arange(0,12).view(3,4)
print(x)
y=torch.sum(x, dim=1)
print(y)
```

程序执行结果：

```
tensor([[ 0,1,2,3],
        [ 4,5,6,7],
        [ 8,9,10,11]])
tensor([ 6,22,38])
```

keepdim=True 的程序如下：

```
import torch
x=torch.arange(0, 12).view(3, 4)
print(x)
y=torch.sum(x, dim=0, keepdim=True)
print(y)
```

程序执行结果：

```
tensor([[ 0,1,2,3],
        [ 4,5,6,7],
        [ 8,9,10,11]])
tensor([[12,15,18,21]])
```

4. item()函数

item()方法返回张量元素的值，注意只能是一个值。也就是说，item()方法是得到只有一个元素张量里面的元素值。只要是只有一个元素，不论维度如何，都可以用 item()方法。例如：

```
import torch
x=torch.tensor(4)
print(x.item())
x=torch.tensor([4])     #只要是只有一个元素，不论维度如何
print(x.item())
x=torch.tensor([[4]])   #只要是只有一个元素，不论维度如何
print(x.item())
```

程序执行结果：

```
4
4
4
```

如果对包含多个元素的 torch.tensor 用 item()方法，则会报错。

```
import torch
x=torch.tensor([1,2,3,4])
print(x.item())
```

程序执行结果：

```
Traceback (most recent call last):
   File "9-10-7.py",line 4,in <module>
      print(x.item())
ValueError: only one element tensors can be converted to Python scalars
```

9.3.3　神经网络概述

神经网络就是把一堆神经元连接在一起，图 9-2 所示为一个神经网络的简单示例。

这个网络有 1 个包含 2 个输入的输入层、1 个包含 2 个神经元的隐藏层（h_1 和 h_2）、1 个包含 1 个神经元的输出层 o_1。激活函数都是 sigmoid()。

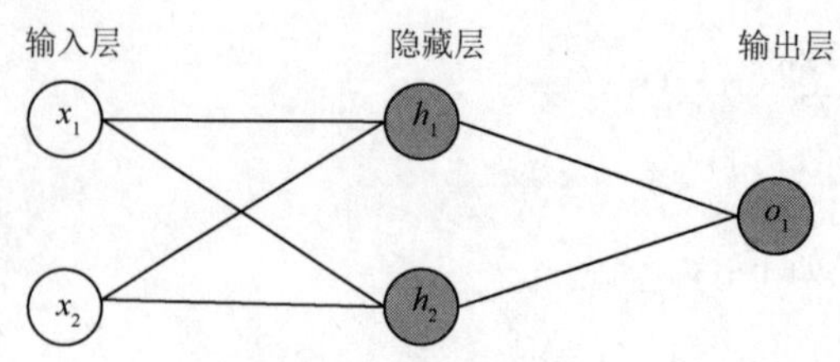

图 9-2 神经网络结构

假设有一个数据集，包含 4 个人的身高、体重和性别，见表 9-2。

表 9-2 数据集 1

姓　名	体重/kg	身高/cm	性　别
Alice	58	169	女
Bob	85	176	男
Chalie	77	174	男
Diana	45	164	女

现在的目标是训练一个网络，根据体重和身高来推测某人的性别。

为了简便，将每个人的身高、体重减去一个固定数值，把性别女定义为 1、性别男定义为 0，见表 9-3。

表 9-3 数据集 2

姓　名	体重（-60）	身高（-170）	性　别
Alice	-2	-1	1
Bob	25	6	0
Chalie	17	4	0
Diana	-15	-6	1

在训练神经网络之前，需要有一个标准定义它到底好不好，以便进行改进，这就是损失（Loss）。

用均方误差（MSE）来定义损失：

$$\text{MSE}=\frac{1}{n}\sum_{i=1}^{n}(y_{\text{true}}-y_{\text{pred}})^2$$

n 是样本的数量，在表 9-3 所示的数据集中是 4；y 代表人的性别，女性是 1，男性是 0；y_{true} 是变量的真实值，y_{pred} 是变量的预测值。

顾名思义，均方误差就是所有数据方差的平均值，不妨就把它定义为损失函数。预测结果越好，损失就越低，训练神经网络就是将损失最小化。

如果上面网络的输出一直是 0，也就是预测所有人都是男性，那么损失见表 9-4。

表 9-4 损失

姓　名	y_{true}	y_{pred}	$(y_{\text{true}}-y_{\text{pred}})^2$
Alice	1	0	1
Bob	0	0	0
Chalie	0	0	0
Diana	1	0	1

计算得 MSE= 1/4 (1+0+0+1)= 0.5。

这个神经网络不够好，还要不断优化，尽量减少损失。要进行向后计算，即反向传播。使用一种称为随机梯度下降（SGD）的优化算法来训练网络。这里需要使用一个常数，称为学习率（Learning Rate），它决定了训练网络速率的快慢。

9.3.4 实例

【例 9-10】 运用 Python GPU 实现并行求和。

```
import torch
import time
def GPU_cumsum_batch(a, batch=None):
# GPU 累加和计算，参数 1 为 1 累加到 a，参数 2 为 batch_size，即一次传输到 GPU 的数字
    if batch==None:                              # 如果不输入 Batch，则直接计算
        a=torch.arange(1,a+1).to("cuda:0")       #生成 1 到 a 的数组，并转移到 GPU
        return torch.sum(a).item()               # 求和
    else:
        rtn=0                                    # 初始化累加和 0
        batchs=list(range(1,a,batch))            # 按 batch_size 分割数据
        if batchs[-1]!=(a+1):
        # 如果数据不是 batch_size 的整数倍，则在后面增加最后一个数据
            batchs.append(a+1)
        for i in range(len(batchs)-1):           # 循环全部 batch 数据
            a=torch.arange(batchs[i], batchs[i+1]).to("cuda:0")
            # 生成 batchs[i]到 batchs[i+1]的数组，并转移到 GPU
            rtn+=torch.sum(a).item()  # GPU 求一个 batch 的数据，并累加到 rtn
        return rtn      # 返回累加和
def CPU_cumsum(a):     # CPU 累加和
    rtn=0  # 初始化累加和 0
    for i in range(1,a +1):  # 循环累加
        rtn+=i
    return rtn     # 返回累加和
t1=time.time()     # 计时开始
a=GPU_cumsum_batch(1000000000,10000000)
# 如果出现了 CUDA out of Memery 的错误，说明显存太小，需要调整第二个参数 batch_size 的
#值（默认为 100000000，比如可以调到 10000000），直到不出现错误为止
t2=time.time()                    # 计时结束
tgpu=t2-t1                        # 计算时间
print(f"结果为{a}")               # 输出结果
print(f"GPU 用时{tgpu}")          # 输出时间
t1=time.time()                    # 计时开始
a=CPU_cumsum(1000000000)          # 累加执行
t2=time.time()                    # 计时结束
tcpu=t2-t1                        # 计算时间
print(f"结果为{a}")               # 输出结果
print(f"CPU 用时{tcpu}")          # 输出时间
print(f"加速比{tcpu / tgpu}")     # 输出加速比
```

程序执行结果：

```
结果为 500000000500000000
GPU 用时 8.751500606536865
```

```
结果为 500000000500000000
CPU 用时 97.69558763504028
加速比 11.163295533804492
```

【例 9-11】运用 Python GPU 实现神经网络并行计算。

```
import torch
import torch.nn as nn

device="cuda:0" if torch.cuda.is_available() else "cpu"  #使用 cuda GPU
class OurNeuralNetwork(nn.Module): #定义网络类
    def __init__ (self):
        super(OurNeuralNetwork, self).__init__()
        self.L1=nn.Linear(2,2)     #输入层
        self.L2=nn.Linear(2,2)     #隐藏层
        self.L3=nn.Linear(2,1)     #输出层
        self.sigmoid=nn.Sigmoid() #激活函数
    def forward(self,x):           #定义数据前向传输的过程
        x=self.sigmoid(self.L1(x))
        x=self.sigmoid(self.L2(x))
        x=self.sigmoid(self.L3(x))
        return x
data=torch.Tensor([                # 定义数据集
  [-2,-1],  # Alice
  [25,6],   # Bob
  [17,4],   # Charlie
  [-15,-6], # Diana
]).to(device)
all_y_trues=torch.Tensor([# 定义标签
  [1.], # Alice
  [0.], # Bob
  [0.], # Charlie
  [1.], # Diana
]).to(device)
model=OurNeuralNetwork().to(device) #创建网络对象
learn_rate=0.1  # 学习率
epochs=1000     # 遍历整个数据集的次数
opt=torch.optim.SGD(model.parameters(),learn_rate)#创建随机梯度下降法对象
for epoch in range(epochs): # 训练神经网络
    opt.zero_grad()  #清除之前的梯度值
    y=model(data)
    loss=torch.nn.functional.mse_loss(y,all_y_trues) #计算损失（均方差）
    loss.backward()  #反向传播，计算梯度
    opt.step()       #更新
  # --- 在每次 epoch 结束时计算总损失
  if epoch%10==0:
    print("Epoch %d loss:%.3f" % (epoch, loss))
# 做一些预测
emily=torch.Tensor([-7,-3]).to(device)      # 52kg,167cm
frank=torch.Tensor([20,2]).to(device)       # 80kg,172cm
print("Emily: %.3f" % model(emily).item())
print("Frank: %.3f" % model(frank).item())
```

程序执行结果：

```
Epoch 0 loss: 0.235
Epoch 10 loss: 0.232
Epoch 20 loss: 0.230
Epoch 30 loss: 0.229
…
Epoch 970 loss: 0.034
Epoch 980 loss: 0.033
Epoch 990 loss: 0.033
Emily: 0.811
Frank: 0.158
```

习　　题

1. 设计数值积分法求 π 的并行算法，并用 Python 编程实现。
2. 设计统计问题（素数、完数、水仙花数）并行算法，并用 Python 编程实现。
3. 设计并行排序算法，并用 Python 编程实现。
4. 设计并行查找算法，并用 Python 编程实现。

第 10 章　大数据分布式计算

学习目标

- 了解 Hadoop 分布式计算平台；
- 掌握 MapReduce 分布式并行编程模型；
- 了解 Spark 并行计算框架。

Hadoop 是 Apache 软件基金会旗下的一个开源分布式计算平台，为用户提供了系统底层细节透明的分布式基础架构。MapReduce 是面向大数据并行处理的计算模型、框架和平台。Spark 是基于内存计算的大数据并行计算框架。

10.1　Hadoop 分布式计算平台

Hadoop 被公认为行业大数据标准开源软件，在分布式环境下提供了海量数据的处理能力。Hadoop 是基于 Java 语言开发的，具有很好的跨平台特性，并且可以部署在廉价的计算机集群中。几乎所有主流厂商都围绕 Hadoop 提供开发工具、开源软件、商业化工具和技术服务，如谷歌、雅虎、微软、思科、淘宝等，都支持 Hadoop。Hadoop 的核心是分布式文件系统 HDFS（Hadoop Distributed File System）和 MapReduce。

Hadoop 是一个能够对大量数据进行分布式处理的软件框架。它具有以下几个方面的特性：高可靠性、高效性、高可扩展性、高容错性、成本低、运行在 Linux 平台上、支持多种编程语言。

（1）高可靠性：Hadoop 按位存储和处理数据的能力值得人们信赖。

（2）高效性：Hadoop 能够在节点之间动态地移动数据，并保证各个节点的动态平衡，因此处理速度非常快。

（3）高可扩展性：Hadoop 是在可用的计算机集簇间分配数据并完成计算任务的，这些集簇可以方便地扩展到数以千计的节点中。

（4）高容错性：Hadoop 能够自动保存数据的多个副本，并且能够自动将失败的任务重新分配。

（5）低成本：与一体机、商用数据仓库以及 QlikView、Yonghong Z-Suite 等数据集市相比，Hadoop 是开源的，项目的软件成本因此会大幅降低。

（6）Hadoop 带有用 Java 语言编写的框架，因此运行在 Linux 生产平台上是非常理想的。

（7）Hadoop 上的应用程序也可以使用其他语言编写，如 C++等。

Hadoop 技术在各个领域已经得到了应用，尤其在互联网领域得到了广泛运用，例如，Yahoo 使用 4 000 个节点的 Hadoop 集群来支持广告系统和 Web 搜索的研究；百度用 Hadoop 处理每周 200 TB 的数据，从而进行搜索日志分析和网页数据挖掘工作；中国移动研究院基于 Hadoop 开发了“大云”（Big Cloud）系统，不但用于相关数据分析，还对外提供服务；淘宝的 Hadoop 系统用于存储并处理电子商务交易的相关数据。国内的高校和科研院所基于 Hadoop 在数据存储、资源管理、作业调度、性能优化、系统高可用性和安全性方面进行研究，相关研究成果多以开源形式贡献给 Hadoop 社区。

Hadoop 的项目结构不断丰富发展，已经形成一个丰富的 Hadoop 生态系统。HDFS 是分布式文件系统；MapReduce 是分布式并行编程模型；YARN 是资源管理和调度器；Tez 是运行在 YARN 之上的下一代 Hadoop 查询处理框架；Hive 是 Hadoop 上的数据仓库；HBase 是 Hadoop 上的非关系型的分布式数据库；Pig 是一个基于 Hadoop 的大规模数据分析平台，提供类似 SQL 的查询语言 Pig Latin；Sqoop 是用于在 Hadoop 与传统数据库之间进行数据传递；Oozie 是 Hadoop 上的工作流管理系统；Zookeeper 是提供分布式协调一致性服务，Storm 是流计算框架；Flume 是一个高可用的，高可靠的，分布式的海量日志采集、聚合和传输的系统；Ambari 是 Hadoop 快速部署工具，支持 Apache Hadoop 集群的供应、管理和监控；Kafka 是一种高吞吐量的分布式发布订阅消息系统，可以处理消费者规模的网站中的所有动作流数据；Spark 是基于内存计算的通用并行框架。

10.2　MapReduce 分布式并行编程模型

根据“摩尔定律”，CPU 性能大约每隔 18 个月翻一番。从 2005 年开始摩尔定律逐渐失效，需要处理的数据量快速增加，人们开始借助于分布式并行编程来提高程序性能。分布式程序运行在大规模计算机集群上，可以并行执行大规模数据处理任务，从而获得海量的计算能力。谷歌公司最先提出了分布式并行编程模型 MapReduce，Hadoop MapReduce 是它的开源实现，后者比前者使用门槛低很多。

MapReduce 是一个基于集群的高性能并行计算平台。它允许用市场上普通的商用服务器构成一个包含数十、数百至数千个节点的分布和并行计算集群。

MapReduce 是一个并行计算与运行软件框架（software framework）。它提供了一个庞大但设计精良的并行计算软件框架，能自动完成计算任务的并行化处理，自动划分计算数据和计算任务，在集群节点上自动分配和执行任务以及收集计算结果，将数据分布存储、数据通信、容错处理等并行计算涉及的很多系统底层的复杂细节交由系统负责处理，大大减少了软件开发人员的负担。

MapReduce 是一个并行程序设计模型与方法（programming model & methodology）。它提供了一种简便的并行程序设计方法，用 Map()和 Reduce()两个函数编程实现基本的并行计算任务，提供了抽象的操作和并行编程接口，以简单方便地完成大规模数据的编程和计算处理。

10.2.1　MapReduce 模型简介

MapReduce 采用“分而治之”策略，一个存储在分布式文件系统中的大规模数据集，会被切分成许多独立的分片（split），这些分片可以被多个 Map 任务并行处理。

MapReduce 设计的一个理念就是“计算向数据靠拢”，而不是“数据向计算靠拢”，因为移动数据需要大量的网络传输开销。

Hadoop 框架是用 Java 实现的，但是，MapReduce 应用程序则不一定要用 Java 来写。

MapReduce 将复杂的、运行于大规模集群上的并行计算过程高度地抽象到了两个函数：Map()和 Reduce()，见表 10-1。编程容易，不需要掌握分布式并行编程细节，也可以很容易把自己的程序运行在分布式系统上，完成海量数据的计算。

表 10-1　Map()和 Reduce()函数

函　数	输　入	输　出	说　明
Map()	<k1,v1> 如：<行号,"a b c">	List(<k2,v2>) 如：<"a",1> <"b",1> <"c",1>	（1）将小数据集进一步解析成一批<key,value>对，输入 Map()函数中进行处理。 （2）每一个输入的<k1,v1>会输出一批<k2,v2>。<k2,v2>是计算的中间结果
Reduce()	<k2,List(v2)> 如：<"a",<1,1,1>>	<k3,v3> <"a",3>	输入的中间结果<k2,List(v2)>中的 List(v2)表示一批属于同一个 k2 的 value

MapReduce 体系结构主要由四部分组成：Client、JobTracker、TaskTracker 和 Task。

用户编写的 MapReduce 程序通过 Client 提交到 JobTracker 端，用户可通过 Client 提供的一些接口查看作业运行状态。

JobTracker 负责资源监控和作业调度。JobTracker 监控所有 TaskTracker 与 Job 的健康状况，一旦发现失败，就将相应的任务转移到其他节点。JobTracker 会跟踪任务的执行进度、资源使用量等信息，并将这些信息告诉任务调度器（TaskScheduler），而任务调度器会在资源出现空闲时，选择合适的任务去使用这些资源。

TaskTracker 会周期性地通过“心跳”将本节点上资源的使用情况和任务的运行进度汇报给 JobTracker，同时接收 JobTracker 发送过来的命令并执行相应的操作（如启动新任务、杀死任务等）。TaskTracker 使用 slot（槽）等量划分本节点上的资源量（CPU、内存等）。一个 Task（任务）获取到一个 slot 后才有机会运行，而 Hadoop 调度器的作用就是将各个 TaskTracker 上的空闲 slot 分配给 Task 使用。slot 分为 Map slot 和 Reduce slot 两种，分别供 MapTask 和 Reduce Task 使用。

Task 分为 Map Task 和 Reduce Task 两种，均由 TaskTracker 启动。

MapReduce 框架采用了 Master/Slave 架构，包括一个 Master 和若干个 Slave。Master 上运行 JobTracker，Slave 上运行 TaskTracker。

10.2.2　MapReduce 工作流程

MapReduce 工作流程如图 10-1 所示。

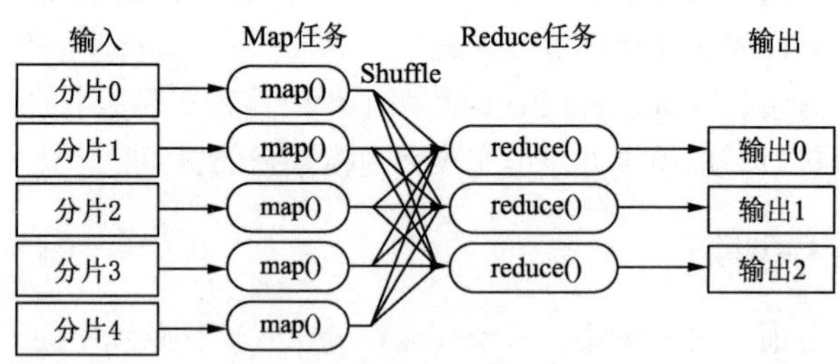

图 10-1　MapReduce 工作流程

MapReduce 应用程序执行过程如图 10-2 所示。

不同的 Map 任务之间不会进行通信，不同的 Reduce 任务之间也不会发生任何信息交换，用户不能显式地从一台机器向另一台机器发送消息，所有的数据交换都是通过 MapReduce 框架自身去实现的。

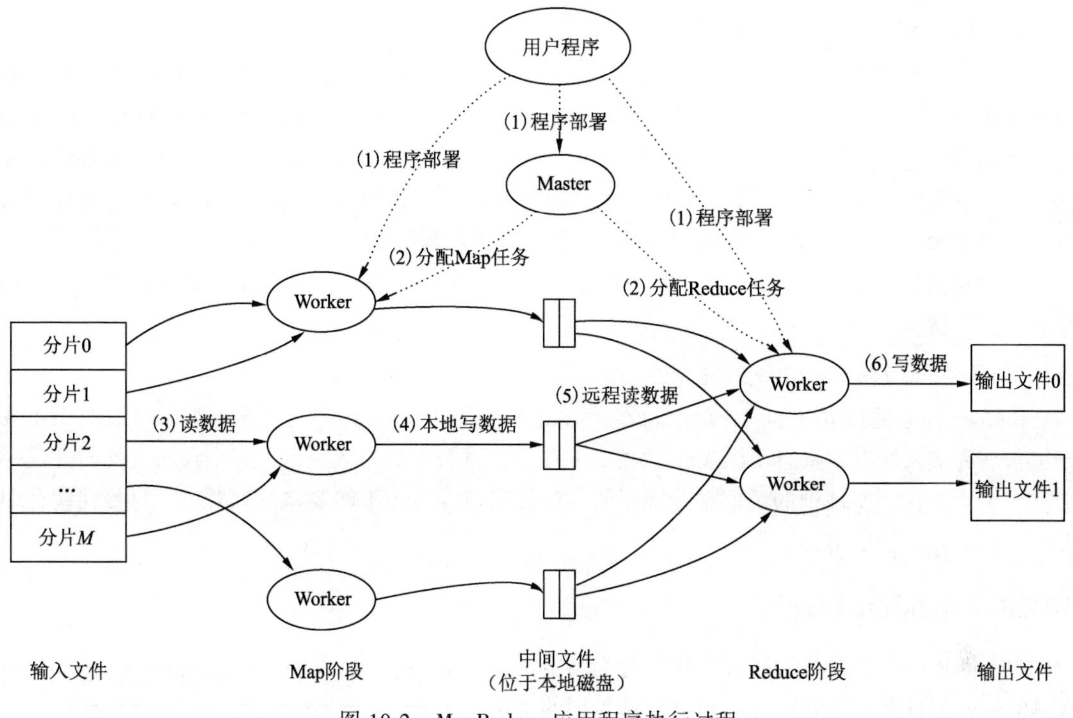

图 10-2　MapReduce 应用程序执行过程

下面阐述 MapReduce 各个执行阶段。

在输入阶段，HDFS 以固定大小的 block（块）为基本单位存储数据，而对于 MapReduce 而言，其处理单位是 split（分片）。split 是一个逻辑概念，它只包含一些元数据信息，比如数据起始位置、数据长度、数据所在节点等。它的划分方法完全由用户自己决定。

在 Map 任务阶段，对于 Map 任务的数量，Hadoop 为每个 split 创建一个 Map 任务，split 的多少决定了 Map 任务的数目。大多数情况下，理想的分片大小是一个 HDFS 块。

在 Reduce 任务阶段，对于 Reduce 任务的数量，最优的 Reduce 任务个数取决于集群中可用的 Reduce 任务槽的数目。通常设置比 Reduce 任务槽数目稍微小一些的 Reduce 任务个数（这样可以预留一些系统资源处理可能发生的错误）。

连接 Map 和 Reduce 的桥梁是 Shuffle（混洗），其过程如图 10-3 所示。

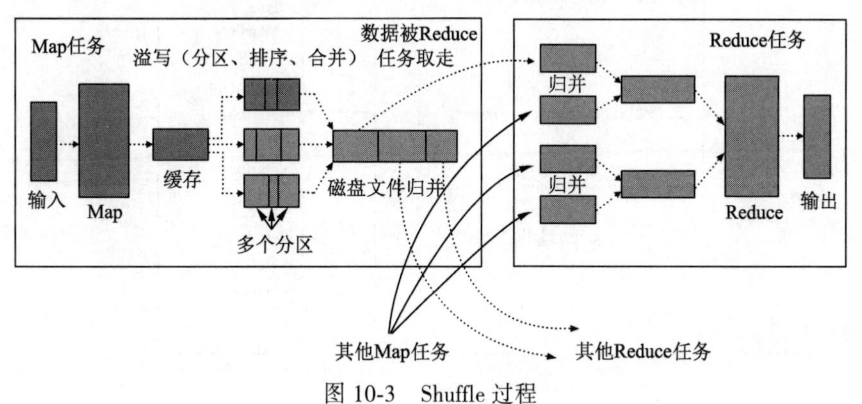

图 10-3　Shuffle 过程

1. Map 端的 Shuffle 过程

每个 Map 任务分配一个缓存，MapReduce 默认 100 MB 缓存。设置溢写比例 0.8，分区默认采用哈希函数。排序是默认的操作，排序后可以合并（combine），合并不能改变最终结果。在 Map 任务全部结束之前进行归并，归并得到一个大的文件，放在本地磁盘。文件归并时，如果溢写文件数量大于预定值（默认是 3）则可以再次启动 Combiner（合并器），少于 3 不需要。JobTracker 会一直监测 Map 任务的执行，并通知 Reduce 任务来领取数据。

合并和归并（merge）的区别：两个键值对<"a",1>和<"a",1>，如果合并，会得到<"a",2>；如果归并，会得到<"a",<1,1>>。

2. Reduce 端的 Shuffle 过程

Reduce 任务通过 RPC 向 JobTracker 询问 Map 任务是否已经完成。若完成，则领取数据。Reduce 领取数据先放入缓存，来自不同 Map 机器，先归并，再合并，写入磁盘。多个溢写文件归并成一个或多个大文件，文件中的键值对是排序的。当数据很少时，不需要溢写到磁盘，直接在缓存中归并，然后输出给 Reduce。

10.2.3 WordCount 分析

本节阐述一个 WordCount 程序执行过程的实例。WordCount 程序的任务是从一个包含大量单词的文本文件中输入数据，输出文件中每个单词及其出现次数（频数），并按照单词字母顺序排序，每个单词和其频数占一行，单词和频数之间有间隔，见表 10-2。

表 10-2 一个 WordCount 的输入和输出实例

输入	输出
Hello World Hello Hadoop Hello MapReduce	Hadoop 1 Hello 3 MapReduce 1 World 1

WordCount 设计思路如下。首先，需要检查 WordCount 程序任务是否可以采用 MapReduce 来实现。其次，确定 MapReduce 程序的设计思路。最后，确定 MapReduce 程序的执行过程。

Map 过程示意图如图 10-4 所示。

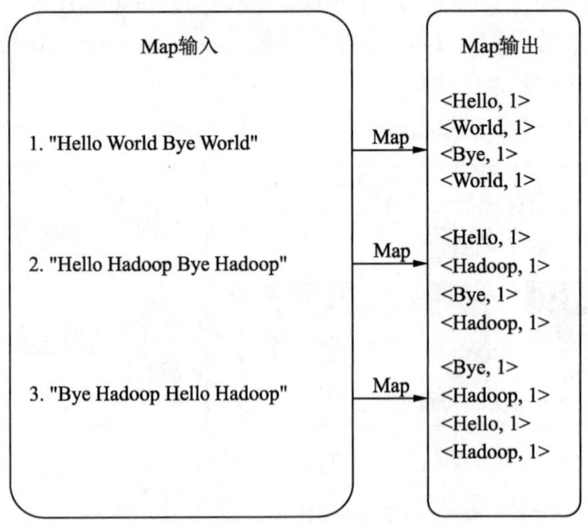

图 10-4 Map 过程示意图

用户没有定义 Combiner 时的 Reduce 过程示意图如图 10-5 所示。

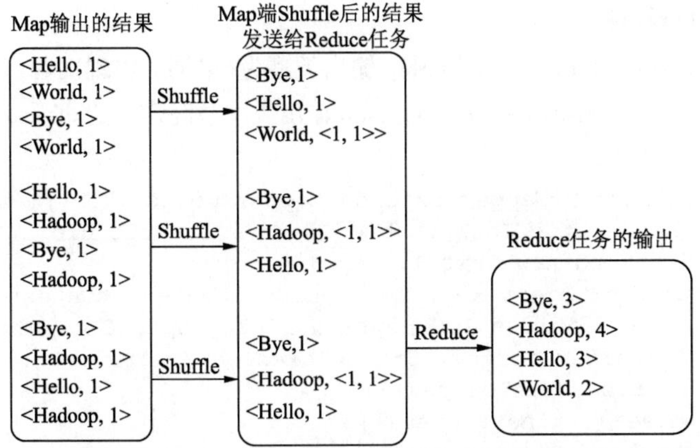

图 10-5　用户没有定义 Combiner 时的 Reduce 过程示意图

用户有定义 Combiner 时的 Reduce 过程示意图如图 10-6 所示。

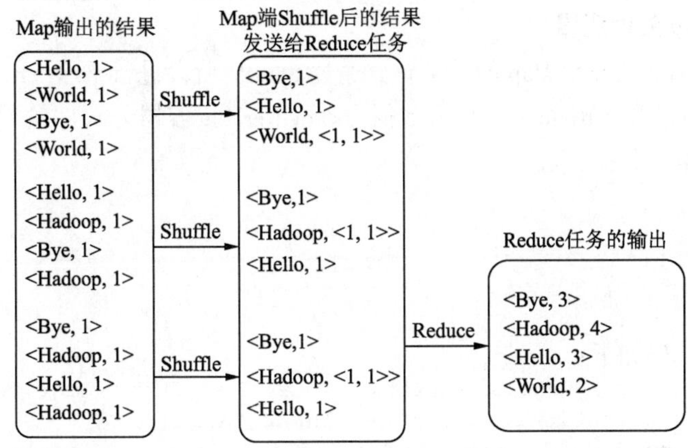

图 10-6　用户有定义 Combiner 时的 Reduce 过程示意图

10.2.4 MapReduce 实例

1. 输入与输出

从文件 A 和文件 B 中输入数据。

文件 A 的内容如下：

```
China is my motherland
I love China
```

文件 B 的内容如下：

```
I am from  China
```

输出结果如下：

```
I           2
is          1
China       3
my          1
love        1
am          1
from        1
motherland  1
```

2. 编写 Map 处理程序

Map 输入类型为<key,value>，期望的 Map 输出类型为<单词，出现次数>。

Map 输入类型最终确定为<Object,Text>，Map 输出类型最终确定为<Text,IntWritable>。

Map 处理程序代码如下：

```
public static class MyMapper extends Mapper<Object,Text,Text,IntWritable>{
   private final static IntWritable one=new IntWritable(1);
   private Text word=new Text();
   public void map(Object key, Text value, Context context)
                  throws IOException, InterruptedException{
      StringTokenizer itr=new StringTokenizer(value.toString());
      while (itr.hasMoreTokens()){
         word.set(itr.nextToken());
         context.write(word,one);
      }
   }
}
```

3. 编写 Reduce 处理逻辑

在 Reduce 处理数据之前，Map 的结果首先通过 Shuffle 阶段进行整理。Reduce 阶段的任务是对输入数字序列进行求和。Reduce 的输入数据为<key,Iterable 容器>。

Reduce 任务的输入数据：

```
<"I",<1,1>>
<"is",1>
…
<"from",1>
<"China",<1,1,1>>
```

Reduce 处理程序代码如下：

```
public static class MyReducer extends Reducer<Text,IntWritable,Text,IntWritable>{
   private IntWritable result = new IntWritable();
   public void reduce(Text key, Iterable<IntWritable> values, Context context)
                          throws IOException,InterruptedException{
      int sum=0;
      for (IntWritable val : values) {
         sum+=val.get();
      }
      result.set(sum);
      context.write(key,result);
   }
}
```

4. 编写 main()方法

Main()方法程序代码如下：

```
public static void main(String[] args) throws Exception{
   Configuration conf=new Configuration();            //程序运行时参数
   String[] otherArgs = new GenericOptionsParser(conf,args).getRemainingArgs();
   if (otherArgs.length != 2) {
      System.err.println("Usage: wordcount <in> <out>");
      System.exit(2);
   }
   Job job = new Job(conf,"word count");              //设置环境参数
   job.setJarByClass(WordCount.class);                //设置整个程序的类名
```

```
    job.setMapperClass(MyMapper.class);                    //添加 MyMapper 类
    job.setReducerClass(MyReducer.class);                  //添加 MyReducer 类
    job.setOutputKeyClass(Text.class);                     //设置输出类型
    job.setOutputValueClass(IntWritable.class);            //设置输出类型
    FileInputFormat.addInputPath(job,new Path(otherArgs[0]));    //设置输入文件
    FileOutputFormat.setOutputPath(job,new Path(otherArgs[1]));   //设置输出文件
    System.exit(job.waitForCompletion(true)?0:1);
}
```

5. 完整的程序代码

```
import java.io.IOException;
import java.util.StringTokenizer;
import org.apache.hadoop.conf.Configuration;
import org.apache.hadoop.fs.Path;
import org.apache.hadoop.io.IntWritable;
import org.apache.hadoop.io.Text;
import org.apache.hadoop.mapreduce.Job;
import org.apache.hadoop.mapreduce.Mapper;
import org.apache.hadoop.mapreduce.Reducer;
import org.apache.hadoop.mapreduce.lib.input.FileInputFormat;
import org.apache.hadoop.mapreduce.lib.output.FileOutputFormat;
import org.apache.hadoop.util.GenericOptionsParser;
public class WordCount{
    public static class MyMapper extends Mapper<Object,Text,Text,IntWritable>{
        private final static IntWritable one=new IntWritable(1);
        private Text word=new Text();
        public void map(Object key, Text value, Context context)
                        throws IOException,InterruptedException{
        StringTokenizer itr=new StringTokenizer(value.toString());
        while (itr.hasMoreTokens()){
            word.set(itr.nextToken());
            context.write(word,one);
        }
    }
}
public static class MyReducer extends Reducer<Text,IntWritable,Text,IntWritable>{
    private IntWritable result=new IntWritable();
    public void reduce(Text key, Iterable<IntWritable> values, Context context)
                        throws IOException,InterruptedException{
        int sum=0;
        for (IntWritable val : values){
            sum += val.get();
        }
        result.set(sum);
        context.write(key,result);
    }
}
public static void main(String[] args) throws Exception{
    Configuration conf=new Configuration();
    String[] otherArgs=new GenericOptionsParser(conf,args).getRemainingArgs();
    if (otherArgs.length !=2){
```

```
                    System.err.println("Usage: wordcount <in> <out>");
                    System.exit(2);
        }
        Job job = new Job(conf,"word count");
        job.setJarByClass(WordCount.class);
        job.setMapperClass(MyMapper.class);
        job.setReducerClass(MyReducer.class);
        job.setOutputKeyClass(Text.class);
        job.setOutputValueClass(IntWritable.class);
        FileInputFormat.addInputPath(job,new Path(otherArgs[0]));
        FileOutputFormat.setOutputPath(job,new Path(otherArgs[1]));
        System.exit(job.waitForCompletion(true)?0:1);
        }
}
```

6. 编写 Combiner 程序

可以根据需要使用 Combiner。使用 Combiner 的目的是减少 Map 端的输出，这样 Shuffle 时传输的数据量小，网络开销小。

使用 Combiner 有一定的限制。求平均数时不适合使用 Combiner。如果运算结果和数据总量有关系，那么不适合使用 Combiner。

```
import java.io.IOException;
import java.net.URI;
import java.net.URISyntaxException;
import java.util.StringTokenizer;
import org.apache.hadoop.conf.Configuration;
import org.apache.hadoop.fs.FileSystem;
import org.apache.hadoop.fs.Path;
import org.apache.hadoop.io.LongWritable;
import org.apache.hadoop.io.Text;
import org.apache.hadoop.mapreduce.Counter;
import org.apache.hadoop.mapreduce.Job;
import org.apache.hadoop.mapreduce.Mapper;
import org.apache.hadoop.mapreduce.Reducer;
import org.apache.hadoop.mapreduce.lib.input.FileInputFormat;
import org.apache.hadoop.mapreduce.lib.output.FileOutputFormat;
public class WordCountApp {
    private static final String INPUT_PATH = "hdfs://chaoren1:9000/mapinput";
    private static final String OUTPUT_PATH = "hdfs://chaoren1:9000/mapoutput";
    public static void main(String[] args)
    throws IOException, URISyntaxException, ClassNotFoundException, Interrupted
Exception{
    Configuration conf = new Configuration();
    final FileSystem fileSystem = FileSystem.get(new URI(OUTPUT_PATH), conf);
    fileSystem.delete(new Path(OUTPUT_PATH), true);
    final Job job = new Job(conf, WordCountApp.class.getSimpleName());
    job.setJarByClass(WordCountApp.class);
    FileInputFormat.setInputPaths(job, INPUT_PATH);
    job.setMapperClass(MyMapper.class);
    job.setCombinerClass(MyReducer.class);
    job.setMapOutputKeyClass(Text.class);
```

```
    job.setMapOutputValueClass(LongWritable.class);
    job.setReducerClass(MyReducer.class);
    job.setOutputKeyClass(Text.class);
    job.setOutputValueClass(LongWritable.class);
    FileOutputFormat.setOutputPath(job, new Path(OUTPUT_PATH));
    job.waitForCompletion(true);
    }

    public static class MyMapper extends Mapper <LongWritable, Text, Text,
LongWritable>{
        protected void map(LongWritable key, Text value, Context context)
                            throws IOException, InterruptedException{
        final String line=value.toString();
        StringTokenizer tokenizer=new StringTokenizer(line);
        final Counter counter=context.getCounter("Sensitive", "hello");
        if (value.toString().toLowerCase().contains("hello")){
            counter.increment(1L);   //当查询到包含hello的词语时，计数器加1
        }
        while(tokenizer.hasMoreTokens()){
            String target=tokenizer.nextToken();
            context.write(new Text(target), new LongWritable(1));
        }
    }
}

    public static class MyReducer extends Reducer
                            <Text, LongWritable, Text, LongWritable>{
        protected void reduce(Text key, Iterable<LongWritable> value,
                Reducer<Text, LongWritable, Text, LongWritable>.Context
context)
                throws IOException, InterruptedException{
            long times=0l;
            while (value.iterator().hasNext()){
                times += value.iterator().next().get();
            }
            context.write(key, new LongWritable(times));
        }
    }
}
```

10.3 Spark 分布式计算框架

10.3.1 并行程序设计策略

MapReduce 有大量的磁盘 I/O（读/写计算机磁盘）工作要做，读/写磁盘相当花时间，再加上一旦把中间结果存储在 HDFS 文件中（而不是本地磁盘），上一个节点需要花时间去发文件，下一个计算节点也需要花时间去做网络请求取数据。另外，MapReduce 只提供 Map 和 Reduce 两个底层操作。

Spark 是专为大规模数据处理而设计的快速通用的计算引擎。Spark 是基于内存计算的，会将中间结果存放在内存，方便后续计算的使用。内存数据的读/写速度要比磁盘快很多，所以 Spark 的计算速度比 MapReduce 快。Spark 的计算任务是由线程完成的，MapReduce 的计算任务是由进程完成的，线程切换计算任务的速度比进程切换计算任务速度快。

Spark 是为了支持分布式数据集上的迭代作业，是对 Hadoop 的补充，可以在 Hadoop 文件系统中并行运行。

Hadoop MapReduce 与 Spark 的执行流程对比如图 10-7 所示。

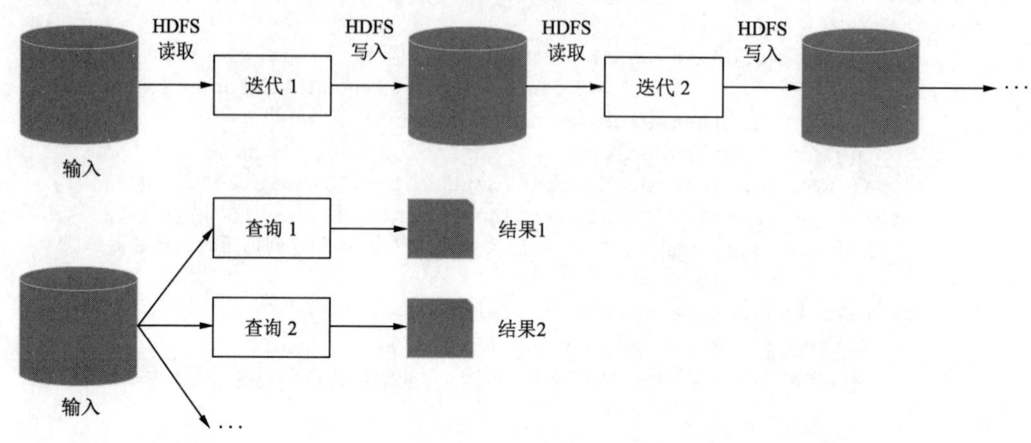

(a) Hadoop MapReduce执行流程

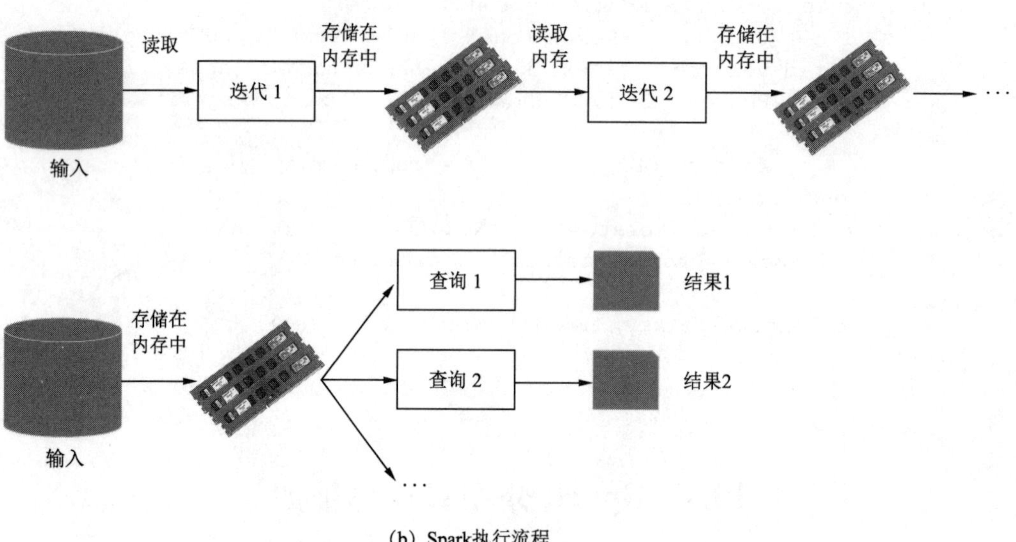

(b) Spark执行流程

图 10-7　Hadoop 与 Spark 的执行流程对比

使用 Hadoop 进行迭代计算非常耗资源。Spark 将数据载入内存后，之后的迭代计算都可以直接使用内存中的中间结果进行运算，避免了从磁盘中频繁读取数据。

Spark 具有如下几个主要特点：

（1）运行速度快：使用 DAG 执行引擎以支持循环数据流与内存计算。

（2）容易使用：支持使用 Scala、Java、Python 和 R 语言进行编程，可以通过 Spark Shell 进行交互式编程。

（3）通用性：Spark 提供了完整而强大的技术栈，包括 SQL 查询、流式计算、机器学习和图算法组件。

（4）运行模式多样：可运行于独立的集群模式中，可运行于 Hadoop 中，也可运行于 Amazon EC2 等云环境中，并且可以访问 HDFS、Cassandra、HBase、Hive 等多种数据源。

Scala 是一门现代的多范式编程语言，运行于 Java 平台（JVM，Java 虚拟机），并兼容现有的 Java 程序。

Scala 的特性如下：

（1）Scala 具备强大的并发性，支持函数式编程，可以更好地支持分布式系统。

（2）Scala 语法简洁，能提供优雅的 API。

（3）Scala 兼容 Java，运行速度快，且能融合到 Hadoop 生态圈中。

（4）Scala 是 Spark 的主要编程语言，但 Spark 还支持 Java、Python、R 作为编程语言。

（5）Scala 的优势是提供了 REPL（Read-Eval-Print Loop，交互式解释器），提高程序开发效率。

10.3.2　Spark RDD 基本操作

Spark 是一种通用的大数据计算框架，是基于 RDD（弹性分布式数据集）的一种计算模型。

Spark 的主要操作对象是 RDD，RDD 可以通过多种方式灵活创建，可通过导入外部数据源建立，或者从其他的 RDD 转化而来。

在 Spark 程序中必须创建一个 SparkContext 对象，该对象是 Spark 程序的入口，负责创建 RDD、启动任务等。在启动 Spark Shell 后，该对象会自动创建，可以通过变量 sc 进行访问。

作为示例，选择以 Spark 安装目录中的 README.md 文件作为数据源新建一个 RDD，通过“file:”前缀指定读取本地文件，代码如下：

```
Scala>val textFile=sc.textFile("file:///usr/local/spark/README.md")
```

Spark RDD 支持两种类型的操作：

（1）动作（action）：在数据集上进行运算，返回计算值。

（2）转换（transformation）：基于现有的数据集创建一个新的数据集。

Spark 提供了非常丰富的 API，表 10-3 和表 10-4 各列出了几个常用的动作、转换 API，更详细的 API 及说明可查阅官方文档。

表 10-3　常用的几个 Action API 介绍

Action API	说　明
count()	返回数据集中的元素个数
collect()	以数组的形式返回数据集中的所有元素
first()	返回数据集中的第一个元素
take(n)	以数组的形式返回数据集中的前 n 个元素
reduce(func)	通过函数 func（输入两个参数并返回一个值）聚合数据集中的元素
foreach(func)	将数据集中的每个元素传递到函数 func 中运行

表 10-4　常用的几个 Transformation API 介绍

Transformation API	说　明
filter(func)	筛选出满足函数 func()的元素，并返回一个新的数据集
map(func)	将每个元素传递到函数 func()中，并将结果返回为一个新的数据集
flatMap(func)	与 map()相似，但每个输入元素都可以映射到 0 或多个输出结果
groupByKey()	应用于(K,V)键值对的数据集时，返回一个新的(K, Iterable<V>)形式的数据集
reduceByKey(func)	应用于(K,V)键值对的数据集时，返回一个新的(K, V)形式的数据集，其中的每个值是将每个 key 传递到函数 func 中进行聚合

使用 action API-count()可以统计该文本文件的行数，命令如下：

```
Scala>textFile.count()
```

输出结果：

```
Long=95         //表示该文件共有 95 行内容
```

使用 transformation API-filter()可以筛选出只包含 Spark 的行，命令如下：

```
Scala>val linesWithSpark=textFile.filter(line=>line.contains("Spark"))
Scala>linesWithSpark.count()
```

第一条命令会返回一个新的 RDD。输出结果：

```
Long=17//表示该文件中共有 17 行内容包含"Spark"
```

也可以在同一条代码中同时使用多个 API，连续进行运算，称为链式操作。不仅可以使 Spark 代码更加简洁，也优化了计算过程。如上述两条代码可合并为如下一行代码：

```
Scala>val linesCountWithSpark=textFile.filter(line=>line.contains ("Spark")).
count()
```

假设只需要得到包含“Spark”的行数，那么存储筛选后的文本数据是多余的，因为这部分数据在计算得到行数后就不再使用到。Spark 基于整个操作链，仅存储、计算所需的数据，提升了运行效率。

Spark 属于 MapReduce 计算模型，因此也可以实现 MapReduce 的计算流程，如实现单词统计，可以使用如下的命令实现：

```
Scala>val wordCounts=textFile.flatMap(line => line.split(" ")).map(word =>
(word, 1)).reduceByKey((a, b)=> a+b)
Scala>wordCounts.collect() // 输出单词统计结果
```

首先使用 flatMap()将每一行的文本内容通过空格划分为单词；再使用 map()将单词映射为(K,V)的键值对，其中 K 为单词，V 为 1；最后使用 reduceByKey()将相同单词的计数进行相加，最终得到该单词总的出现的次数。

10.3.3　Spark 应用程序实例

以一个简单的程序为例，介绍如何打包并运行 Spark 程序，该程序的功能是统计 Spark 自带的本地文件 README.md 文本文件（/usr/local/spark/README）中包含字母 a 和字母 b 的各有多少行，具体步骤如下：

（1）创建程序根目录，并创建程序所需的文件夹结构，命令如下：

```
mkdir ~/sparkapp                        // 创建程序根目录
mkdir -p ~/sparkapp/src/main/scala      // 创建程序所需的文件夹结构
```

（2）创建一个 SimpleApp.scala 文件（文件路径：~/sparkapp/src/main/scala/SimpleApp.scala），

文件中的代码内容如下：

```
import org.apache.spark.SparkContext
import org.apache.spark.SparkContext._
import org.apache.spark.SparkConf
object SimpleApp{
   def main(args: Array[String]){
      val logFile=file:///usr/local/spark/README.md  //用于统计的文本文件
      val conf=new SparkConf().setAppName("Simple Application")
      val sc=new SparkContext(conf)
      val logData=sc.textFile(logFile, 2).cache()
      val numAs=logData.filter(line => line.contains("a")).count()
      val numBs=logData.filter(line => line.contains("b")).count()
      println("Lines with a: %s, Lines with b: %s".format(numAs, numBs))
   }
}
```

（3）创建一个 simple.sbt 文件（文件路径：~/sparkapp/simple.sbt），用于声明该应用程序的信息以及与 Spark 的依赖关系，具体内容如下：

```
name := "Simple Project"
version := "1.0"
scalaVersion := "2.11.12"
libraryDependencies+="org.apache.spark" %% "spark-core" % "2.4.0"
```

（4）使用 sbt 对该应用程序进行打包，命令如下：

```
cd ~/sparkapp
/usr/local/sbt/sbt package
```

打包成功后，会输出程序 jar 包的位置以及“Done Packaging”的提示，如下所示：

```
$~/sparkapp$ /usr/local/sbt/sbt package
[info] Set current project to Simple Project
[info] Updating {file:/home/hadoop/sparkapp/}sparkapp...
[info] Done updating.
[info] Compiling 1 Scala source to /home/hadoop/sparkapp/target/...
[info] Packaging /home/hadoop/sparkapp/target/scala-2.11/...
[info] Done packaging.
[success] Total time: 26 s, completed 2023-8-16 9:17:36
```

有了最终生成的 jar 包后，再通过 spark-submit 就可以提交到 Spark 中运行，命令如下：

```
/usr/local/spark/bin/spark-submit --class "SimpleApp"~/sparkapp/target/ scala-2.11/simple-project_2.11-1.0.jar
```

该应用程序的执行结果如下：

```
Lines with a: 62, Lines with b: 31
```

习　　题

1. 简述 Hadoop 的主要特点。
2. 举例说明 Map 过程和 Reduce 过程。
3. 简述 Spark 的主要特点。

参 考 文 献

[1] 陈国良.并行计算：结构、算法、编程[M].3 版.北京:高等教育出版社，2011.

[2] 陈国良,吴俊敏.并行计算机体系结构[M].2 版.北京:高等教育出版社，2021.

[3] 陈国良.并行算法的设计与分析[M].3 版.北京:高等教育出版社，2009.

[4] 陈国良,安虹,陈峻,等.并行算法实践[M].北京:高等教育出版社，2004.

[5] 张扬.并行编程[M].北京:清华大学出版社，2023.

[6] 何兵寿,宋鹏,刘颖.并行编程原理与程序设计[M].北京:科学出版社，2023.

[7] 迟学斌.并行计算与实现技术[M].北京:科学出版社，2023.

[8] 白琰冰.数据科学并行计算[M].北京:中国人民大学出版社，2021.

[9] 李建平. Java 多线程与大数据处理实战[M].北京:北京大学出版社，2020.

[10] 扎克内. Python 并行编程实战[M].苏钰涵,译.2 版.北京:中国电力出版社，2020.

[11] 林子雨,赖永炫,陶继平. Spark 编程基础（Scala 版）[M].北京:人民邮电出版社，2022.

[12] 林子雨.大数据技术原理与应用:概念、存储、处理、分析与应用[M].3 版.北京:人民邮电出版社，2021.